# 텔크테에서의 만남

**Das Treffen in Telgte**

**DAS TREFFEN IN TELGTE : Eine Erzählung**
**by Günter Grass**

세계문학전집 119

# 텔크테에서의 만남

Das Treffen in Telgte

귄터 그라스

안삼환 옮김

민음사

한스 베르너 리히터에게 바침

# 차례

# 제1장

어제는 내일 있었던 바의 반복이 될 것이다. 오늘 우리들의 이야기라고 해서 반드시 최근에 일어난 이야기일 필요는 없는 것이다. 이 이야기는 300여 년 전에 이미 시작되었다. 다른 이야기들도 그렇다. 독일에 관한 모든 이야기는 다 이와 같이 오랜 역사를 지니고 있다. 텔크테에서 시작되었던 이야기를 내가 여기에 적는 이유는 우리 세기의 47년도에 동업자들을 자기 주위에 불러 모았던 한 친구가 이제 일흔 번째 생일을 맞이하려 하고 있기 때문이다. 하지만 그는 일흔 살이 아니라 더 늙은, 훨씬 더 오래된 사람이다. 그리고 현재 그의 친구인 사람들도 역시 그 당시의 그와 마찬가지로 아주 옛 사람들이다.

라우렘베르크와 그레플링어는 걸어서 왔는데, 전자는 유틀란트 반도에서 올라왔고 후자는 레겐스부르크에서 내려왔다. 다른 사람들은 말을 타고 오거나 포장마차를 타고 왔다. 몇몇은 돛단배를 타고 강의 하류로 내려왔으며, 베케를린은 런던에서 브레멘으로 향하는 선편을 이용했다. 그들은 원근(遠近)의 여러 지방으로부터 도착하였다. 지불기일과 날짜를 곧 수익이나 결손으로 생각하기 마련인 어떤 상인이 있어, 단순히 언어를 농하는 것이 직업인 이 남자들이 정확한 시간을 지키려고 이렇게 열심인 꼴을 보았더라면 그는 놀라움을 금치 못했을 것이다. 더구나 도시들과 각 군주들의 영지들이 아직도 여전히 ── 혹은 '벌써 또 다시' 라고 말하는 것이 좋을지도 모르겠지만 ── 폐허화되고, 쐐기풀과 엉겅퀴 같은 잡초로 뒤덮이고, 페스트가 창궐하고 있어서 모든 길들이 안전하지 못한 형편이었으니 말이다.

이런 형편 때문에 슈트라스부르크에서 길을 떠났던 모셰로슈와 슈노이버는 빈털터리가 되어 ── 노상강도들에게는 아무런 쓸모도 없는 원고 가방을 제외하곤 다 털린 채 ── 약속된 지점에 도착하였다. 모셰로슈는 껄껄 웃으며 풍자가 한 수 더 늘어 있었으나 슈노이버는 끙끙 앓으면서 벌써부터 귀로의 공포를 눈앞에 그리고 있었다(그의 궁둥이에는 칼 옆면으로 잔뜩 얻어맞은 상처가 나 있었다).

쳅코, 로가우, 호프만스발다우와 여타 슐레지엔 출신 인사들은 브랑엘[1]의 친서를 휴대하고 있다가 군량을 약탈하기 위해 베스트팔렌 깊숙이까지 출동한 스웨덴군 부대에

1) 30년전쟁 당시 스웨덴군 사령관.

그때그때 합류하곤 했다. 오직 그 덕분에 그들은 온전한 몸으로 오스나브뤼크 근처에 도착할 수 있었다. 하지만 그들은 매일같이 계속되는 그 몸서리나는 군량 약탈의 참극을 남의 일처럼 보아내기가 어려웠다. 이런 약탈 극의 와중에는 피해자의 종교 따위는 신교건 구교건 아무래도 좋았다. 이의를 제기해 봤자 브랑엘 휘하의 기병들을 제지할 수는 없었다. 쳅코가 발굴한 대학생 셰플러는 라우지츠에서 어떤 농부의 아낙이 자식들이 보는 앞에서 남편에 이어 기둥에 매달리는 꼴을 보다 못해 그 앞을 가로막고 섰다가 하마터면 큰 변을 당할 뻔하였다.

요한 리스트는 가까운 엘베 강안(江岸)의 베델에서 출발하여 함부르크를 거쳐서 왔다. 슈트라스부르크의 출판업자 뮐벤은 뤼네부르크의 여객 마차 편으로 왔다. 쾨니히스베르크의 크나이프호프로부터 오느라 가장 멀긴 했지만, 자신의 군주를 따라왔기에 가장 안전한 길을 택해서 온 사람은 지몬 다흐로서, 그는 모두에게 이와 같은 수고를 아끼지 않도록 초대장을 발부한 장본인이었다. 브란덴부르크의 프리드리히 빌헬름 선제후가 오라녜가의 루이제 공주와 약혼식을 올리기로 하고 다흐가 이것을 찬송하는 헌시를 암스테르담에서 낭송하는 영광을 누렸던 지난해에 이미 그 많은 초대장과 만날 장소를 설명한 편지들이 써졌고, 선제후의 도움으로 그것들이 잘 배달되도록 조처가 내려졌던 것이다(그리하여 도처에서 근무 중이던 첩자들이 중간 전달자로서 이 우편을 위임받는 경우도 많았다). 이를테면 그뤼피우스는 1년 전부터 슈테틴의 상인 빌헬름 슐레겔과 함께 이탈리아와 프랑스를 여행하고 있던 도중이었음에도 불구하고 이런 경로를 통하여 그의 초대장을 접하게 되었으니 귀로에 벌써 — 그것은 슈파이어에서였다 — 다호의 편지를 전달받았던 것이다. 그는 정확한 시간에 도착했고 슐레겔도 데리고 왔다.

언어학 석사인 아우구스투스 부흐너는 비텐베르크로부터 정확한 시간에 도착했다. 파울 게르하르트는 여러 번 거절한 연후긴 했지만 정시에 당도하였다. 함부르크에서 우편망의 추격에 걸린 필리프 체젠은 자신의 출판업자와 함께 암스테르담으로부터 이곳에 도착했다. 결석하려 하는 사람은 아무도 없었다. 아무것도, 학교 근무도, 관청 근무도, 그리고 그들 대부분이 집착하고 있었던 궁정 근무도 이번 걸음을 저지시킬 수는 없었다. 노자가 없는 사람은 후원자를 찾아야만 했다. 그레플링어처럼 후원자를 못 찾은 사람은 고집 하나로 목적지에 당도했다. 고집 때문에 시간 맞춰 떠나고 싶지 않았던 사람도 있었지만, 그런 사람은 다른 사람들이 벌써 출발했다는 소식에 여행이 하고 싶어지고 말았다. 체젠과 리스트처럼 서로 견원지간인 사람들조차도 서로 만나고 싶어 했다. 로가우는 거기에 모이는 시인들에 대한 조롱을 억누르기 어려웠지만 그 만남에 대한 호기심은 더욱더 억누를 수가 없었다. 향토에서 그들의 교우 관계는 매우 범위가 좁았다. 오랫동안 해오던 일도, 일시적인 사랑도 그들을 고향에 묶어둘 수는 없었다. 그들은 서로 만나기 위해 모여들었다. 게다가 평화 협상이 진행 중이다 보니 일반적으로 불안해하는 경향이 늘었고 그 결과 이 같은 모색도 증가하게 된 것이다. 아무튼 그 누구도 홀로 외로이 남으려 하지 않았다.

하지만 모임이 개최될 예정이던 오스나브뤼크 근처의 소읍 외제데에 숙소가 없는 것이 드러나자, 문사들은 문학적인 대화에 굶주린 나머지 다흐의 초대에 응했던 그 열성만큼이나 빨리 실의에 빠져들었다. 다흐가 염두에 두고 있었던 여관 '흑마의 집'은 미리 예약을 했는데도 스웨덴 육군 참사관 에르스카인의 참모부에 의해 점령당해 있었다. 이 에르스카인은 최근에 브랑엘 군대의 손해배상 요구를 의회에 제기함으로써 평화 협상에 새로운 비용을 부과시킨 자였다. 객실들은 연대 부관들과 스웨덴 왕국 변방 위수 지역 관리들이 쓰고 있었으며 나머지 방들은 서류로 가득 채워져 있었다. 원래 회의도 하고 대망의 대화도 나누면서 시인들 각자가 자신의 원고를 낭독하려 했던 큰 홀은 군량 창고로 쓰이고 있었다. 도처에 기병들과 소총병들이 돌아다녔다. 연락병들이 떠나가기도 하고 도착하기도 했다. 에르스카인은 면회를 해주지 않았다. 다흐가 '흑마의 집' 임대 문서를 한 헌병 장교에게 제시하면서 스웨덴 군비에서 계약금을 환불해 줄 것을 요청하자 그 헌병 장교는 크게 웃었고 그의 주위에서도 잇달아 껄껄 웃음소리가 났다. 다흐는 일언지하에 퇴짜를 맞고 돌아왔다. 강력한 바보들. 갑옷으로 둘러싼 그들의 텅 빈 육신. 그들의 그 황량한 비웃음. 그 스웨덴 장교들 중 그들의 이름을 아는 자는 아무도 없었다. 어쨌든 그 식당의 조그만 홀에서 잠시 쉬어 가는 것은 허용되었다. 식당 주인은 시인들에게 올덴부르크

쪽으로 돌아가 보라고 권했다. 거기 가면 모든 것을—숙박 시설까지도—얻을 수 있다는 것이었다.

슐레지엔 사람들은 이미 함부르크까지 여행을 계속할 것을 고려 중이었고, 게르하르트는 베를린으로 돌아가려 하고 있었으며, 모셰로슈와 슈노이버는 리스트와 함께 홀슈타인으로 갈 생각이었던 데다, 베케를린은 런던으로 가는 다음 배를 타려 하고 있었다. 대부분의 사람들은 다흐에 대한 불평을 적지 않게 늘어놓으며 이 모임을 무산시키자고 으름장을 놓고 있었다. 일이 이렇게 되고 보니 여느 때는 침착하기 이를 데 없던 다흐조차도 이 계획에 대한 회의가 일기 시작하였다. 사람들은 벌써 짐을 들고 길거리에 나와 서서는 어디로 가야 할지를 모르고 있었다. 바로 그때, 날이 저물기에는 아직 이른 시간에, 뉘른베르크 사람들이 도착하였다. 하르스되르퍼가 그의 출판업자 엔터와 같이 왔고 청년 비르켄도 왔다. 붉은 턱수염을 한 친구가 이들과 같이 왔는데 그는 자신을 크리스토펠 겔른하우젠이라고 소개하였다. 그는 이십 대 중반쯤 됨 직하였는데 키는 데퉁스럽게 커서 청년 티가 났지만 얼굴은 얽어서 청년 같지가 않았다. 깃털 모자 아래에 초록색 조끼를 입은 그의 모습은 아주 부자연스러운 인상이었다. 누군가가 "저 친구 꼭 만스펠트 군인들이 말 타고 지나가다 뿌려놓은 씨처럼 생겼군그래"라고 말했다. 그러나 겔른하우젠은 겉보기와는 달리 현실적인 인물임이 드러났다. 그는 기병과 소총병으로 구성된 황제군 1개 부대를 지휘하고 있었는데, 그 부대는 평화 회의가 진행 중인 도시들 주변이 중립지대로 선포되어 그 지역 내에서는 모든 전투행위가 금지되어 있었기 때문에 현재 이 소읍 어귀에 진을 치고 있다는 것이었다.

다호가 뉘른베르크에서 온 일행에게 딱한 사정을 설명하자, 겔른하우젠은 즉각 장황하면서도 온갖 직유와 은유가 섞인 궤변을 늘어놓으면서 자기가 기꺼이 도와드리겠노라고 자청하는 것이었다. 그러자 하르스되르퍼가 다흐를 옆으로 데리고 가서 귓속말을 했다.

“저 친구는 떠돌이 점성술사처럼 바보 같은 소리를 늘어놓긴 해요. 모인 사람들에게 자기가 무슨 주피터의 총아라고 소개한 것도 헛소리고, 보시다시피 자기는 프랑스 땅에서 미의 여신 베누스의 복수로 인해 얼굴이 얽었다는 둥 하는 것도 다 부질없는 흰소리지요. 그렇지만 저 친구는 위트가 있고, 그 허황된 행동에서 엿보이는 것 이상으로 책을 많이 읽었어요. 뿐만 아니라 저 친구는 오펜부르크에 본부를 두고 있는 샤우엔부르크 대령 휘하의 연대에서 부관으로 일하고 있습니다. 우리들은 뷔르츠부르크에서 배를 타고 쾰른까지 여행했는데, 거기 쾰른에서 겔른하우젠이 우리들을 곤경에서 벗어나게 해줬어요. 엔터가 허가도 받지 않은 채 한 꾸러미의 책을 ‘불법 보급판’으로 판매하려 했거든요. 이에 대해 성직자들이 ‘이단자적 행동’이라는 혐의를 두었는데 다행히도 저 겔른하우젠이란 친구가 말을 잘 둘러대어 우리를 그 혐의에서 벗어나게 해주었어요. 저 친구는 창작할 수 있는 것보다도 더 그럴듯한 얘기를 꾸며대요. 저 친구의 언변에는 예수회 성직자들도 입을 못 열어요. 교회 장로들은 물론이고 모든 신과 그 신의 성좌들까지도 저 친구의 손 안에서 논다니까요. 저 친구는 인생의 이면을 속속들이 아는 데다 거기에 한술 더 떠서 방방곡곡 지리에도 밝아요. 쾰른, 레클링하우젠은 물론이고 조스트에 이르기까지 모르는 곳이 없어요. 어쩌면 저 친구가 우리들을 도울 수 있을지도 모르겠습니다."

게르하르트는 황제군과 관계하는 것에 대해 경고했다. 호프만스발다우는 그 친구가 바로 조금 전에, 오피츠가 번역한 「아르카디아」[2]의 한 구절을 인용했다면서 어안이 벙벙해서 서 있었다. 모셰로슈와 리스트는 어쨌든 그 연대부관의 제안을 한번 들어보고 싶어 했다. 더욱이 오펜부르크에 인접한 슈트라스부르크 사람인 슈노이버가 그 부대의 본부가 있는 오펜부르크 시 내에서 일어나는 도시 생활의 몇몇 세부 사항을 물어본 결과 그 친구가 항간에 나도는 뜬소문까지도 척척 알아맞히는 것을 보고는 어디 한번 그의 제안을 들어보자는 생각도 들었던 것이다.

결국 겔른하우젠은 모두 모이기는 했지만 숙박할 곳이 없어 실의에 빠진 문사들에게 자신의 제안을 설명할 기회를 얻게 되었다. 그의 말은 그의 초록색 조끼 위에 두 줄로 달려 있는 금 단추의 광택처럼 아주 그럴듯하게 들렸다.

"그렇지 않아도 저는 메르쿠리우스[3]의 사촌으로서—바로 그 때문에 그 친구 못지않게 바쁩니다만—뮌스터에 가

2) 신라틴어로 된 16세기 목동 소설.

3) 로마신화에 나오는 신의 사자.

야 할 일이 있습니다. 연대장으로서 마르스[4]에 봉사하고 있는 제 상관의 명을 받들어 트라우트만스도르프 공에게 비밀 소식을 전달해야 하거든요. 황제군 측의 협상 대표인 이 트라우트만스도르프 공으로 말하자면 화가 난 사투르누스[5]가 마침내 평화가 오도록 하기 위해 지혜로써 살찌운 사람이지요. 불과 30마일만 고생하시면 됩니다. 거의 보름달에 가까운 달빛을 받으면서 평평한 지대를 지나가면 되니까요. 여러 선생님들께서 성직자 냄새 나는 뮌스터로 들어가지 않으실 경우에는 텔크테라는 아담한 소읍을 지나치게 될 것입니다. 이 소읍은 이번 전쟁 통에 가난해지긴 했지만, 헤센군을 물리쳤고 스웨덴 왕국의 변방 연대에 군자금 대는 것을 게을리 하지 않았기 때문에 재화를 입는 것만 은 면했지요. 그리고 텔크테는 아시다시피 고래로 내려오는 순례지이므로 이렇게 문학적 순례를 하고 계시는 여러 선생님들을 위해 그곳에 숙소를 마련해 드리도록 하겠습니다. 이런 것은 제가 어릴 때부터 익혀온 일입니다. 여러 신들을 위해 숙소를 마련하는 건 메르쿠리우스의 임무니까요."

베케를린 옹(翁)이 나서며, 신교도로서 그렇게 많은 황제군의 호의를 받을 자격이 자신에게 있는지 알고 싶고, 그것 외에도 겔른하우젠은 급히 전달해야 할 구교군 측의 급보를 지니고 있다고 말하지 않았느냐고 물었다. 그러자

4) 로마신화에 나오는 전쟁의 신.
5) 로마신화에 나오는 농업의 신.

그 연대 부관이 말했다.

"저한테 종교는 아무래도 좋습니다. 저의 종교를 건드리지 않는 한…… 그리고 트라우트만스도르프 공에게 전해야 할 그 소식도 뭐 그다지 비밀스러운 건 아닙니다. 튀렌[6] 진영에서 바이마르 군대가 프랑스의 감독과 지시에 불만을 품고 모반을 일으켰다가 뿔뿔이 흩어진 것은 누구나 알고 있는 사실이거든요. 이런 소식이란 사람보다 더 먼저 가 있게 마련이니 서둘러 가봤자 소용없는 노릇이지요. 그래서 저는 차라리 숙소를 잃고 헤매시는 한 부대의 시인 선생님들을 위해 자그마한 봉사를 하고 싶습니다. 더구나 저 역시, 문학의 신 아폴론을 두고 맹세할 수 있습니다만, 펜을 드는 것을 업으로 하고 있으니까 말입니다. 우선은 아직 샤우엔부르크 대령의 연대 본부에서 펜을 놀리는 데 불과하지만요……."

이에 다흐가 그 제안을 수락하였다. 그리하여 겔른하우젠은 이제 말을 요리조리 돌려가며 운에 맞지도 않는 소리를 늘어놓는 행위를 뚝 그쳤다. 그리고 그의 기병들과 소총병들에게 명령을 내리기 시작하였다.

6) 30년전쟁 당시 프랑스군 원수.

# 제2장

오스나브뤼크에서 텔크테를 거쳐 뮌스터로 향하는 길은 이제 곧 만 3년간이나 끌어온 셈이 되는 평화 협상이 시작된 이래 지금까지 수많은 차량들이 다닌 길이자 각종 급사(急使)들이 말을 타고 다닌 길이었다. 이들 급사들이 신교 진영에서 구교 진영으로, 또는 그 반대 방향으로 이리저리 나른 각종 청원서, 각서, 대개는 술책과 음모를 담은 편지, 연회에의 초대장, 그리고 평화 협상과는 무관하게 움직이는 최근 군사 동태에 대한 첩자들의 보고서 등 종이 쪽지만 모아도 서고 하나를 채우고도 남을 만하였다. 이런 와중에 종파들의 입장 또한 군사적 우호 및 적대 관계와 반드시 일치하지는 않았다. 구교 측인 프랑스는 교황의 은근한 후원하에 스페인과 합스부르크 황실 및 바이에른과 싸우고 있었으며, 신교 측인 작센은 그때그때 기회를 봐가며 황제 편 진영에도 한 다리를 걸치고 있었다. 불과 몇 년 전에는 루터 파인 스웨덴인들이 같은 루터 파인 덴마크인들을 습격했다. 바이에른은 남몰래 팔츠를 둘러싼 자국의 이익을 도모하고 있었다. 뿐만 아니라 부대의 일부가 모반을 일으키거나 진영을 바꾸는 사례가 속출하였고, 네덜란드는 모순된 입장을 보이고 있었으며, 슐레지엔의 여러 공국들은 비통한 처지에 빠져 있었고, 독일 제국의 여러 독립 도시 국가들은 무력했으며, 여러 동맹국들 간의 이해관계는 변화무상하였으나 영토를 탐하는 이해만은 변치 않고 남아 있었다. 그래서 1년 전 알자스를 프랑스에 넘겨주고 포메른과 슈테틴을 스웨덴의 영토로 하자는 협상이 진행되었을 때, 특히 슈트라스부르크와 발트 해안 도시 국가들의 협상 대표들이 발꿈치가 다 닳도록 여기 뮌스터와 오스나브뤼크 사이를 드나들며 절망적인 노력을 기울였고 또 그 노력이 헛수고로 끝나고 말았던 것이다. 그러니 평화 협상의 도시들로부터 오는 길, 또는 그곳을 향해 가는 길의 상태가 협상 진행 상태 및 독일 제국의 현 실정과 비슷하다고 해도 조금도 이상할 것은 없었다.

어쨌든 겔른하우젠이 빌렸다기보다는 오히려 징발했다고 해야 할 그 네 대의 마차가 스무 명이 넘는 숙박할 곳 없는 문사들을 태우고 토이토부르크 삼림 지대의 지맥들에서 낮은 지대로 내려와 테클렌부르크 백작령을 지나 텔크테까지 오는 데에는 예상했던 것보다 더 오랜 시간이 걸렸다(그 사이에 어떤 교회 관리인이 그동안 스웨덴 군인들이 진을 치고 있었던 외제데 근처의 어느 비어 있는 수녀원을 임시로 고쳐서 그들에게 제공하겠다는 제의를 했는데, 반쯤 폐허가 된 그 수녀원의 벽들을 보니 최소한의 안락도 기대할 수가 없어서 그들은 그 제의를 거절하였다. 겔른하우젠을 믿지 않았던 로가우와 첩코 두 사람만이 그 임시 숙소에 드는 데 찬성했다).

지몬 다흐가 호송 부대의 교량 통과세를 지불했을 때 그들 뒤로는 이미 여름밤이 물들어 오고 있었다. 겔른하우젠이 자기 마음대로 숙소로 정한 곳은 바로 그 다리의 뒤쪽, 즉 외(外)엠스를 막 건넌 곳으로서, 엠스의 문을 사이에 두고 시내와 경계를 이루며 흐르고 있는 내(內)엠스의 앞쪽이기도 하였다. 거기에 있는 '다리의 집'이라는 곳이 그가 정한 숙소였는데, 그곳은 갈대로 뒤덮인 돌집으로서 강안의 잡초들 한가운데에 우뚝 합각머리를 쳐들고 서 있었으며, 언뜻 봐도 전쟁 통에 별로 손상을 입은 것 같지는 않았다. 보아하니 그는 여주인과는 아는 사이인 모양으로 그녀를 옆으로 데리고 가서 귓속말을 나눈 후, 다흐와 리스트와 하르스되르퍼에게 자신의 오랜 여자 친구 리부슈카라고 그녀를 소개하는 것이었다. 두창(頭瘡) 고약을 바른 아래로 이미 늙은 티가 나 보이기 시작하는 그 여자는 말안장 덮개로 몸을 휘감고 있었으며 병사들의 바지를 입고 있었지만 말만은 점잔을 빼며 보헤미아의 귀족 출신을 자처하고 있었다. 그녀의 아버지는 베틀렌 가보르[7]와 함께 처음부터 신교 파를 위해 싸웠다는 것이었다. 그녀는 자기 집에 어떤 영광이 닥쳐온 것인지 잘 알고 있다며, 당장은

7) 1580~1629. 트란실바니아의 군주이자 헝가리 왕. 30년전쟁 당시 빈 황실에 반역하여 신교 편을 들었음.

못 해드려도 조금만 기다려주시면 곧 여러 선생님들에게 숙소를 제공해 드리겠다고 말했다.

이 말이 떨어지자마자 겔른하우젠이 그의 황제군 병사들과 함께 외양간 앞에서, '다리의 집' 앞에서, 복도 안에서, 모든 객실 앞에서, 그리고 모든 층계들을 오르내리며 온갖 시끄러운 소리를 다 내었기 때문에 쇠줄에 매여 있던 마당의 개들이 짖다가 지쳐서 그야말로 질식할 지경에 이르렀다. 그래도 그는 계속 분탕을 치다가 마침내 여관의 모든 손님들과 그들의 마부들이 다 잠에서 깨어났을 때에야 비로소 그 짓을 그만두었다. 그 손님들이—그들은 렘고에서부터 브레멘을 향해 계속 여행 중이던 한자 동맹 도시의 상인들이었다—여관 앞에 모여 서자마자 겔른하우젠은 그들에게 '다리의 집'을 비우라고 명령하였다. 그는 "목숨이 아깝거든 이곳을 떠나시오"라는 말로 자신의 명령에 힘을 실었다.

"저 마차들 위에 앉아 있거나 그 앞에 축 늘어져 서 있는, 보시다시피 노쇠하여 곧 쓰러질 것 같은 인물들 중에는 선(腺) 페스트에 감염되어 곧 짚단에 싸인 채 화장되어야 할 후보자들이 몇몇 있소. 본관은 평화 협상에 방해되지 않도록 제거되어야 할 일종의 재액을 본관의 병력을 지휘하여 호송 중이오. 키지 교황대사님의 시의(侍醫)인 본관은 이 병든 무리들을 격리시키라는 황제 폐하의 명령을 받았으며, 게다가 또 스웨덴 측의 명령도 받고 있는 바이오. 그러니 즉각, 그리고 이의를 제기치 말고 명령에 따르시오. 그렇지 않으면 본관은 하는 수 없이 여러분의 수레들을 적재된 상품들과 더불어 엠스 강안에 내다 놓고 불태우는 수밖에 도리가 없소. 누구나 아는 바이고 또 사투르누스 신의 모든 지혜로 다듬어진 의사인 본관도 말하는 바이지만, 페스트는 부자라고 봐주는 법이 없고, 오히려 계획적으로 귀중한 인명과 재산을 앗아 가며, 특히 값진 브라반트산(産) 천을 몸에 걸친 신사 양반들을 골라 자기의 열띤 숨결을 옮겨주기를 즐긴단 말이오."

그 상인들이 자기네들을 철거시킬 수 있는 서면 증거를 보여달라고 청하자 겔른하우젠은 칼을 빼어 들고는 이것이 그의 펜촉이라고 말하면서 누가 제일 먼저 서면으로 증거를 제시받고 싶으냐고 물었다. 그러고는 조금 있다가 말했다.

"본관은 이제 곧 길을 떠나는 '다리의 집' 손님 여러분들에게 황제 폐하와 폐하의 적대자를 대리하여 간곡히 청하거니와 여러분들이 왜 갑자기 길을 떠나게 되었는가 하는 이유에 대해서는 전쟁의 신 마르스와 본관의 사나운 군견들을 고려하여 침묵을 지키기 바라오."

이 말이 떨어지고 나자 '다리의 집'은 재빨리 비워졌다. 수레에 말을 메우는 일이 전례 없이 빨리 진행되었다. 혹 시간을 끌고 있는 축들이 있으면 소총병들이 거들어주었다. 다호가 시인들 중 몇 사람과 함께 이 비도덕적인 작태에 대해 충분히 큰 소리로 항의할 수 있기도 전에 이미 겔른하우젠은 숙소를 마련하고 말았다. 우려의 표명도 없지는 않았지만, 이 사건을 우스운 익살극 정도로 생각해 버리려 한 모셰로슈와 그레플링어에 의해 무마된 나머지, 일행은 그렇게 해서 비워진 객실들과 사람의 체온으로 인해 여전히 따뜻했던 침대들을 각자 차지하게 되었다.

상인 슐레겔 외에도 뉘른베르크, 슈트라스부르크, 암스테르담, 함부르크, 브레슬라우 등지의 인쇄업자들이 출판인 자격으로 다흐의 초대에 응한 덕분에, 일행은 새 손님들을 맞이하게 되어 재미있어하는 것 같은 여주인 리부슈카에게 어렵잖게 피해액을 보상해 줄 수 있었다. 더욱이 방금 숙소를 떠난 한자 동맹 도시 사람들이 몇 두루마리의 직물과 몇 벌의 은제 식기며 라인 지방의 갈색 맥주 네 통을 남겨두고 떠났기 때문에 보상이라고 해봤자 그다지 크게 할 것도 없었다.

겔른하우젠의 부대는 여관 건물 옆 마당에 지어놓은 마구간 안에 진을 치게 되었다. 시인들은 커다란 홀 앞의 작은 객실과 부엌 사이에 있는 현관 마루로부터 두 개의 층계를 거쳐 '다리의 집' 위층으로 올라갔다. 우울하던 일행의 분위기는 벌써 상당히 달라져 있었다. 단지 방을 골라잡느라고 약간의 다툼이 있었을 뿐이다. 체젠은 리스트와 언쟁을 벌이더니, 이번에는 라우렘베르크와 다투기 시작했다. 의과 대학생 셰플러는 눈물이 그렁그렁하였다. 방이 모자라다는 이유로 다흐가 그와 비르켄과 그레플링어를 다락방 지푸라기 위에서 자도록 했기 때문이었다.

그러고 나서는 베케를린 옹의 맥박이 간신히 뛰고 있다는 전갈이 들려왔다. 모셰로슈와 한 방을 쓰고 있는 슈노이버는 상처에 바를 고약을 청해 왔다. 게르하르트와 석사 부흐너는 각자 독방을 쓰겠다고 했다. 호프만스발다우와 그뤼피우스, 그리고 첩코와 로가우는 둘씩 들어갔다. 하르스되르퍼는 자신의 출판업자 엔터와 떨어지지 않았다. 리스트는 체젠과 함께 있고 싶어 했으며 체젠 역시 리스트와 같이 있고 싶어 했다. 이 모든 사정에도 불구하고 여주인은 하녀들과 함께 새로운 손님들의 시중을 들고 있었다. 여주인 리부슈카는 그 시인들 중 몇몇 사람의 이름을 알고 있었다. 그녀는 게르하르트의 찬송가 구절들을 암송했고 하르스되르퍼에게는 「페그니츠 강안의 작은 목양원(牧羊園)」 중 우아한 몇 구절을 인용해 보였다. 또 그녀는 나중에 모셰로슈 및 라우렘베르크와 작은 홀에 앉았을 때──이 두 사람은 잠자리에 들지 않고 치즈와 빵을 안주 삼아 갈색 맥주를 마시며 아침이 밝아올 때까지 깨어 있고 싶어 했다──모셰로슈의 작품 「필란더」에 나오는 몇몇 몽상의 내용을 짤막짤막한 문장으로 축약해서 말할 줄도 알았다. 이렇게 읽은 것이 많은 리부슈카는 시인들의 만남에 안성맞춤이었다. 나중에 숙소를 마련한 공로자로서 환영을 받으며 그들 옆에 앉게 된 겔른하우젠은 그녀를 가리켜 '억척 어멈'이라고 부르기도 했다.

지몬 다흐 역시 깨어 있었다. 그는 자기 방에 누워서 그가 편지로 부른 사람들, 길을 떠나도록 권유한 사람들, 고의로 또는 본의 아니게 잊어버린 사람들, 추천을 받고 명단에 포함시키거나 또는 무시해 버린 사람들을 하나하나 손꼽아 보았으며 아직 도착하지 않은 사람들이 누구누구인지도 꼽아보았다. 이를테면 그의 친구 알베르트가 아직 도착하지 않았다. 이 방의 다른 침대 하나는 그 친구를 위해 비워둔 것이었다.

잠을 쫓는 걱정 혹은 졸음을 부르는 걱정이기도 했지만 어쩌면 쇼텔이 그래도 올지도 모를 일이었다(그러나 볼펜뷔텔 출신의 그 친구는 부흐너가 초대되었기 때문에 화가 나서 오지 않을 것이었다). 뉘른베르크에서 온 사람들은 클라이가 병으로 못 온다는 전갈을 갖고 왔다. 롬플러가 그래도 온다면 큰일이었다. 안할트 공국의 루트비히 왕이 도착하는 경우를 상정할 수 있을까?(하지만 '결실의 모임'을 대표하는 그 군주는 모욕을 느낀 나머지 쾨텐에 그냥 머물러 있을 것이었다. '종려의 기사단'의 구성원도 아니고 자신이 시민계급임을 강조한 다흐이고 보니 그 군주의 눈에는 거슬릴 것이 틀림없었다)

형편없이 피폐해진 국어를 정화하고 평화 협상 정신에 부응하기 위해 개최하려던 당초의 모임이 다른 곳으로 옮겨지게 되었다는 소식을 외제데의 '흑마의 집'에다 남겨두고 온 것은 참 잘한 일 같았다. 문학의 고난과 행복에서 조국의 참상에 이르는 모든 것을 논의할 때까지 이 모임을 다른 곳에서 속행할 것이라는 말을 남겨두었던 것이다.

그들에게는 오피츠의 존재가 아쉽게 생각될 것이며 플레밍도 생각나게 될 것이다. 이론 부문을 다소 억제시킬 수 있을 것인지? 그 밖에 또 누가 불청객으로 오게 될는지? 이런 생각을 하면서, 그리고 아내 레기나의 육체를 그리워하면서, 다흐는 잠 속으로 빠져 들었다.

# 제3장

혹은 그는 아직 자지 않고 아내 레기나에게 편지를 쓰고 있었다. 처녀 적 성이 폴이었던 그녀는 크나이프호프 도처에서, 또는 한림원 학생들에 의해서, 그리고 알베르트, 블룸, 로베르틴 등 그의 친구들 사이에서, 그리고 선제후에 의해서도 '폴가(家)의 여인' 또는 '다흐의 폴'이라고 불리고 있었다. 편지 첫머리에서 그는 예의 절망적인 상황을 묘사하다가 나중에는 숙소를 구한 과정에 대해 재미있게 쓰고 마지막에는 그 모임의 진행을 하느님의 뜻과 은총에 맡긴다고 썼다. 그 편지는 이 사건의 보다 깊은 의미에 대해서는 불문에 붙인 채 우선 쾨니히스베르크에 소식을 전하는 데 그 일차적 목적이 있었다. 즉 그 편지에는 스웨덴 병정들이 외제데에서 얼마나 무례하게 그들을 쫓아내었는가에 대해, 그리고 크리스토펠 또는 슈토펠이라고 불리는 겔른하우젠이 신교 측 차고에서 말이 딸린 네 대의 포장마차를 어떻게 징발했는가에 대해 쓰여 있었다. 밤에, 보름달에 가까운 훤한 달빛을 받으며, 황제군 기병들의 역청 횃불을 뒤따라, 멀리서 들려오는 우르릉 쾅쾅거리는 천둥 소리를 들으면서, 뮌스터 방향으로 골이 파인 길을 달려 텔크테까지 온 과정에 대해서도 다흐는 써나갔다.

도중에 벌써 모셰로슈는 그레플링어와 라우렘베르크와 더불어 브랜디를 퍼마시고 저속한 유행가 가락을 고래고래 소리쳐 불러서 항상 점잖은 게르하르트를 놀리기 시작했소. 그러나 첍코와 베케를린 옹이 과감하게도 그 다정다감한 게르하르트의 편을 들고 나왔기 때문에 우리들은 남은 여정 동안에는—네 대 중 적어도 세 대의 포장마차에서는—지적인 노래를 부르게 되었소. 그것은 '이젠 모든 숲들도 쉬네/ 짐승과 사람, 도시와 들판도 쉬고/ 온 세상이 모두 잠자누나……'라는 최근에 출판된 게르하르트의 시가로서, 나중에는 술에 취한 그 친구들까지도 그것을 따라 부르게 되었소. 그리하여 내 옆에 앉아 있던, 온몸이 통통하게 살찐 그뤼피우스를 위시한 대부분의 사람들이 노래를 부르다가 잠에 곯아떨어지게 되었소. 그래서 우리들이 목적지에 다다랐을 때에는 겔른하우젠이 정말 페스트의 냄새를 맡을 수 있을 정도의 달변으로 우리들을 위하여 페스트 이야기를 꾸며낸 행위가 아주 파렴치한 짓이라는 사실을 미처 알아차리지 못했소. 아니 알아차리긴 했지만, 이미 때가 너무 늦었던 거요. 그리하여 천벌을 받아 마땅한—하긴 나 자신도 그 짓을 생각하면 절로 미소가 떠오른다오—그 비도덕적 행위에도 불구하고, 또는 바로 그 비도덕적 행위 때문에 일행은 곧 잠자리에 들었소. 어떤 사람들은 그 장사치들이 불안에 떨며 서둘러 도망치던 꼴을 생각하고 쿡쿡 웃으면서, 그리고 겔른하우젠의 그 몸서리나는 재담에 아직도 후줄근히 땀에 젖은 기분으로 잠자리에 들었고, 또 어떤 사람들은 나지막한 소리로 하느님께 용서를 빌면서 잠자리에 들었소. 그러나 모두가 녹초가 될 정도로 피곤했던 건 틀림없었고, 그래서 슐레지엔 사람들, 뉘른베르크 사람들, 슈트라스부르크 사람들 간에 미처 언쟁이 벌어질 여유가 없었으며, 따라서 이 모임이 다시 한번 파탄의 위기에 직면할 필요도 없었소. 예상한 대로 리스트와 체젠 사이에만 언쟁이 오가고 있소. 그에 반하여 부흐너는 쇼텔이 오지 않아서 계속 온건한 태도를 보일 것으로 기대되오. 슐레지엔의 시인들은 소심한 대학생을 하나 데리고 왔소. 호프만스발다우는 조금도 귀족티를 내지 않고 있소. 설교하는 버릇을 버리지 못하는 리스트와 문학적 사교와는 거리가 먼 게르하르트를 제외하고는 모두들 서로 간에 우의를 나타내고 있소. 창녀를 밝히는 그레플링어조차도 내 뜻에 순종하고 있으며, 그의 여인 플로라[8] 쪽에서 그를 배반한 것이 틀림없다는 사실을 늘어놓으며 어느 정도의 예절은 지키겠다고 내게 약속했소. 어쨌든 내가 불신감을 지니고 지켜보고 있는 슈노이버는 뭔가 음험한 짓을 꾸밀 것 같소. 하지만 난 부득이한 경우에는 이 무

8) 봄 또는 꽃의 여신의 이름이기도 함.

리들을 엄하게 다룰 것이오. 객실에 있는 술꾼들과 당신 생각에 젖어 있는 나를 제외하면 아직도 잠자지 않고 깨어 있는 것은, 겔른하우젠이 우리들을 보호하기 위해 '다리의 집' 앞에 보초를 세워놓은 수상쩍은—게다가 황제군 소속이기까지 한—호위병들뿐이오. 여주인은 방종한 여자이기는 하지만 아주 비상한 인물임이 드러났소. 그녀는 그뤼피우스와 유창한 이탈리아어로 대화하고 석사 부흐너와는 라틴어로까지 화답하며 문학적인 것에 관해서는 마치 거위 우리 안에 들어가 있는 여우와도 같이 훤히 알고 있었소. 신의 계획을 따라가기라도 하듯 만사가 이렇게 이상하리만치 척척 맞아떨어지고 있소. 다만 이 소읍이 종교적인 고장이라는 사실은 나에게 좀 언짢은 점이오. 텔크테에서 재세례파(再洗禮派)[9] 교도들의 비밀 모임이 개최되고 있다는 추측이 나돌고 있는 판이라오. 크니퍼돌링[10]의 망령이 아직도 이 부근에 돌아다니고 있는 것이오. 이 지방은 좀 무시무시한 느낌을 주는 곳이지만 아마도 회합 장소로는 적당한 것 같소.

지몬 다흐가 그의 아내에게 그 밖에 또 무엇을 썼는지에 관해서는 나는 그 둘에게 맡겨두고 싶다. 내가 여기에 쓰고자 하는 것은 단지 그가 잠을 청하던 무렵의 마지막 사념들이다. 그의 생각은 찬성과 반대의 주위를 맴돌고 있었

9) 1530년대에 뮌스터에서 일어난 교파로 재산 공동소유와 다처제를 표방하였으며 루터에 의해 사교로 단정되었음.

10) 재세례파의 수령으로 1536년에 처형되었음.

고, 그 일의 전후를 오락가락하고 있었으며, 여러 인물들을 등장시키기도 하고 퇴장시키기도 하면서 자꾸만 반복되고 있었다. 이 사념들을 내가 대강 정리해 보겠다.

다흐는 그렇게 오랜 시간에 걸쳐 준비한 이 모임이 유용하다는 점에 대해서는 믿어 의심치 않았다. 전쟁이 계속되는 동안에는, 시인들을 모았으면 하는 소망이 계획되었다기보다는 오히려 탄식조로 흘러나오곤 했다. 오피츠 역시 죽기 얼마 전에 이와 같은 회합을 염두에 두고서 은신처 단치히에서 그에게 이런 편지를 써 보내지 않았던가. "브레슬라우에서든 프로이센에서든 모든 시인들이 한번 만난다면 이 모임은, 비록 조국은 산산이 갈라져 있지만, 우리의 과업을 한 갈래로 통일시킬 수 있을 것이오……."

하지만 뿔뿔이 흩어져 있는 시인들 사이에서 다흐만큼 호감을 살 수 있는 사람은 없었다. 오피츠라고 할지라도 다흐만큼 호감을 살 수는 없었을 것이다. 주위에 온기를 발하는 다흐의 폭넓은 기질은 이와 같은 모임의 범위를 크게 넓혀주었다. 그리하여 다흐는 그레플링어처럼 항상 무언가를 찾아 헤매는 외톨이로부터 귀족 출신의 문예 애호가 호프만스발다우, 그리고 비문학인인 게르하르트에 이르기까지 골고루 이 모임에 받아들일 수 있었다. 그러면서도 그는 이 모임의 범위를 적당한 선에서 제한하고 있었다. 즉 군주를 위한 헌시나 미리 주문된 조가 따위에만 관심이 있는 아첨꾼 나부랑이들에게는 초대장을 보내지 않았던 것이다. 그의 시 몇 수 정도는 암송할 수 있고 전체 참가자들의 여비를 보조해 준 바 있는 그의 군주한테조차도, 다흐는 도와주시는 뜻에서 바깥에서 지켜보기만 해주십사 하는 청을 드렸던 것이다.

몇몇 사람들(부흐너와 호프만스발다우)은 평화 조약이 체결될 때까지 기다려보는 게 어떻겠느냐, 또는 아직도 여전히 난무하는 전쟁의 와중을 벗어나 폴란드의 레슈노 같은 곳이나 스위스의 안전한 울타리 안에서 모이는 게 어떻겠느냐고 충고를 해오기도 했다. 체젠은 1640년대 초에 함부르크에서 창건된 '독일적 사고(思考) 동지회'를 앞세워 다흐와 경쟁을 벌이려 했으며, 롬플러의 '정직한 전나무의 모임'과 짜고 일종의 대립적 회합을 계획하려 했었다. 그러나 다흐의 끈기와 정치적 의지가 결정적인 역할을 했다. 젊은 시절에 그는 (오피츠의 영향하에) 그로티우스, 베르네거, 그리고 링엘스하임 주변의 하이델베르크 사람들과 서신을 교환하곤 했는데, 그 이래로 그는 자신이 비록 예전에 오피츠가 그랬고 베케를린이 아직도 그러고 있는 것처럼 직접 외교 활동을 하고 있지는 않았지만 스스로 '교파통합론자', 또는 '평화론자'로 자처하고 있는 것이었다. 체젠의 반항과 슈트라스부르크의 석사 롬플러의 갖은 간계에도 불구하고 지몬 다흐는 자신의 뜻을 관철하였다——체젠은 굴복했고 롬플러는 초대되지 않았다. 그리하여 이십구 년간이나 전쟁이 계속되었는데도 여전히 평화 협상이 이루어지지 않았던 47년도[11]에 뮌스터와 오스나브뤼크 사이에

11) 여기서는 1647년을 뜻하지만, '47그룹'이 처음 모였던 1947년도 연상시킴.

서 이 모임이 열리게 된 것이다. 그것이 이제 마지막으로 남은 단 하나의 연줄, 즉 독일인의 모국어에 새로운 가치를 부여하기 위해서건, 아니면 단지 변두리에서 하는 발언에 불과하긴 하지만 그래도 한마디 정치적 발언을 곁들이기 위해서건 간에, 어쨌든 이 모임은 열리게 되었던 것이다.

결국 그들도 무시 못할 존재였던 것이다. 모든 것이 피폐해진 곳에서 광채를 발하는 것은 오직 말뿐이었다. 그리하여 군주들이 스스로를 욕되게 한 그곳에서 시인들은 명망을 얻게 되었다. 불후성이 확보된 사람들은 그들 시인들이지 그 막강한 권세가들이 아니었다.

어쨌든 지몬 다흐는 자신의 의미는 우선 차치하더라도 이 회합의 의미에 대해서는 확신을 지니고 있었다. 그는 벌써 시인들과 예술 애호가들을 소규모로—쾨니히스베르크 사람들 말마따나 불똥 튈 염려가 전혀 없는 안전지대에서—자기 주변에 모아본 경험이 있었던 것이다. 크나이프호프의 결정에 따라 그가 종신토록 살게 되어 있는 '석사 골목'의 자기 숙소에서뿐만 아니라 프레겔 강의 롬제 섬에 있는 교회 파이프오르간 연주자 하인리히 알베르트의 여름철 정원에서도 그들은 이따금 모이곤 했다. 거기서 그들은 대개 경조사를 계기로 쓴 즉흥시나 부탁을 받고 쓴 시들을 낭독하곤 하였으니, 그것들은 항용 있는 결혼 축시나 조그만 노래들로서 알베르트가 거기에 곡을 붙이곤 하였다. 그의 친구들은 이 모임을 농담조로 '호박 넝쿨 초막의 모임'이라고 불렀는데, 그것은 '종려의 기사단'의 '결실의 모임'이나 또는 슈트라스부르크 사람들의 '정직한 전나무의 모임'과 같은 다른 단체들에 비하여, 심지어는 뉘른베르크의 '페그니츠 강안의 목자들'에 비해서도 일개 보잘것없는 존재이며, 도처에서 활발히 진행되고 있는 독일의 시문 운동이라는 큰 근간에서 볼 때 하나의 조그만 가지에 불과하다는 자기 인식에서 나온 명칭이었다.

하지만 다흐는 사람들이 줄기나 가지의 속삭임에 만족하지 않고 나무 전체가 포효하는 소리를 듣고 싶어 한다는 것을 알고 있었다. 또 다흐라는 자신의 이름 또한 일종의 말장난을 하기에 적합하기도 했다.[12] 그래서 그는 이튿날 이른 오후 먼 길을 여행해 온 문사들이 잠을 충분히 자고 나서 또는 그들의 흥분을 가라앉히고 나서 여관의 큰 홀에 모였을 때, 그의 평소 버릇대로 때로는 명랑하게, 때로는 사려 깊게 다음과 같은 의미의 개회사를 하였다.

"친애하는 동료 여러분, 이제 우리들은 제 이름하에—여러분을 초대한 것이 저 자신이기 때문에 감히 이런 표현을 씁니다만—여기 한 '지붕' 아래에 모였습니다. 그리하여 각자가 자기 능력껏 이 모임에 기여하게 된 것입니다. 결국엔 모든 단체들이 공명의 소리를 냄으로써 '페그니츠 강안의 목자들', '결실의 모임', '정직한 호박 넝쿨 초막의 모임', '정직한 전나무의 모임' 등이 모두 독일적인 사고(思考)를 창출해 내도록 하십시다. 그리하여 고통에 찬 우리 세기의 47년도에, 오랫동안 계속되어 온 평화 협상의

12) '다흐'는 독일어로 원래 '지붕'이란 뜻인데, 이로 인해 그의 주관하에 독일의 시인들이 '한 지붕 아래 모였다'는 의미심장한 농담이 성립됨.

헛소리들과 아직도 여전히 지속되고 있는 전장의 아우성 소리 말고도, 지금까지 구석에 밀려나 있던 우리 시인들의 목소리가 한번 울려 퍼지도록 해보십시다. 왜냐하면 우리들이 말하고자 하는 것은 라틴 민족을 흉내 낸 허튼소리가 아니라 우리의 모국어로 된 외침이기 때문입니다. '독일이여, 내 너를 어디에 버려두었는가? 30년 가까운 약탈과 살육으로 인하여 이제 너는 너 자신의 형리가 되었구나…….'"

# 제4장

이 시구는 다호가 최근에 완성했지만 아직 출판되지는 않은 자작시에서 인용한 것이었다. 이 시는 쾨니히스베르크의 시인들이 만나던 장소였으나 장삿길을 내기 위해 헐릴 수밖에 없었던 롬제 섬의 저 '호박 넝쿨 초막'의 최후를 비가 조로 읊은 것이었다. 이 '호박 넝쿨 초막'을 기념하기 위하여 교회 파이프오르간 연주자인 하인리히 알베르트도 노래 한 곡을 써서 삼부 합창곡으로 만든 바 있었다.

이 시구가 관심을 불러일으켰기 때문에 호프만스발다우, 리스트, 첼코 및 다른 사람들이 이 시의 작자에게 그 비가의 전문을 낭송해 달라고 졸라대었지만 다호는 나중에야, 즉 사흘째 낭독회 때에야 비로소 그 청을 들어주었다. 그는 자신의 작품으로 그 모임을 개회하지는 않으려 했다. 뿐만 아니라 그는 다른 사람들의 개회사도 허락지 않았다

(체젠은 자신의 '독일적 사고 동지회'와 이 모임이 길드에 어떻게 편성되는가에 대한 원칙적인 설명을 하고 싶어 했다. 그렇게 하게 했더라면 리스트가 즉각 반대 연설을 시작했을 것이다. 그 당시에 리스트는 이미 '엘베 강의 백조 기사단'의 창건을 준비하고 있었으니까 말이다).

지몬 다흐는 그렇게 하기보다는 차라리 경건한 파울 게르하르트의 이질감을 없애기 위하여 그에게 이 모임이 잘 되어나가도록 모든 참가자들을 위해 기도를 한마디 해달라고 부탁하였다. 게르하르트는 옛 루터풍의 진지성을 보이는 가운데 기립한 자세로 기도를 했다. 기도 내용 가운데에는 여기에 동석하고 있는지도 모르는 이단자들에 대한 은근한 저주와 협박도 적잖이 섞여 있었다. 게르하르트는 아마도 슐레지엔의 신비주의자들이나 그 안에 섞여 있을지도 모르는 칼뱅 파 교도들을 마음에 두는 것 같았다. 다흐는 그 기도가 끝난 후의 정적을 길게 끌지 않고 이내 "경애하는 친구들이여!" 하고 좌중을 향하여 외치면서 "고인이 되지 않았던들 여기 우리들과 자리를 함께했을 시인들을 생각하십시다"라고 말했다. 그는 "너무나 일찍 유명을 달리한 분들"을 한 사람씩 엄숙히 꼽아나갔다. 이에 모든 사람들이 기립하게 되었다. 그는 맨 처음 오피츠의 이름을 들고 나서 플레밍을 든 다음, 이어서 자기 세대의 정치적 스승이자 종교적 평화론자였던 링엘스하임을 들었으며, 그 뒤에는 칭크그레프를 들었다. 그러고 나서 그가 예수회의 슈페 폰 랑엔펠트[13]의 이름을 기리자 좌중은 아연실색했으며 그뤼피우스는 불쾌한 기색까지 띠었다.

사실 거기에 앉아 있는 많은 참석자들은 예수회의 연극이 얼마나 그들에게 모범이 되었는지 잘 알고 있었다(그리고 그것을 모방하는 것이 상례이기도 했다). 또한 대학생 시절의 그뤼피우스는 예수회 소속이던 야코프 발데[14]의 라틴어로 된 송가들 중 몇 작품을 독일어로 번역할 만큼 그것을 높이 평가했던 것도 사실이었다. 하르스되르퍼(그리고 그레플링어) 이외에는 아무도 그 모임의 일원으로 취급해주지도 않는 겔른하우젠 역시 자기가 가톨릭이라고 밝힌 바 있으며, 거기에 대해서 아무도 불쾌한 뜻을 표한 적이 없는 것도 사실이었다. 그러나 다흐가 슈페에 대하여 경의를 표한 것은 몇몇 신교 파 인사들에게는 아무리 그들이 다흐의 종교적 관용의 뜻에 순종하고자 한다 해도 일종의 무리한 요구로 생각되었다. 다흐는 엄격한 시선으로 거기 모인 사람들을 둘러보면서 흥분한 그들을 억지로 끌고 가려 했다. 이때 호프만스발다우가 다흐의 편을 들고 나서지 않았던들 그 무리한 요구는 큰 소리로 항의를 받거나 말없는 가운데에서의 이반(離反)을 면치 못했을 것이다. 호프만스발다우는 출판되지는 않았지만 복사판으로 항간에 나돌아 다니는 슈페의 『반(反)꾀꼬리의 노래』[15], 즉 '진정으

13) 1591~1635. 예수회 신부로 자연 감정이 깃든 민요풍 서정시와 하느님에 대한 신앙으로 가득 찬 시들을 썼음. 마녀재판에 대한 양심적 고발로도 유명함.

14) 1604~1681. 신라틴어로 서정시를 썼으며 그뤼피우스에게 영향을 끼쳤음.

15) 슈페 사후인 1649년에 발간된 그의 송가집으로서 문화 애국적 · 종교

로 뉘우치고 있는 한 영혼의 참회의 노래' 중 한 구절을 우선 인용하였다. "저녁이 되어 갈색의 밤이 그 치마폭 안에 우리들을 검게 변장시켜 줄 때면……" 그러고 나서 호프만스발다우는 종교재판과 고문에 대한 슈페의 고발인 「형사사건. 독일 당국에 띄우는 양심의 서 또는 마녀재판에 관하여」[16]에 실려 있는 몇몇 사건들과 그에 잇달아 실려 있는 주장들을 마치 라틴어 원문을 훤히 외우고 있는 것처럼 술술 늘어놓는 것이었다. 이어서 그는 그 예수회원의 용기를 칭찬하고는 사방을 둘러보면서(그뤼피우스의 얼굴을 특히 똑바로 응시하면서) 도전적으로 물었다.

"우리들 가운데 과연 누가 그 암울한 뷔르츠부르크에서 살았던 슈페처럼, 고문받는 200명의 여자들을 긍휼히 보고 고문의 고통 때문에 터무니없는 고백을 한 그들을 위로해 가며 화형용 장작더미까지 배웅해 줄 수 있겠소? 또 그 가공할 경험담을 펜으로 적었다가 출판함으로써 세상에 고발할 사람이 우리들 가운데 과연 누가 있겠소?"

이 물음에 대답이 있을 수 없었다. 베케를린 옹의 눈에 눈물이 고였다. 마치 거기에다 무슨 의미라도 부여하려는 듯 대학생 셰플러가 말했다.

"뿐만 아니라 슈페 역시 오피츠와 마찬가지로 페스트가 앗아 간 인물입니다."

다흐는 시인 오피츠의 이름만을 다시 거론하고는 로가우

---

적 의도로 써졌음.

16) 1631년 익명으로 출판. 마녀재판의 허위성을 고발하였음.

에게 인쇄된 텍스트를 건네주면서 거기에 실려 있는 소네트들 가운데 특히 한 작품을 좀 낭독해 달라고 부탁하였다. 그 소네트들은 오피츠가 죽은 후 얼마 안 되어 역시 고인이 된 플레밍이 (카자크[17]들의 고장인 타타르를 두루 여행하던 중에)오피츠를 위해 쓴 것들로서 다흐가 로가우에게 그중 한 편의 소네트만을 낭송하도록 부탁한 이유는 모든 고인들을 한 명 한 명 다 추모해 나갈 계획이었기 때문이다. 소네트 낭송을 끝낸 로가우는 '보버 강의 백조'[18]에 대한 자신의 추도 시를 낭독하기도 했다.

"고대 로마엔 시인도 많았건만 항상 베르길리우스 한 사람이 운위되네

독일인들에게는 오피츠 한 사람이 있는 데다 다른 시인들 또한 많구나!"

평화의 사도 링엘스하임을 추모하고 난 연후에 다흐는 칭크그레프를 기리기 위해 그의 날카로운 격언 시들 가운데 상당히 명랑한 내용의 에피소드 두 편을 골라 낭송함으로써 그것을 듣는 좌중의 사람들이 긴장을 풀도록 유도하였다. 다흐는 좌중의 요청에 따라 한 편을 더 낭송하였다.

그리하여 긴장과 엄숙성이 감돌던 회의는 화기애애한 환담 형식으로 바뀌었다. 특히 노인들은 고인이 된 사람들에 관한 일화들을 알고 있었다. 베케를린 옹은 링엘스하임의 생전에 하이델베르크에서 젊은 오피츠가 행했던 갖가지 일

---

17) 흑해와 카스피 해 북쪽에 거주하는 주민. 도망친 농노들로 구성된 반(半)자치적 군사 조직.

18) 분츨라우 태생의 시인 오피츠의 별명.

들을 털어놓았다. 발트 해 출신의 여인 엘자베가 플레밍을 배반하지 않았던들 플레밍은 과연 무엇을 썼을까 하는 문제를 제기해 놓고 그 답을 상세히 말할 수 있었던 사람은 부흐너였다. 슈페의 시들이 어째서 지금까지 출판되지 못하고 있을까라는 질문도 나왔다. 그다음에는 화제가 라이덴 대학의 학창 시절로 넘어갔는데, 그뤼피우스와 호프만스발다우, 그리고 체젠과 셰플러 청년은 거기 라이덴에서 몽상적인 생각들에 한껏 도취되어 있었던 것이다. 이렇게 야코프 뵈메의 영향을 받은 신비주의자들도 이 자리에 있는 이상 다흐가 고인들을 추모하면서 괴를리츠 출신의 그 제화공의 이름을 일부러 언급하지 않은 것은 무엇 때문일까 하고 누군가가 물었다(그건 어쩌면 나였는지도 모른다).

그동안에 여주인은 하녀들과 함께 작은 홀에다 검소해 보이는 새참을 차리고 있었다. 소시지를 삶은 기름진 수프에 밀가루 수제비가 둥둥 떠다니고 있었고 펑퍼짐하게 구운 빵이 통째로 놓여 있었으며 갈색 맥주가 나왔다. 사람들은 빵을 뜯어서 국물에 적셔 먹거나 국물을 후루룩 마시기도 했으며 잔에 술을 더 따라서 마시기도 했다. 좌중에는 웃음꽃이 피었다(엠스 강안의 이 도시 이름을 올바르게 발음하면 어떻게 되지? 텔크테, 텔히테? 혹은 여기 하녀들 말투대로 테히테라고 발음하는 게 맞을까?). 다흐는 긴 식탁 주위를 두루 돌아다니면서 사람마다 붙잡고 조금씩 이야기를 나누었으며, 부흐너와 비르켄 청년처럼 지금부터 벌써 열띤 논쟁을 벌이려는 사람들을 중재하곤 하였다.

식사 후에는 어차피 언어에 관한 토론을 하게 되어 있었다. 언어를 파괴시킨 것은 무엇이며, 언어를 소생시킬 수 있는 것은 무엇인가? 존속되어야 할 규칙들은 어떤 것들이며, 시의 흐름을 답답하게 하는 고리타분한 규칙들은 어떤 것들인가? 부흐너가 단지 신비주의자들의 헛소리일 뿐이라고 경멸하는 저 '자연어'란 개념을 보다 그럴듯한 양념을 곁들임으로써 어떻게 좀 소화되게 할 수는 없을까? 그리하여 이 '자연어'가 주로 사용되는 언어로까지 성장할 수는 없는 것일까? 무엇이 표준 독일어로 통용되어야 마땅한가? 그리고 각 방언에는 어느 정도의 가치를 부여하는 것이 좋은가? 이런 문제 또한 토의되어야 마땅하였으니, 그들이 비록 모두들 박학다식하고 여러 나라말에 능통하긴 했지만—그뤼피우스와 호프만스발다우는 7개 국어를 유창하게 할 수 있는 것으로 판명되었다—그들이 지껄이고 소근대고 더듬거리고 떠들썩하게 소리치고 길게 빼고 굴리고 뽐내면서 말하는 그 독일어를 보면 지방색이 완연히 드러나고 있었기 때문이다.

로스토크 사람인 라우렘베르크는 발렌슈타인이 포메른에 침입한 이래로 덴마크의 젤란트 섬에서 수학 교사로서 정주하고 있었음에도 불구하고 자기 고향인 북독의 허튼소리를 식탁 위에다 늘어놓았으며, 홀슈타인의 목사 리스트는 그에게 저지 독일어로 대꾸를 하는 것이었다. 외교관 베케를린은 근 30년 가까이 런던에서 살아왔음에도 불구하고 아직도 여전히 억센 슈바벤 방언을 그대로 지니고 있었다. 그리고 슐레지엔 방언이 우세한 좌중에다 대고 모셰로슈는 그의 알레만 방언을 섞어 넣었고, 하르스되르퍼는 그의 열띤 프랑켄 방언을, 부흐너와 게르하르트는 그들의 작센 방언을, 그레플링어는 그의 가르랑거리는 저지 바이에른 방언을, 다흐는 메멜 강과 프레겔 강 사이를 오락가락하는 그의 프로이센 방언을 섞어 넣는 것이었다. 사람들은 겔른하우젠이 세 가지 방언을 자유자재로 구사하며 슬픈 음담패설을 늘어놓고 바보스러운 지혜를 쏟아내는 것을 들을 수 있었는데, 그것은 그 친구가 전쟁 통에 헤센, 베스트팔렌, 알레만의 세 가지 방언을 몸에 익혔기 때문이었다.

이렇게 오해의 여지가 많은 가운데 그들은 서로 의사소통을 하였고, 이렇게 혼란스러울 정도로 많은 언어들을 그들은 소유하고 있었으며, 그들의 독일어는 이렇게 불안정한 가운데에서 자유로웠다. 또 그들은 언어를 실제로 말하는 것보다 갖가지 언어 이론에 더 다재다능하다는 것을 입증해 보였다. 단 한 줄의 시도 시학의 규칙에서 벗어나지 않았던 것이다.

# 제5장

지몬 다호가 손짓을 하자마자 시인들은 이상스러울 정도로 고분고분하게 작은 객실에서부터 큰 홀로 이동해 갔다. 시인들은 이따금 어린애처럼 내세우곤 하는 그들의 고집을 다호에게는 굽히는 것이었다. 그들은 그의 권능을 인정하였다. 리스트와 체젠도 잠시 동안은 그들의 그 끈질긴 말다툼을 중지하고 그의 지시에 따랐다. 그레플링어는 자신에게도 이런 아버지가 계셨으면 하는 소망을 항상 지녀온 터였다. 귀족 출신인 호프만스발다우는 자신의 신분적 습성을 버리고 시민계급인 다호의 지시에 따르는 것을 그야말로 재미있게 생각하였다. 뉘른베르크에 기거하고 있는 하르스되르퍼나 비텐베르크에 기거하고 있는 부흐너 같은 이른바 학식의 군주들은 술기운도 있고 해서 크나이프호프의 이 석사를 기꺼이 그들의 섭정자로서 택한 것 같았다.

그리고 궁중 근무에 싫증이 난 베케를린은 몇 년 전부터는 더 이상 영국 국왕을 모시는 것이 아니라 정무차관으로서 의회에 봉직하고 있기 때문이라서 그런지 순순히 다수의 의사에 따랐다. 즉 그 역시 다른 모든 사람들과 함께 다흐의 신호에 따랐다. 그러면서 그 노인은 자신의 제2의 고향에서 행해지고 있는 청교도적 민주주의를 다음과 같이 은근히 꼬집고 있었다.

“거기서는 크롬웰이라는 인물이 시인들을 훈도하고 있지.”

그 자리를 멀리한 유일한 사람은 대학생 셰플러였다. 일행이 아직 수프를 마시고 있을 동안 그는 이미 엠스 강의 성문을 통해 시내로 들어갔던 것이다. 거기서 그는 매년 행해지는 텔크테 순례의 대상, 즉 죽어서 뻣뻣해진 아들 예수를 꼭 안고 앉아 있는 마리아를 표현한 목각의 피에타 상을 찾아보려고 하였다.

모두들 벤치와 의자에, 그리고 앉을 것이 모자랐기 때문에 우유 짜는 걸상이나 맥주 통 위에도 앉았다. 그리하여 그 홀의 들보가 보이는 천장 아래서 모두가 다흐를 중심으로 반원을 그리며 모여 앉았을 때에는 열린 창문을 통해 아직도 여름 햇살이 잠시 흘러 들어오고 있었으며 여름 파리들의 윙윙거리는 소리가 그들의 기다리고 있는 침묵 속으로 또는 소근거리는 담화 소리 속으로 섞여 들고 있었다. 슈노이버는 체젠에게 말대꾸를 하고 있었다. 베케를린은 그레플링어에게 외교관들이 암호로 정보 보고서를 작성하는 법을 설명하고 있었는데, 그것은 그가 여러 번 근무처를 옮기는 중에 터득한 일종의 예술이라는 것이었다. 바깥에서는 여주인 소유의 버새 두 마리가 히힝거리는 소리가 들려왔으며 조금 더 먼 곳에서는 '다리의 집'의 개들이 짖어대는 소리가 들려오고 있었다.

안락의자를 차지하고 앉은 다흐 옆에는 걸상 하나가 낭독할 사람을 기다리고 있었다. 지역적인 모임에 보통 있게 마련인 상징적인 표지—예컨대 '결실의 모임'이라면 '종려나무 잎'을 내걸었겠지만—는 내걸어지지 않았다. 그래서 뒷 벽면에는 아무 장식도 없었다. 소박한 대로 그냥 놔두고자 한 것이었다. 아니면 그들에게는 배경에 걸 만한 어떤 표지가 선뜻 떠오르지 않았는지도 모른다. 앞으로 좋은 착상이 떠오를지도 모를 일이었다.

그리하여 서두의 말도 없이, 다만 헛기침을 한 번 함으로써 좌중을 조용히 하게 한 다음, 다흐는 작센의 문학 석사 아우구스투스 부흐너에게 첫 낭독을 해달라고 요청하였다. 벌써 초로에 접어들어 체구가 통통해진 이 신사는 오직 낭독을 통해서만 모든 사람에게 자신의 의사를 전달할 수 있는 사람이었으며 그의 침묵은 벌써 일종의 연설을 방불케 하는 데가 있었다. 그의 침묵은 워낙 육중해서 사람들이 그가 침묵한 시간을 두고 마치 수사학적 명언을 한 것처럼 인용할 수도 있을 지경이었다.

부흐너는 필사본으로 널리 퍼져 있는 자신의 원고 「독일 시학에 관한 소(小)지침서」의 제10장인 '시의 운율과 종류에 관하여'를 낭독하였다. 이 강의는 오피츠의 이론서들에 대한 부록이라 할 수 있는 것으로서 '강약약격 운보(韻步)'의 단어들의 올바른 용법에 관한 것이었다. 돌아가신 암브

로시우스 로프바서[19] 옹이 '알렉산더 시행'[20]에다 부적합한 운보들을 섞어 썼는데, 부흐너는 이 과오를 바로잡았다. 그리고 '강약약격 운보'로 된 송가 하나를 예로 들었다. 이 송가의 마지막 네 행은 목가에서처럼 '강약격'으로 되어 있었다.

부흐너의 강연은 오피츠에 대한 경배로 미화되어 있었지만 그는 여기저기에서 오피츠에 대한 반론도 불가피함을 밝혔다. 또한 그의 강연에는 이 자리에 없는 쇼텔에 대한 비방도 섞여 있었던바, 그것은 브라운슈바이크 공의 왕자의 교육을 맡은 쇼텔이 군주들에게 맹종하고 도취적인 비밀결사에 소속되어 있음을 비꼬는 내용이었다. 아브라함 폰 프랑켄베르크[21]의 이름은 거론되지 않은 채 '장미 십자단원'이란 말이 운위되었다. 강연자는 이따금 학자들이 쓰는 라틴어로 옮아가기도 했다. 원고 없이 그냥 말할 때조차 그의 모든 라틴어 인용은 자유자재로 술술 흘러나왔다(그래서 '결실의 모임'에서의 그의 호는 '낙도자(樂道者)'이기도 했다[22]).

---

19) 16세기 독일의 종교시인.

20) 로망어 운문 시행으로, 12음절 6각의 약강격 시행. 여섯 번째 음절과 열두 번째 음절에 강세가 오며 여섯 번째 음절 뒤에 고정된 휴지부가 있음.

21) 17세기 초 독일의 신비주의적 교단인 '황금 장미 십자단'의 지도자로서 야코프 뵈메의 영향을 받은 저술가.

22) '결실의 모임'에서는 군주 출신, 귀족 출신, 시민계급 출신 등 신분상의 차이를 없애기 위해 각 회원에게 일종의 호가 부여되었는데, 이를테면 군주 루트비히 공은 '부양자', 오피츠는 '계관자(桂冠者)', 그뤼피우스는 '불후자' 등이었음.

다호가 질문들을 하시라고 촉구하자 처음에는 아무도 부호너의 권위에 대들려고 하지 않았다. 그들의 대부분이 이론에 정통했고 그들의 기예와 운보에 있어서 자신이 있었으며 서로 이리저리 적대 관계에 휘말려 있었고 거침없는 화술을 지니고 있었음에도 불구하고 첫 질문은 좀처럼 나오지 않았다. 발표자의 말에 동의하고 싶은 생각이 혀끝에서 뱅뱅 돌고 있는 경우에도 한 번쯤 이의를 제기해 보곤 하는 그들이었는데도 말이다. 이윽고 리스트가 설교 조로 오피츠에 대한 어떠한 비판도 '비난받아 마땅한 악덕'이라고 말했다.

이 말이 떨어지기가 무섭게 부호너의 제자인 체젠이 반격을 가했다.

"'엘베 강의 백조 기사단'의 대표 시인처럼 단지 둔하게 오피츠 흉내만 내는 사람이나 할 수 있는 소리입니다."

하르스되르퍼는 '페그니츠 강안의 목자들'이 부호너에 의해 공격을 받았다고 생각했기 때문에[23] 뉘른베르크의 시인들의 입장을 박학한 언변으로 변호했다. 베케를린은 자신이 부호너의 학설이 나오기 훨씬 전부터 이미 오피츠의 금지에도 불구하고 '강약약격 운보'의 시어들을 올바르게 사용해 왔음을 시사하였다.

이 두 사람의 말이 끝난 후 그뤼피우스가 약간 신랄한 어조로 말했다.

23) 앞서 공격을 받았던 쇼텔이 '페그니츠 강안의 목자들' 중 한 명이었기 때문.

"아무튼 이런 작시법들을 너무 내세우게 되면 영혼이 없는 죽은 시들만 양산될 위험이 있습니다."

그뤼피우스의 이 말에는 그 '낙도자'도 동의를 하면서, 바로 그 이유에서 그는 다른 어문학자들하고는 달리 자신의 이 강의를 출판하지 않을 것이라고 말했다.

그다음에 다흐는 지크문트 비르켄에게 낭독을 부탁했다. 이 청년의 머리 다발은 그 고수머리의 물결이 자꾸만 아래쪽으로 내려와서 어깨 위까지 치렁거리고 있었다. 동그스름한 얼굴에서는 어린애 같은 두 눈이 빛나고 있는 데다가 탐스럽고 귀여운 입술이 촉촉하게 반짝이고 있었다. 이 청년을 보고 있으면 이런 미남이 또 무슨 문학 이론까지 운위할 필요가 있을까 하는 생각이 다 들 지경이었다.

비르켄은 자신의 원고「독일어의 어법과 문학 예술」의 제12장을 낭독했는데, 그것은 배우들을 위한 제반 규칙들이었다. 여기서 저자는 각 인물로 하여금 단정한 말씨를 입에 담도록 지시하고 있었다.

"그런 고로 아해들은 아해답게, 노인들은 분별 있게 말을 해야 할 것이며, 부인들은 정숙하면서도 정다운, 영웅들은 용감하면서도 영웅적인, 농부들은 조야한 말씨를 써야 할 것이로다……."

비르켄의 낭독이 끝나자 그레플링어와 라우렘베르크가 그를 물고 늘어졌다. 그렇게 하다간 권태감만 불러일으킬 것이며, 그 논리야말로 '페그니츠 강안의 목자들'이 범하는 우(愚)의 표본이라는 것이었다. 그런 연기를 했다간 항상 미적지근한 분위기만 감돌게 될 것이라고 그들은 주장했다. "저 미남자가 대체 어느 시대에 살고 있는지 모르겠군!" 하고 모셰로슈가 비웃었다.

하르스되르퍼는 단지 소극적인 태도로만 그의 피후견인을 변호해 주려 할 따름이었다.

"맡은 배역에 따라 이와 비슷하게 훈련시킨 예는 고대에서도 찾아볼 수 있습니다."

게르하르트는 비르켄이 모든 몸서리쳐지는 장면들을 다 적나라하게 무대 위에다 현시하게 하지 않고 경우에 따라서는 사자(使者)의 보고를 통해 알려지도록 할 수 있게 규정한 것을 칭찬하였다. 그뤼피우스는 사람들이 그의 비극 작품들에 대해 등 뒤에서 쑥덕거리고 있음에도 불구하고 침묵하고 있었다. 그러는 가운데 부흐너의 침묵이 모든 좌중의 말소리를 압도하고 있었다.

그때 겔른하우젠이 발언권을 요청하고 나섰다. 더 이상 금 단추들이 번쩍이는 초록색 조끼 차림이 아니라 그레플링어와 마찬가지로 병사처럼 헐렁한 바지 차림을 한 그는 창턱에 걸터앉아서 다흐가 그에게 발언권을 줄 때까지 초조하게 손발을 흔들어댔다. 그 젊은 친구가 말했다.

"제가 언급하고 싶은 것은 다만 저의 비체계적인 견문에 의하면 노인들이 유치한 말씨를 쓰고 아이들이 분별 있는 말씨를 쓰는 경우도 빈번하다는 사실입니다. 여자들이 조야한 말씨를 쓰는가 하면 농부들이 단정한 말씨를 쓰기도 하고, 제가 알았던 용감한 영웅들은 임종에 이르러서조차 부도덕한 말을 하더군요. 저한테 정답게 말을 건 것은—주로 십자로 위에서였습니다만—오직 악마뿐이었습니다."

이렇게 말하고 나서 그 연대 부관은 방금 예로 든 모든 인물들이 서로 대화하는 장면을 즉흥적으로 연출해 보이는 것이었으며, 마지막으로는 지옥의 왕, 즉 악마의 말투까지도 흉내 내어 보였다.

그뤼피우스조차도 큰 소리로 웃었다. 그리하여 다흐는 좌중을 향해 다음과 같은 말을 함으로써 이 논쟁을 유화적인 분위기로 끝맺었다.

"우리의 삶 자체가 이 같은 인물들을 매일같이 연극에 제공하고 있는 판에 또 피비린내 나는 장면들과 음담패설까지 무대 위에 올려놓는 것이 과연 바람직한 일인지 모르겠습니다. 저로서는 비르켄 청년이 제시한 규준이 그럴듯한 것으로 생각됩니다. 다만 이 규준이 너무 융통성 없이 적용되어서는 안 되겠지요."

그다음에 다흐는 한스 미하엘 모셰로슈에게 낭독을 부탁하였다. 모셰로슈의 「필란더 폰 지테발트의 견해」[24]의 제1부에 수록되어 있는 풍자시들은 이미 출판되어 널리 알려져 있었는데도 막상 낭독하는 것을 듣고는 모두들 즐거워하였다. 그중에서도 특히 다음 풍자시가 인기였다.

"오호라, 요즘 세상엔 재단사들까지도

언어를 아는 척하면서 라틴어를 농하는구나!

그 거친 야인들이 미치고 환장했을 때에는

이탈리아어, 프랑스어에다 일본어까지도 씨부렁거리는데……"

---

24) 1643년에 나온 모셰로슈의 시대 풍자적 작품.

이 시는 독일어의 피폐상에 대한 일반적인 분노를 반영한 것이었으니, 그것은 독일어라는 정감적인 땅을 프랑스와 스웨덴의 원정군들이 그들의 말발굽과 수레바퀴로써 짓밟아 놓은 상흔에 대한 분노였다.

그러나 여주인 리부슈카가 문간에서부터 '시뇨레'[25]들께서 '보콜리노 루주'[26] 한잔 드시지 않겠느냐고 이탈리아어와 불어가 뒤섞인 말씨로 물어 오자 시인들은 세간에서 통용되는 온갖 외국어로 그녀에게 화답하였다. 모두가——심지어는 게르하르트조차도——행상인 로망어[27]를 흉내 내는 데는 명수임이 드러났다. 그러고 난 다음 모셰로슈는 그의 풍자적 작품 중에서 다른 시작(試作)들을 발표했다. 그는 자기가 한 농담에 대해 제일 먼저 웃곤 하는 야비한 친구기는 했지만 또 다른 한편으로는 깊은 몽상에 잠기는 경향도 지니고 있었다. 그래서 그는 '종려의 기사단'에서 '몽상가'로 통하고 있었다. 그는 억지 각운을 맞춰내고 목동처럼 말을 둘러대는 재주를 발휘했다. 그는 이름은 거론하지 않으면서 '페그니츠 강안의 목자들'에게 일격을 가했다. 그는 자신의 성이 원래 무어족[28]에게서 유래한 것이긴 하지만 자기 자신이 '순수 독일인'이라는 것을 여러 번 강조하였다. 그는 특히 '남방 계통'이란 단어에다가 그의 이

---

25) 이탈리아어에서 성인 남자를 부를 때 쓰는 존칭.

26) 이탈리아산 적포도주 이름.

27) 남부 독일의 행상인들이 쓰는 라틴계 언어로, 문법 따윈 아랑곳하지 않고 단어들만 횡설수설 나열하는 언어.

28) 스페인에서 추방당한 회교족의 일파.

름으로 운을 맞춰보려는 모든 사람에게 이 말을 하고 싶다는 것이었다(그러나 '남방 계통'이란 말이 났으니 말이지 여주인이 하녀들을 시켜 가져오게 한 마지막 한 통의 포도주는 스페인산이었다).

그다음에는 하르스되르퍼가 그의 「시학 교습」 중 방금 출판된 제1부 가운데에서 장차 시인이 되려고 하는 사람을 위한 그의 속성 교과 과정을 가장 현명하게 마스터하려면 어떻게 해야 하는가에 대한 몇 가지 지침을 낭독하였다.

"결국 이 여섯 시간을 꼭 하루에 연속적으로 잡을 필요는 없이……."

이와 같은 지침의 낭독이 끝나자 그는 준비된 원고로부터 다음과 같은 독일어 예찬을 읽었다.

"독일어는 모든 피조물의 음성과 소리를 그 어떤 언어보다도 더 잘 흉내 낼 수 있습니다. 즉 독일어는 제비처럼 쌩쌩 날아다닐 수도 있고 까마귀처럼 까옥까옥 울 수도 있으며 참새처럼 짹짹 지저귈 수 있을 뿐 아니라 또 시냇물과 더불어 졸졸 속삭일 수도 있습니다."

이 짧은 예찬은 좌중의 모든 사람의 마음에 들었다.

우리들은 비록 '덕국어'라고 써야 할지 '독일어'라고 써야 할지에 대해서조차도 서로 의견의 일치를 볼 수 없었지만, '독일어'와 '덕국어'에 대한 어떤 칭찬도 우리들의 사기를 돋우기에는 충분하였다. 자연에 관한 새로운 의성어가 생각날 때마다 시인들은 이것이야말로 독일어가 훌륭한 수사학적 능력을 지니고 있는 증거라고 생각하는 것이었다. 사람들은 이내 쇼텔이 발명한 접합조어(接合造語)들을 입에 올리고 '눈(雪)과 우유처럼 흰빛'이라든가 또는 그 밖에 쇼텔이 발명한 다른 조어들을 칭찬함으로써 부흐너를 화나게 하였다. 우리들은 언어 개조 및 우리말화에 대해서는 의견을 같이하였다. 그리하여 심지어는 수녀원 대신에 '처녀들의 우리'라고 부르자는 체젠의 제안조차도 찬성을 얻었다.

유행에 따라 고지 독어로 시를 쓰는 시인들에게 힘찬 저지 독어의 시로써 본때를 보인 라우렘베르크의 장시 「고풍적인 시와 각운에 관하여」가 낭독되었을 때에야 비로소 좌중은 다시금 엇갈린 견해로 되돌아가게 되었다. 사실 라우렘베르크는 쉽사리 당해 낼 수 없는 인물이었다. 그는 자신의 의견에 반대할 사람들의 논리를 미리 알고 있었다.

'모든 관청에서 우리는 공통어를 쓰고 있으니 독일어로 써지는 것은 모름지기 모두 고지 독어여야 하느니라!'

그는 저지 독어야말로 아직도 타락하지 않고 신선미가 넘치는 언어라면서, 뽐내는 듯하고 젠체하며 어떤 때는 유연히 넘어가다가도 또 어떤 때는 난삽하게 뒤엉켜서 콱 막히곤 하는 관청 독어 내지는 고지 독어를 공박하는 것이었다.

"고지 독어란 건 마치 걸레 조각 같아서 아무하고나 잘 붙어먹으니 이게 대체 로망어인지 독일어인지 도무지 알 수가 없구나……."

그럼에도 불구하고 진보적인 체젠과 비르켄뿐만 아니라 부흐너와 로가우조차도 어떤 방언이건 간에 방언은 시의 수단이 될 수 없다며 방언을 매도하고 나섰다. 다만 고지 독어만이 점점 더 세련된 시어로 개량되어 나감으로써 조국에서 외국어의 지배 체제를 싹싹 쓸어내 버려야 한다는 것이었다. 비록 칼과 창은 조국에서 이민족의 지배 체제를 쓸어내는 데 성공하지 못했지만 적어도 고지 독어는 그래야 한다는 것이었다. 이에 리스트가 반론을 제기했다.

"그렇다면 우리는 그리스·로마의 고대 문학조차도 허섭스레기라고 하며 내동댕이쳐야 할 게고, 뮤즈들을 부르는 짓도 다 신을 모독하는 행위로 간주해서 그만두어야 할 것이며, 그 온갖 잡신들도 모두 다 이교도적 우상들로서 타기하지 않으면 안 될 것입니다."

그뤼피우스가 말했다. "저는 이미 오래전부터 오피츠와는 달리 오직 방언만이 표준어에 활력을 불어넣어 줄 수 있다고 생각해 왔습니다. 하지만 저는 라이덴 대학에서 공부한 뒤부터는 상당히 엄격해지고자 애써 왔습니다. 이건 다소 유감스러운 점이기도 합니다."

이윽고 창턱으로부터 다음과 같은 판단을 내린 사람은 다시금 겔른하우젠이었다.

"라인 지방에서 '카페스'라고 말하거나 엠스 강과 베저 강 사이의 지방에서 '쿰스트'라 할 때 그것은 항상 '배추(Kohl)'를 두고 하는 말입니다. 난 왜 이런 논쟁을 해야 하는지 이해가 가지 않는군요. 앞서 낭독된 라우렘베르크 선생의 시만 해도 그것을 듣는 모든 사람의 귀에다가 저지 방언이란 것이 고지 독어의 뻣뻣한 말씨에 비하여 얼마나 근사하게 들리는가를 여실히 입증해 주었습니다. 그런 고로 고지 독어와 저지 독어가 둘 다 병존하기도, 혼합되기도 하면서 계속 존속하도록 내버려 둡시다. 깨끗한 것만 자꾸 찾고 빗자루로 싹싹 쓸어버리기 좋아하는 사람은 결국에는 인생 자체를 쓸어내게 될 것입니다."

리스트와 체젠이(공동으로, 그러나 서로 의견은 달리하면서) 반론을 제기하려 했다. 그러나 다흐가 그 젊은 친구의 말에 찬동하면서 이렇게 말했다.

"나 역시 내 향토어인 프로이센어를 몇몇 시에서 유연히 흐르도록 하고 있습니다. 그리고 민중이 부르는 노래를 수집한 다음, 오르간 연주자 알베르트의 협조를 얻어 일반이 두루 부를 수 있도록 해놓았지요."

이렇게 말하고 나서 그는 자신의 시 「내 사랑 앙케 판 타라우! 그녀는 내 생명, 내 재산, 내 보배일지니……」 중 몇 행을 낮은 소리로 혼자 흥얼거리는 것이었다. 그는 이 노래를 더 이상 혼자만 흥얼거리지 않게 되었으니 라우렘베르크와 그레플링어와 리스트가 그와 함께 합창을 하게 되었던 것이다. 나중에는 그뤼피우스의 우렁찬 목소리까지도 그 합창에 끼어들었다. 그리하여 잠란트 출신의 이 앙케가 결국 그 논쟁을 마무리 지어주었다. "그녀가 인생을 천국으로 만들어 주었는데, 다투다 보니 인생이 지옥처럼 되었구나!"

이어서 지몬 다흐가 오늘 회의는 이것으로 끝낸다고 선언했다.

"식사는 작은 객실에 차려져 있습니다. 너무 소찬이라고 여기실지도 모르겠습니다만 크로아티아의 군인들이 군량 조달을 핑계 삼아 이 집 여주인의 재고품을 징발하고 송아지들을 몰아내어 갔으며 돼지들을 도살했을 뿐만 아니라 마지막 거위 한 마리까지도 소비해 버린—혹은 순수 독일어로 표현해서 '처먹어 버린'—것이 불과 얼마 전 일이라는 것을 감안해 주시기 바랍니다. 어쨌든 배불리 드실 수는 있을 것입니다. 더욱이 즐거움을 찾으신다면 오늘 오후의 열띤 발표 및 반론에서 이미 맛보셨으리라고 생각되는군요."

그들이 식사하러 가기에 앞서 큰 홀을 대강 정돈하고 났을 때 의과 대학생 셰플러는 다시 그들 사이에 돌아와 있었다. 그는 마치 그동안 어떤 기적이라도 겪은 듯한 눈빛을 하고 있었다. 그러나 그는 다만, 텔크테의 본당 신부가 어느 헛간에 숨겨놓았던 텔크테의 그 성모상을 보여줘서, 그 마리아 좌상을 한 번 봤을 뿐이었다. 셰플러는 마침 내 옆에 서 있던 쳅코에게 말했다.

"성모님께서 내게 계시하시기를, 하느님께서 내 마음속에 계시는 것과 마찬가지로 성모님도 모든 아가씨들의 품 안에 계시니까, 당신을 찾으려거든 거기서 찾아보라시더군!"

# 제6장

여주인이 하녀들을 시켜서 상에 올리게 한 것은 그렇게 보잘것없는 음식은 아니었다. 깊숙한 사발에 김이 무럭무럭 나는 기장 죽이 담겨 나왔는데, 그 죽은 녹인 돼지기름과 베이컨 조각들로 덮여 있었다. 거기다가 또 삶은 소시지와 통밀가루 빵이 나왔다. 그 밖에도 양파, 당근, 무가 있었는데, 이것들은 집 뒤에 있는 여주인의 채전에서 나온 것이었다. 이 채전은 우거진 야생 관목과 잡초들에 둘러싸여 보호를 받고 있었기 때문에 군량 징발을 하러 왔던 크로아티아 병사들도 미처 보지 못하고 지나간 것 같았다. 이들 채소들은 모두 날것으로 식탁에 올라와 있어서 맥주 안주로 안성맞춤이었다.

그들은 그 소박한 식사를 칭찬하였다. 고량진미에 젖어 있던 사람들도 이렇게 맛있는 음식이 그들의 입에 들어가는 것은 정말 오래간만이라고 과장하여 말하기도 하였다. 베케를린은 영국 음식을 욕하였다. 호프만스발다우는 시골 음식치고는 호사스러운 이 식사를 가리켜 신들의 잔칫상이라고 불렀다. 하르스되르퍼와 비르켄은 서로 번갈아 가며 고대문학의 목가에서 이에 비견될 만한 식사 장면을 라틴어와 독일어 번역으로 인용하였다. 다흐는 식사에 앞서 베델의 목사인 리스트에게 기도를 부탁했는데, 이 목사의 유창한 기도에서는 엠스 지방의 그 기장 죽이 하느님께서 사막에서 방황하는 이스라엘 백성에게 주신 양식 만나에까지 비유되기도 하였다.

오직 겔른하우젠만이 혼자 뭐라고 중얼거리더니 나중에는 여주인에게 큰 소리로 호통을 쳤다.

"이 여자가 무슨 생각을 하고 있는 거야, 도대체! 이런 걸 음식이라고 내놓다니! 까다롭게 굴지 않고 그냥 마구간에서 잠자리를 마련한 내 기병들과 소총수들한테도 난 두 번 다시 이런 음식을 먹으라곤 할 수 없소. 그들은 급료가 충분치 못하기 때문에 황제가 매일같이 닭구이, 소갈비, 돼지 엉덩이 살을 먹여주겠다고 약속해 놓은 사람들이오. 좀 더 구미가 당기는 음식이 식탁 위에 오르지 않으면 그들은 내일 당장 스웨덴 군대로 건너갈 게요. 왜냐하면 소총에는 바싹 마른 화약이 필요하듯이 소총병은 항상 기분을 유지시켜 줘야 하기 때문이오. 군신(軍神)이 보호해 주는 일을 그만두면 길고 아름다운 백조의 목을 하고 있는 아폴론도 제멋대로 날뛰는 칼 앞에서 속수무책이 되기 마련이오. 즉 군대의 보호 없이는 시인의 토론회도 곧 무산

될 수밖에 없다는 말씀이오. 다만 제가 시인 여러분에게 조심스럽게 시사해 드리고 싶은 것은, 이 억척 어멈도 아마 알고 있겠지만, 온 베스트팔렌 땅이, 특히 그중에서도 이 테클렌부르크 지방이 숲으로만 얼룩져 있는 게 아니라 엠스 강의 상류와 하류를 두고 온통 부랑자투성이라는 사실입니다."

이렇게 말하고 나서 그는 리부슈카와 함께 밖으로 나가 버렸다. 보아하니 그녀도 이젠 겔른하우젠의 기병과 소총병 들이 맛있는 반찬을 필요로 한다는 사실을 인식한 모양이었다. 문사들은 잠시 동안 그들끼리만 남게 되었는데 개중에는 불안에 떠는 사람도 있었고 그 뻔뻔스럽고 주제넘은 태도에 화가 난 사람도 있었다. 그들은 서로 담화를 교환함으로써 답답한 기분을 풀 수밖에 없었다. 어쨌든 그들은 그들이 항상 찾아마지않던 그 '강약약격'의 시어들을 재치 있게 사용함으로써 회의가 무산되는 것만은 방지할 수 있을 것이었다. 설사 세상이 몰락한다 해도 이 양반들은 그 붕괴의 굉음 가운데에서 시의 각운이 맞는가 틀리는가 하고 서로 다투고 있을 것이었다. 결국에 가서는 어차피 모든 것이 다 허망한 것이었다——이렇게 말한 것은 비단 화려한 시어를 구사하여 소네트를 썼던 그뤼피우스뿐만은 아니었다.

그 때문에 식탁에 죽 늘어앉은 시인들은 얼마 안 가서 곧 숟가락질을 하고 음식을 씹으면서 다시금 문학적 담론을 나누게 되었다. 다흐와 마주 보는 쪽 식탁 머리에서는 부흐너가 몸짓을 해가면서 그 자리에 없는 쇼텔이 '결실의 모임'에 대한 예의 그 음모를 꾸민 장본인일 것이라는 추측을 늘어놓고 있었다. 이에 대해 하르스되르퍼와 그의 출판업자 엔터는 쇼텔과는 비밀스러운 계획을 하고 있는 사이였기 때문에 부호너의 말투를 흉내 내어 엉뚱한 내용으로 희화화하곤 하였다. 도처에서 불참자들을 조목조목 헐뜯는 이야기가 판을 치고 있었고 반목이 서로 교환되었고 조롱이 철철 넘쳤으며 서로 간에 말로 된 돌팔매가 오고 갔다. 한쪽에서는 벤치에 걸터들 앉아서 라우렘베르크의 저지 독어로 된 각운을 꼬치꼬치 헐뜯는가 하면 다른 한쪽에서는 체젠과 비르켄이 고인이 된 오피츠를 사정없이 욕하면서 그의 작시법을 융통성 없는 담장으로 규정하고 그의 시어의 이미지가 너무 생기 없다고 비난하고 있었다. 이 두 진보적 시인은 리스트와 쳅코를, 그리고 등 뒤에서는 다흐까지도, 영원히 '오피츠 흉내만 내고 있다'고 비난하였다. 이에 반하여 베케를린, 라우렘베르크와 함께 앉아 있던 리스트는 '페그니츠 강안의 목자들'의 비도덕성에 분개했다.

"뉘른베르크에서는 '꽃의 기사단' 회의에 여자들까지도 참석시키고 있어요. 다흐가 여류 인사를 초대하지 않은 게 다행이지! 아시다시피 요즘에는 여자들이 시라고 끓여놓은 영혼탕이 유행이니까요."

또 다른 곳에서는 나이 서른에 벌써 허리 둘레가 통통하게 살쪄서 앉아 있는 그뤼피우스를 사람들이 둘러싸고 서 있었다. 현세에 대한 구토와 슬픔이 그를 그처럼 부풀려놓았는지도 모른다. 시민계급처럼 입은 그의 상의는 여러 곳에서 팽팽하게 째고 있었으며, 그의 겹턱은 이미 세 겹의 아치를 그리려 하고 있었다. 그는 고지자(告知者)의 목소리로 말하고 있었으며, 번개가 번쩍이지 않을 때에도 마치 천둥 치듯 말할 수 있었다. 그는 몇 안 되는 사람들을 상대로 쩌렁쩌렁 울리는 목청으로 인간 세사에 관하여 논하고 있었다. 그는 인간이란 무엇인가라는 질문을 제기해 놓고 계속해서 새로운 비유로 그 해답을 시도해 보았지만, 제시된 비유들이 이내 퇴색해 버림으로써 모두가 환영에 불과해져 버리곤 하였다. 그뤼피우스는 모든 것을 다 허망한 것으로 돌렸다. 그는 스스로 행한 일에 대해 항상 구토를 느낀다는 것이었다. 그토록 열심히 글을 쓰지 않을 수 없는 그였지만, 그만큼 언어에 대한 구토를 느끼면서 두 번 다시 글을 쓰지 않겠다고 맹세하곤 한다는 것이었다. 또한 지금까지 그가 쓰거나 출판했던 모든 작품에 대한 싫증은 자기가 쓴 모든 작품이 곧 출판되기를 바라는 소망과 함께 그의 마음속에 어깨를 나란히 하여 병존하고 있었다. 이를테면 그는 최근에 탈고한 비극이라든지 계획하고 있는 풍자극이나 희극이 출판되기를 기대하고 있었다. 그 때문에 그는 바로 조금 전에만 해도 강력한 언어가 용출하는 희곡 장면들을 구상하고 있었으며 '작시법과 그런 허튼소리들'을 곧바로 잊어버릴 수 있다는 것이었다.

"그런 공염불들이란 입 밖에 내자마자 벌써 와해되어 버리는 것입니다. 이제 곧 평화 협상이 체결되는 마당이니 저는 차라리 사회에 봉사하고 싶습니다. 저는 이미 오래전부터 글로가우[29]의 신분제 의회로부터 법률고문이 되어달라는 간청을 받고 있었거든요. 이전에는 저도 오피츠의 그 재빠른 외교에 혐오감을 금치 못했지만, 저에게도 오늘날 공익을 위한 활동은 불가피해진 것 같습니다. 국토가 황폐해진 데다가 설상가상으로 법률과 미풍양속이 도처에서 피폐상을 보이고 있으니 이 난장판에 우선 질서가 바로 서야만 합니다. 오로지 이 질서만이 현혹되어 비틀거리고 있는 사람들에게 지주를 제공할 수 있을 것입니다. 꽃을 농하는 목자들의 짓거리나 소네트 따위로는 아무것도 안 됩니다."

글로 쓴 언어의 권능을 저버리는 이런 비관적인 언설은 곁에 서 있던 로가우를 자극하였다. 그래서 로가우는 막 인쇄에 들어가도 좋을 법한 다음과 같은 글귀를 말하게 되었다.

"구두장이가 빵 굽는 사람이 되려 했다간 가죽으로 된 빵이 구워져 나오는 법이렷다!"

그러자 베케를린도 말했다. "30년 가까이 공직에 봉사해 온 나의 온갖 노고를 다 합쳐도 나의 송가들 중 단 한 작품에 비길 바가 아니었소. 나는 이 송가들을, 젊은 날의 작품들과 노망기가 든 작품들을 모두 모아 곧 출판할 예정입니다."

베케를린의 이 말이 떨어지자 지금까지 신중한 태도를 취해 오던 출판업자들 또한, 자꾸만 새로운 비유로 문학의 죽음을 예언하고 질서를 부여하는 이성의 지배를 예고하는 그뤼피우스의 말에 개의치 않고, 족제비들처럼 약삭빠르게

29) 슐레지엔 지방의 공국으로 그뤼피우스의 고향.

식탁 주변을 돌아다니며 좋은 원고를 추적하기에 여념이 없었다. 베케를린의 새 책은 이미 암스테르담에서 나오기로 되어 있었다. 모셰로슈는 함부르크의 서적상 나우만에게 자신의 원고를 출판하도록 위임하였다. 출판업자 엔터는 지금까지 뤼네부르크에서 출판해 오던 리스트와 상담을 벌인 끝에 목전에 다가온 평화를 경축하는 두툼한 원고 뭉치 하나를 받아내는 데 합의를 본 것이나 다름없게 되었다. 그러고 나서 다시금 엔터는 슈트라스부르크의 뮐벤 및 네덜란드의 엘체비른과 경합을 벌이면서 그들 셋 중 어느 한 출판업자에게 죽은 예수회 신부 슈페의 「반(反)꾀꼬리의 노래」의 원고를 구해 줄 수 없겠느냐고 발굴을 잘하는 호프만스발다우의 마음을 움직여보고자 시도하는 것이었다.

"작품만 좋다면야 가톨릭 측의 글이라도 출판하겠습니다."

그러자 호프만스발다우는 세 출판업자에게 공히 희망을 주는 말을 하였다. 나중에 슈노이버가 비방하는 말에 의하면 그는 세 사람 모두한테서 선금을 받았다는 것이었다. 하지만 프리드리히 폰 슈페의 「반꾀꼬리의 노래」는 1649년에 가서야 비로소 출판이 되었는데, 그것도 가톨릭 도시 쾰른의 프리셈 출판사에서였다.

이러는 사이에 저녁이 되어갔다. 몇몇 양반들은 여주인의 정원을 어슬렁거리며 바람이라도 좀 쐬려고 했다. 그러나 얼마 안 가서 곧 그들은 엠스 강으로부터 바람을 타고 베일처럼 거뭇거뭇하게 몰려오는 모기떼들에 의해 쫓겨날 수밖에 없었다. 다흐는 우거진 잡초 덤불 한가운데서 쐐기

풀 및 엉겅퀴와 싸워가며 채소를 뽑고 있는 리부슈카의 끈질긴 근면성을 찬탄해 마지 않았다.

"내 친구 알베르트도 프레겔 강의 롬제 섬에서 저 여자처럼 부지런하게 호박 넝쿨 초막 주변에 정원을 일구어나갔지요. 그런데 지금은 그 흔적도 찾아볼 수 없게 되었습니다. 머지않아 곧 엉겅퀴만이 오늘날의 꽃으로 남아 불행한 시대의 상징으로서 찬미를 받게 될 것입니다."

그러고 나서도 그들은 한동안 마당에 서 있다가 직물 공장용 물레방아가 휑뎅그렁하게 서 있는 외(外)엠스 강 쪽으로 운동 삼아 어슬렁어슬렁 걸어갔다. 그제서야 그들의 눈앞에는 엠스 강이 시가지 앞에서 두 갈래로 갈라지는 곳에 하나의 섬이 있는 것이 보이게 되었으며, 엠스하겐이라는 이 섬이 바로 그들의 회의 장소라는 사실을 알게 되었다. 그들은 망루가 없고 흠집투성이인 성벽을 두고 전문가적 의견들을 교환하였으며 모셰로슈의 담배 파이프에 대해서도 찬탄하였다. 그들은 하녀들과 잡담을 했는데, 그녀들 중 하나는 (고(故) 플레밍의 애인과 마찬가지로) 이름이 엘자베였다. 또한 그들 시인들은 개들이 길길이 날뛰는 한가운데에서 말뚝에 매여 있는 버새에게 라틴어로 말을 걸었다. 그들은 서로서로 익살맞은 소리와 비꼬는 말을 주고받았으며, 쇼텔의 그 교육적인 색감의 도수에 따른다고 할 경우 여주인 리부슈카의 머리카락은 과연 '먹처럼 새까맣다'고 해야 할지 혹은 '숯처럼 새까맣다'고 해야 할지, 그리고 이제 막 저녁이 되려는 이 땅거미를 가리켜 과연 '당나귀처럼 어슴푸레하다'고 말해도 좋을지에 관해서 약간의 설

전을 벌였다. 그들은 또한 그레플링어가 스웨덴군의 기수(旗手) 같은 자세로 두 다리를 크게 벌리고 소총병들 사이에 서 있는 것을 보고 큰 소리로 웃었다. 그레플링어는 그렇게 하고 서서 자기가 바네르와 토르스텐손[30] 휘하의 원정군에 참여했던 이야기를 늘어놓고 있었다. 사실 그들은 아직도 텔크테 시내에는 들어가 보지도 못한 터였다. 그래서 그들이 떼를 지어 엠스의 성문으로 통하는 큰길 쪽으로 막 건너가려던 참이었다. 바로 그때 슈토펠의 부대 소속인 황제군 기병 하나가 마당으로 달려 들어오더니, 마침 여주인과 소총병 상사와 함께 마구간 문턱에 서 있던 겔른하우젠에게 전령이 들어 있는 원통을 전하는 것이었다. 그리하여 그 내용이 삽시간에 모두에게 알려졌으니, 황제 측 수석대표 트라우트만스도르프 공이 갑자기—그것은 7월 16일로 기록되어 있었다—아주 희색이 만면해서 뮌스터 교구를 떠나 빈으로 향했으며, 평화 협상 회의와 그 협상 당사자들은 그가 떠나가 버리자 당혹한 상태로 멍하니 남게 되었다는 것이었다.

화제는 즉각 정치적인 것으로 넘어가게 되었고 대화 장소도 작은 객실로 옮겨지게 되었다. 거기서는 또 맥주 통 하나를 새로 따게 되었다. 단지 젊은 축들—그것은 비르켄과 그레플링어였으며, 이윽고 머뭇거리던 대학생 셰플러도 끼어들었다—만이 체젠과 함께 마당에 그대로 머물러 있으면서 그 세 하녀들에게 접근을 시도하였다. 남자들은

30) 30년전쟁 당시 스웨덴군 사령관.

모두 그녀들에게 손을 내밀었으며, 혹은 (셰플러처럼) 여자 손에 걸려들기도 하였다. 오직 체젠만이 빈손으로 남게 되었다. 그는 그레플링어의 조롱을 받고 마음이 상해서 강가로 달려갔다. 그는 거기서 홀로 있고 싶었던 것이다.

그런데 내가 모래 바닥 위로 꽤 깊게 흐르는 외엠스의 강물을 내려다보고 있는 그의 모습을 막 보았을 때였다. 바로 그때 서로 묶인 두 구의 시체가 강안으로 둥둥 떠 내려오고 있었다. 비록 잔뜩 부풀어 있긴 했어도 남자와 여자의 시체인 것은 알아볼 수 있었다. 그 두 시체들은 잠깐 머뭇머뭇하더니—체젠에게는 이 시간이 영겁과도 같이 길게 생각되었다—버들가지 묶음으로부터 그들의 육신을 풀어내어서는 물살을 타고 빙빙 맴돌며 한가롭게 서로 희롱하기 시작했다. 이윽고 그들은 그 소용돌이를 벗어나, 저녁이 짙어져 이미 밤이 깃들고 있는 저 물레방아 방축 쪽 하류로 미끄러지듯 내려가 버렸으며, 아무런 흔적도 남기지 않았다. 하긴 그 시체들은 언어적 비유들을 남겨두고 갔는지도 모른다. 체젠은 이 비유들에다가 즉각 새로운 운을 찾아 담기 시작하였다. 용출해 나오는 언어를 주워 담기에 급급한 나머지 그는 미처 무서워할 틈조차 없었다.

# 제7장

작은 객실에서는 맥주에 곁들여 온갖 추측들이 만발하였다. 트라우트만스도르프는 성을 잘 내는 인물로 통하고 있는데 그가 미소를 보였다는 건 단지 가톨릭 측의 승리, 즉 합스부르크가의 이익을 의미할 따름이라는 것이다. 그것은 바로 신교 측 진영이 재차 손실을 보게 되었다는 것을 의미하며, 평화 협상이 또다시 지연될 조짐일 따름이었다. 시인들은 우려를 점점 고조시켜 가면서 이런 의견을 서로 주고받고 있었다. 특히 슐레지엔 지방의 문사들은 자신들이 처한 상황을 거의 절망적인 것으로 보았다. "이제 우린 꼼짝없이 예수회 족속들의 손아귀에 들어간 거야"라고 쳅코가 자신의 예감을 말했다.

그들은 겔른하우젠이 황제 특사의 갑작스러운 출발을 두고 다음과 같은 조롱을 늘어놓자 일단 그의 의견에 동조하지 않고 거리를 취하였다.

"그것도 전혀 놀라운 일이 아니지요. 통풍(痛風)에 걸린 토르스텐손의 후임으로 들어선 브랑엘이 단지 자기 호주머니를 채우기 위해 사적인 전쟁을 수행하고 있는 판이 아닙니까? 이 신임 스웨덴군 원수는 피폐한 보헤미아 땅을 지나 빈으로 진군하는 대신 약탈에 눈이 어두워 바이에른을 침입하고 있지 않습니까? 뿐만 아니라 신교가 프랑스인들한테서 아주 극진한 대접을 받고 있는 것도 아니거든요. 파리에서 사람들이 부르는 유행가 가사만 봐도 알 수 있어요. '오스트리아의 안나는 마자랭 추기경의 양말을 기워주고 마자랭 추기경은 그녀의 기분을 어루만져 주네.'"

"그래요!" 하고 여주인 리부슈카가 외쳤다. "그런 짓거리라면 난 처녀 시절부터 알고 있었어요. 난 일곱 번이나 동거 생활을 했어요. 대개는 황제군이었지만 헤센의 기병 중대장하고도 함께 살았고 한번은 덴마크 장교와 거의 결혼까지 할 뻔했어요. 그런데 가톨릭 신부든 루터 파 목사든 간에 축복을 해달라고 부탁하면 그때마다 항상 갈보 취급을 하고 욕을 하는 것이었어요. 남자들이란 그래요. 하나같이 똑같다니까요. 그리고 여기 있는 이 슈토펠만 해도 그렇지요. 하나우에서 이미 그랬고 나중에 조스트에서도 그랬고 마지막으로 내가 그 상냥한 프랑스 군인들의 병을 완전히 치료해 주지 않으면 안 되었던 그 탄산수 온천장에서도 그랬지만, 우리들은 이 슈토펠을 그냥 '바보'라고만 불렀답니다. '빨리 뛰어라, 바보야! 오너라, 바보야! 해라, 바보야!' 하고 말이에요. 이 친구가 바지 단추를 끌러봤자 죽은 내 기병 대위보다 더 갖고 있는 게 하나도 없다니까요, 글쎄."

"입 닥치지 못해? 이 억척 어멈이 그냥! 계속 입을 놀리면 아가리를 꿰매어 놓을 테다!" 하고 겔른하우젠이 고함을 질렀다. "전번에 슈바벤 지방에서 치료를 받고 난 후로도 아직도 정신을 못 차렸어?"

"흥, 나도 곧 자기가 정신을 차리도록 해줄 거야. 자기 같은 믿을 수 없는 바보를 따라다니며 이곳저곳에서 낳을 뻔했던 모든 아기들 값을 받아내야겠어."

"이 여편네가 애도 하나 못 낳으면서 애 얘기를 지껄이기는! 엉겅퀴만 처먹는 당나귀 등에 쪼그리고 앉아서 자신의 불임을 탄식하는 주제에! 당신 같은 여자는 엉겅퀴 꽃과 같아서 자라나는 곳을 칼질해야 해. 뿌리까지 잘라내지 않으면 안 되지!"

이 말이 떨어지자마자 여주인 리부슈카는 마치 겔른하우젠이 그녀를 정말 칼로 찌르기라도 한 듯 탁자 위로 풀쩍 뛰어오르더니 그 위에 놓여 있던 갈색 맥주 잔들이 춤을 출 정도로 탁자 위에서 쾅쾅 발을 구르고는 겉치마, 속치마를 모두 치켜들고 헐렁한 바지를 탁자 위에 폭삭 떨어뜨렸다. 그러고 나서 그 슈토펠이라는 친구의 코앞에다 자기 엉덩이를 들이대고 표적에 명중하게끔 방귀를 한 방 쏘아붙이는 것이었다.

"이봐, 그뤼피우스!" 하고 모셰로슈가 외쳤다. "이 여자야말로 독일 비극의 작가들에게 그럴듯한 대화와 마지막 장면들을 제공해 줄 수 있겠는데!"

모두들 소리 내어 웃었다. 조금 전까지만 해도 어두운 표정을 짓고 있던 그뤼피우스조차도 크게 웃음을 터뜨렸다. 베케를린은 '그 용감한 천둥소리'를 다시 한번 듣고 싶어 했다. "그 방귀 소리는 귀에 들리는 것보다는 좀 더 높은 의미를 지니고 있는 것 같습니다"라고 로가우가 한마디로 판단을 내렸기 때문에 좌중은 트라우트만스도르프 공의 돌연한 출발 소식이 몰고 온 걱정 따위는 곧 잊어버릴 수 있었다(오직 파울 게르하르트만이 경악을 금치 못하고 자기 방으로 물러나고 말았다. 그는 여주인의 그 방귀 바람이 신사 양반들의 담화를 어디로 몰고 갈지를 능히 예감할 수 있었던 것이다).

갈색 맥주를 마시면서 그들은 서로 간에 야하고 우울한 일화들을 나누었다. 모셰로슈는 그런 일화들이라면 달력을 몇 개라도 찍어낼 만큼[31] 얼마든지 이야기할 수 있었다. 호프만스발다우는 폭로한다기보다는 오히려 은폐하는 듯한 말투로 브레슬라우에서 오피츠가 몇몇 시민계급의 딸들과 난잡하게 놀아났는데도 사생아에 대한 양육비 부담을 면할 수 있었던 이야기를 하였다. 베케를린 옹은 런던의 죄악의 구렁텅이에 관한 얘기를 털어놓았는데, 특히 그는 새로운 지배계급이 된 청교도적 위선자들이 발가벗고 우왕좌왕하는 꼴을 이야기하는 데 열을 올렸다. 슈노이버한테서는 군주 계급의 귀부인들에 대해 빈정거리는 소리를 들을 수 있

31) 당시에는 달력을 찍어낼 때 짤막한 에피소드들을 중간 중간에 삽입했었음.

었는바, 그녀들은 '정직한 전나무의 모임'에서 롬플러를 둘러싸고 진을 치고 있었는데, 그것이 비단 시를 짓고 운율을 논하기 위해서만은 아니었다는 것이다. 물론 라우렘베르크도 한몫 끼어들었다. 각자가 모두 이야기보따리를 풀어놓았다. 그뤼피우스조차도 좌중의 재촉에 못 이겨 그의 이탈리아 여행담 두어 가지를 털어놓았는데, 그것은 모두 여자들과 놀아난 파계 수도사 이야기였다. 하르스되르퍼는 파계한 다른 수도사 이야기를 내놓음으로써 그뤼피우스의 이야기들을 무색게 하였으며, 호프만스발다우는 그뤼피우스의 수도사 이야기들을 삼각관계 및 사각 관계 이야기로까지 변형시켜 나갔다. 그리하여 이들 세 사람은 사창가 오입 행각에서 시작하여 수도사들의 해학담에 이르기까지 라틴계 문학에 대한 그들의 지식을 털어놓음으로써 자신들의 해박함을 서로 입증해 보이는 것이었다.

"보아하니 난 아마도 형편없는 곳에 살고 있는 모양이오!" 하고 지몬 다흐가 놀라움을 나타내면서 말했다. "내가 사는 쾨니히스베르크의 크나이프호프에서는 그런 이야기라곤 보고할 게 없어요. 거기에도 음탕한 일은 있지만 이처럼 난잡하게 이리저리 얽히는 법은 없지요."

지몬 다흐가 이렇게 말하자 사람들은 그의 발언을 특히 재미있게 여겼다. 그리하여 모두들 이렇게 해학담들을 늘어놓고 맥주 통을 새로이 따가면서 깊어가는 밤을 즐기고 있을 때였다. 그때, 하르스되르퍼와 또 누군가의 부추김을 받고서 여주인 리부슈카와 겔른하우젠이—그녀가 그 '바보'하고 잠정적으로 화해를 했는진 몰라도—그들의 경험담을 꺼내는 통에 그만 좌중의 분위기가 전혀 달라지고 말았다. 겔른하우젠은 자신의 군대 생활 이야기를 했는데 그중에서도 특히 비트슈토크 전투 얘기를 했으며, 리부슈카는 만토바[32] 근교의 병영에서 그녀가 주보(酒保)를 하던 시절 이야기를 했다. 그러고 나서는 그들 둘이 같이 탄산천 요양을 하던 무렵에 있었던 몇몇 '동침 사건들'에 관해서 늘어놓았다. 그러나 이 두 사람의 이야기가 그 무서운 틸리 장군[33]의 마크데부르크 입성과 그때 그 도시에서 일어났던 저 가공할 만행들을 일일이 열거하는 데에 이르자 그 보고하는 말투가 좌중을 아연실색하게 만들었다. 그 리부슈카란 여자는 약탈의 와중에 자기가 낚아챘던 노획물들을 뻔뻔스럽게도 하나씩 하나씩 열거하는 것이었다. 그녀는 처형된 여자들의 목에서 자기가 끌러낸 금 목걸이가 몇 바구니씩이나 되었노라고 떠벌렸다. 겔른하우젠이 그녀의 옆구리를 쿡쿡 찔렀기 때문에 그녀도 마침내 입을 다물게 되었다. 마크데부르크의 참상을 들은 좌중은 침묵하는 수밖에 별다른 도리가 없었다.

"이제 그만 잠자리에 들 시간이 된 것 같습니다"라고 다흐가 말 없는 좌중에게 말했다. "우리는 경솔하게 이 젊은 친구와 여주인의 이야기를 듣고 싶어 했습니다. 그러나 이제 이 두 사람의 생생한 보고를 듣고 나니 우리는 웃음에

32) 북 이탈리아의 도시 이름. 17세기 초에는 대공국으로서 합스부르크가와 프랑스가 쟁탈전을 벌였음.

33) 30년전쟁 당시 황제군 총사령관으로 1631년에 마크데부르크를 점령하였음.

도 한계가 있고 많이 웃고 나면 반드시 그만한 대가를 치러야 한다는 사실을 분명히 알게 된 것 같습니다. 그러기에 이제 우리 모두는 웃음을 목구멍에서 그만 삼켜버려야 할 줄 압니다. 왜냐하면 아무리 우아한 성품을 가진 사람이라 할지라도 오늘날에는 소름 끼치는 일들을 다반사로 겪게 되었기 때문입니다. 하느님께서 우리들을 용서하시고 우리들에게 자비를 베풀어주셨으면 합니다."

다흐는 어린애들을 재우듯이 시인들을 잠자리로 보냈다. 라우렘베르크와 모셰로슈의 요구에도 불구하고 마실 술 역시 더 이상 한 방울도 없다는 것이었다. 다흐는 그 어떤 웃음소리도, 나지막한 웃음소리라 할지라도 더 이상 듣고 싶지 않다고 말했다.

"익살담들도 어지간히 많이들 오고 갔어요. 그 경건한 게르하르트가 일찌감치 자기 방으로 물러나 버린 건 참 다행스러운 일입니다. 따지고 보면 평소에 그렇게도 열렬하게 설교를 하는 리스트 선생이 점점 만발하게 된 그 음담패설에 쐐기를 박았어야 했어요. 아니, 아닙니다. 난 아무에게도 화를 내고 싶진 않습니다. 결국 나도 함께 웃었으니까요. 이젠 아무 말도 더 이상 해선 안 돼요. 내일 아침이 되어 다시금 모든 사람들에게 유익한 원고 낭독이 시작되면 그제서야 비로소 나도 여러분이 알고 계시는 그 명랑한 사람으로 되돌아가서 모두와 더불어 명랑한 시간을 보내고 싶습니다."

집 안이 조용해졌다. 단지 여주인만이 부엌에서 설거지를 하고 있었으며 겔른하우젠도 그녀와 함께 있는 모양이었다. 지몬 다흐는 다시 한번 복도들을 죽 둘러보았으며, 젊은이들의 지푸라기 잠자리가 있는 다락방을 살펴보았다. 거기에는 그 청년들이 누워 있었는데 옆에 세 하녀들을 끼고 있었다. 비르켄은 마치 어린애처럼 안긴 채 누워 있었다. 그들은 완전히 곯아떨어져 있었다. 단지 그레플링어만이 소스라쳐 놀란 채 일어나서는 변명을 하려 들었다. 그러나 다흐는 손가락으로 신호를 보내어 그가 잠자코 이불 밑에 그냥 누워 있도록 했다. 그들이 서로 함께 자도록 내버려 둘 일이었다. 죄악을 저지른 곳은 여기 지푸라기 속에서가 아니라 저기 객실 안에서였다(그리고 나 역시 함께 웃었으니 말이야. 뿐만 아니라 나도 이야기들을 생각해 내기도 하고 좌중의 열띤 분위기에 기름을 붓고자 했으며, 기왕 거기에 앉아 있는 김에 그 음담패설자들 사이에 끼어 앉아 있으려 했잖아!). 마지막으로 힐끗 본 바에 의하면 그 말 없는 청년 셰플러 또한 하녀 하나를 차지하게 된 모양이어서 다흐는 기뻐하였다.

그가 마침내 편지나 한 장 써볼까 하는 생각으로 막 자기 방으로 가려 했을 때였다. 그때 그는 마당에서부터 말들이 우는 소리, 마차 바퀴 구르는 소리, 개 짖는 소리를 들었으며 이윽고 사람들의 목소리를 듣게 되었다.

'내 친구 알베르트인 게로군!' 하고 다흐는 생각했다.

# 제8장

알베르트는 혼자 온 것이 아니었다. 연작으로 계속 출간되고 있는 가곡집 『영창곡집』의 편찬자 겸 작곡가로서 프로이센 밖에까지 널리 이름이 알려져 있는 쾨니히스베르크의 교회 오르간 연주자 하인리히 알베르트는 그의 외사촌이자 작센 선제후 궁의 악장이기도 한 하인리히 쉬츠를 함께 데리고 왔다. 쉬츠는 그렇지 않아도 함부르크에 들렀다가 계속해서 글뤽슈타트[34]로 여행하려던 참이었는데, 거기에서 그는 평소의 숙원대로 덴마크 왕실로부터 초청받기를 기대하고 있었던 것이다. 작센에서는 이제 더 이상 아무것도 그를 붙잡아 둘 만한 것이 없었다. 쉬츠는 육십 대 초, 그러니까 베케를린의 연배였다. 그러나 그는 공무에 찌든

34) 슐레스비히 홀슈타인 지방의 도시 이름. 당시 덴마크의 요새였음.

슈바벤 출신의 베케를린 옹보다는 더 정정하였고, 아무도 감히 범접할 수 없는—알베르트조차도 겨우 가까이 할 수 있을까 말까 한—그러한 신성한 권위와 엄격한 위대성을 지닌 인물이었다. 당당한 등장이라기보다는 오히려 방해나 되지 않을까 하고 스스로 염려하는 듯한 그의 등장은 텔크테에서 열린 이 시인들의 회합의 격을 높여주었으며, 또 다른 일면으로는 이 시인들의 만남을 왜소하게 보이게끔 하는 면도 없지 않았다. 그 어떤 집단도 당해 낼 수 없는 한 사람이 그들에게로 온 것이었다.

나는 지금의 내가 그 당시의 나 자신보다 더 현명하다고 말하고 싶지는 않다. 하지만 그 당시의 모든 시인들이 다 알고 있었던 사실은 쉬츠가 나무랄 데 없는 신앙을 지니고 있으며 덴마크에서 계속 초청장이 왔는데도 자기의 군주에게 충성을 지켰다는 것, 그러면서도 이 쉬츠라는 사람은 오직 자신의 원칙만을 끝까지 지켜왔다는 사실이었다. 그는 결코 한번도, 부수적인 작품에 있어서까지 결코 한번도, 신교도적 일상생활을 하다 보면 자연히 그렇게 하기 마련인 그런 중도적 타협을 한 적이 없었다. 그의 선제후에게나 덴마크의 크리스티안 왕에게나 그가 궁중음악으로 바친 것은 오직 꼭 필요 불가결한 것뿐이었다. 마치 인생의 한창때에 있는 청년과 같이 언제나 일에 열중하고 있었는데도 그는 항용 손대게 되는 모든 상업적인 일들을 거부하였다. 그의 작품을 출간한 출판업자들이 교회에서 실제로 연주하는 데 도움이 되게끔 보충 설명, 예컨대 통주저음 표시를 좀 해주십사 하고 청을 하면, 쉬츠는 그때그때마다 책의 머리말에서 악보에 기호가 첨가되어 있는 것을 유감으로 생각한다고 밝히면서 그 첨가 기호를 참고하지 말도록 권고하는 것이었다.

"통주저음이라는 것은 설사 참고하게 되더라도 자주 참고할 것이 못 되며 피치 못할 경우에 일종의 참고 자료로서 찾아보는 정도에 그쳐야 할 것이다."

아무도 쉬츠처럼 언어에 모든 것을 걸고 그의 음악조차 언어에 봉사하도록 종속시키지는 않았다. 아무도 그처럼 언어를 해석하고 언어에 생기를 불어넣고 언어의 몸짓을 강조하려 하지 않았으며, 아무도 그처럼 언어가 지니고 있는 깊은 뜻을 더욱 심원하게 하고 언어가 지닌 폭을 더욱 확장시키며 언어가 지닌 숭고성을 더욱 고양시키려 하지는 않았다. 바로 그 때문에 쉬츠는 각 어휘 하나하나에 엄격하였고, 그래서 전승되어 내려오는 라틴어 기도문 아니면 루터의 성서 번역문만을 신뢰했다. 그의 본령인 종교음악에서 그는 베커의 찬미가와 젊은 오피츠의 몇몇 작품에 곡을 붙였던 것을 제외하고는 동시대 시인들의 작품은 지금까지 사절해 온 터였다(그가 곡을 붙일 만한 가사를 찾으려는 간절한 소망을 지닌 채 우리들에게 왔던 것은 사실이었지만 독일 시인들은 그때까지 그에게 아무런 작품도 내놓지 못하고 있었던 것이다). 그 때문에 지몬 다흐는 함께 당도한 손님의 이름을 들었을 때 기뻐하기에 앞서 우선 경악해 마지않았던 것이다.

그들은 한동안 마당에 서서 정중한 인사를 교환하였다. 쉬츠는 불청객으로 오게 된 것을 거듭 사과하였다. 그는 마치 자기소개라도 하는 것처럼 강조해서 말하기를, 여기에 참석한 몇몇 양반들, 이를테면 부흐너, 리스트, 라우렘베르크 같은 사람들은 수년 전부터 자기와 아는 터수라는 것이었다. 한편 다흐는 그의 방문으로 인하여 그들이 입게 된 영광을 말로 표현하느라 애를 썼다. 겔른하우젠의 황제군 위병들은 횃불을 들고 배면에 서 있었는데, 소총병들의 표현을 빌리자면 그건 마치 한 군주의 도착을 위해 열병하는 것 같았다고 했다.

"하긴 여행 복장이 평복 차림이고 보따리가 두 손잡이만 쥐면 달랑 들 수 있어서 탈이지만 말이야! 다른 한 손님은 지 군주의 시종인가 보지 아마?"

일행은 외제데를 거쳐서 왔는데 거기서 텔크테로 가보라는 말을 들을 수 있었다고 했다. 쉬츠가 작센 선제후의 친서를 휴대하고 여행했기 때문에 그들의 마차는 쉽게 말을 갈 수 있었다고 했다. 그는 마치 자기의 신분을 밝히기라도 하려는 듯이 어린애처럼 자랑스러워하며 그 편지를 내보였다. 그러면서 하는 말이 그들은 도중에 하등의 방해도 받지 않고 왔다는 것이었다.

"보름달이 평평한 지대를 환히 비춰주고 있었소. 그 평지는 경작이 되지 않은 채 쑥대밭이 되어 있더군요. 지금 기분 같아서는 시장하다기보다는 피곤하구려. 내가 잘 침대가 없다면 난로 옆 벤치 위라도 좋소. 여관 사정은 나도 알지요. 내 선친이 잘레 강안의 바이센펠스에서 '쉬츠 옥(屋)'을 경영했으니까요. 초만원일 때가 많았지요."

다흐와 알베르트는 간신히 그 궁정 악대 악장을 설득하

여 다호의 방을 쓰도록 할 수 있었다. 여주인이 등 뒤에 겔른하우젠을 대동하고 나타났다. 손님의 이름을 들더니 그녀는 금방 황망해 마지않으면서 유창한 이탈리아어로 쉬츠를 가리켜 '위대한 명인 사수(射手) 어른'[35]이라고 칭하면서 환영의 뜻을 표했다. 그러나 마당에 서 있던 모든 사람이 정작 놀란 것은—쉬츠는 약간 경악한 것 같았다—겔른하우젠이 그 늦게 당도한 손님을 도와줄 양으로 어느새가 그의 짐께로 다가서 있다가 갑자기 듣기 좋은 테너 목청으로 쉬츠의 「성가」 중에서 제일 처음 나오는 경문가(徑文歌)의 첫 소절을 부르기 시작했기 때문이었다.

"오 착하신, 오 정다우신, 오 자애로우신 예수여……"

이 「성가」는 신교적인 작품이라기보다는 종파를 초월한 작품이었기 때문에 가톨릭교를 믿는 지역에까지도 전파되어 있었던 것이었다.

그 슈토펠이란 친구는 자기소개를 하면서 말했다.

"저는 브라이자흐에서 연락병 노릇을 한 적이 있었습니다. 그 도시가 바이마르 군대에 의해 포위되었을 적에 저는 합창단에서 노래를 부른 적이 있습니다. 노래를 하면 굶주림을 잊는 데 도움이 되거든요."

이렇게 말하고 나서 그는 짐을 들고는 쉬츠와 함께 모든 사람들을 데리고 앞장서서 집 안으로 들어가는 것이었다. 그래서 여주인이 맨 마지막으로 집 안으로 들어오게 되었다. 그녀는 손님의 청에 따라 한 잔의 사과주를 방으로 갖

---

35) 쉬츠라는 이름은 원래 '사수'라는 뜻을 지녔음.

다주었으며 거기다가 약간의 흑빵까지 챙겨주었다.

그 리부슈카란 여자는 나중에 작은 객실에다 다흐와 알베르트를 위한 임시 잠자리를 마련해야 했다. 그들은 부엌 옆에 있는 여주인의 칸막이 방을 쓰라는 말을 듣지 않았던 것이다. 그녀는 특히 알베르트를 붙들고 사설을 늘어놓았다.

"요즘 같은 세월에 혼자 사는 여자가 꿋꿋이 지조를 지키며 산다는 게 얼마나 어려운지 아세요? 이래 봬도 예전엔 저도 예뻤답니다. 어떤 산전수전을 겪고 제가 이렇게 영악해졌는지 들어보실래요……."

드디어 슈토펠이란 친구가 그녀를 문밖으로 끌어내어 갔다. 아주 기구한 운명의 장난이 자기와 이 '갈보 어멈'을 한 짝으로 묶어놓았다는 것이었다.

그러나 두 사람이 나가자마자 또 다른 훼방꾼 하나가 그 두 친구들을 찾아왔다. 그 객실 옆쪽의 열린 창문으로 체젠이 겁에 질린 얼굴을 내밀었던 것이다.

"강가에서 오는 길입니다. 강물에 시체들이 떠 내려오더군요. 처음엔 두 구의 시체만이 둥둥 떠 내려왔어요. 시체들이 서로 묶인 채였으므로 그것들을 보니 내 작품[36]에 나오는 주인공 마르크홀트와 로제문트가 생각나더군요. 그러나 나중에는 점점 더 많은 시체들이 강물을 따라 떠 내려왔습니다. 달빛이 표류하는 시신들을 비추고 있었어요. 난 그렇게 많은 죽음을 형언할 수 있는 언어를 찾지 못했습니다. 이 집 상공에는 무엇인가 불길한 전조(前兆)가 떠 있는

36) 1645년에 나온 체젠의 소설 「아드리아의 로제문트」.

것 같습니다. 결코 평화 협상이 이루어질 것 같지 않아요. 사람들이 언어의 순수성을 존중하지 않기 때문이지요. 왜곡된 언어들이 강물 위에 표류하는 시체들처럼 퉁퉁 부풀어 올랐기 때문이란 말씀입니다. 난 내가 목격한 것을 글로 옮겨 적겠어요. 상세히, 지금 당장, 적겠어요. 그리하여 미증유의 운율을 발견해 보도록 하겠습니다."

다호는 창문을 닫았다. 그들 두 친구는 횡설수설하는 체젠의 말을 처음에는 경악하면서, 나중에는 재미있어하며 들었으나 그 친구가 가버리고 난 이제야 비로소 그들끼리 단둘이가 될 수 있었다. 그들은 몇 번씩이나 서로 포옹하고 등을 두드렸으며, 그 어떤 강약약격 운에도 맞지 않는 갖가지 정답고 반가운 우스갯소리를 주고받았다. 조금 전만 해도 시인들이 너무 외설적인 이야기를 한다 하여 잠자리 술도 없다 하고 각자의 방으로 보냈던 다호였지만 이제 그는 친구 알베르트와 자신의 술잔에 갈색 맥주를 그득히 채우는 것이었다. 그들은 여러 번이나 서로 잔을 부딪쳤다.

이윽고 두 친구가 불을 끄고 어둠 속에 눕자 그 교회 오르간 연주자는 쉬츠가 이리로 오도록 설득하는 것이 얼마나 어려웠는가를 이야기했다. 시인들과 그들의 너무 많은 어휘들에 대한 쉬츠의 불신이 지난 수년 동안 더욱더 커졌다는 것이었다.

"리스트가 그의 마음에 드는 걸 하나도 못 써냈어. 그리고 라우렘베르크의 대본을 가지고 가극을 썼다가 덴마크 왕궁에서 그다지 좋은 성과를 거두지 못했거든. 그렇게 된 연후에 그는 쇼텔의 소가극들 중 하나를 작곡하게 되었는데, 쇼텔의 그 뻣뻣한 언어를 생각하면 지금도 넌더리가 난다는 거야. 저명인사인 내 외사촌이 갈 길을 잠시 멈추고 텔크테에 들르게끔 유혹할 수 있었던 것은 내가 그와 친척이기 때문이 아니라 다만 그뤼피우스가 어쩌면 가극의 대본이 될 만한 어떤 극작품 같은 걸 낭독하지나 않을까 하는 기대 때문일세. 바라건대 어느 한 작품이라도 그의 엄격성 앞에서 은총을 입게 되었으면 하네."

그리하여 지몬 다흐는 어둠 속에 누운 채, 온갖 이색적인 인사들로 구성되고 항상 논쟁을 벌이려 하는 분위기인 이 문학 모임이 이토록 고매한 손님을 맞이하여 과연 예절을 지켜줄 것인지 걱정에 잠기는 것이었다. '그레플링어는 사납고 게르하르트는 까다로운 데다 또 체젠으로 말하자면 조금 전만 해도 그렇게 쉽게 흥분해서 거의 혼을 빼앗긴 꼴이니…….'

이런 걱정을 하고 있는 중에 두 친구는 잠에 곯아떨어졌다. 오직 '다리의 집' 대들보만이 아직도 깨어 있었다. 이 밖에도 밤새 또 무슨 일이 일어났단 말인가?

## 제9장

체젠은 자신의 적수 리스트와 함께 쓰는 방에서 아직도 상당히 오랫동안 그럴듯하게 울리고 있는 단어들을 나열해 보았다. 그러다가 그는 퉁퉁 부풀어 오른 시체들이 로제문트와 자신의 육신과 비슷하다는 내용의 시행을 쓰다가 그만 곯아떨어지고 말았다.

그러는 동안 한 파발꾼이 오스나브뤼크로부터 엠스 강을 건너 '다리의 집'을 지나 뮌스터로 향하고 있었으며, 다른 한 파발꾼은 그 정반대 방향으로 말을 달리고 있었다. 두 사람 다 새 소식을 갖고 서둘러 달리는 것이었지만, 그 소식들은 목적지에 닿으면 이미 때늦은 소식으로서 읽히게 될 것이었다. '다리의 집'의 개들이 짖어댔다.

오랜 시간 동안 강물 위에 떠 있던 보름달이 이윽고 여관과 그 손님들 위로 높이 뜨게 되었다. 아무도 달의 영향

권에서 벗어날 수 없었다. 차고 기우는 모든 변화의 근본이 모두 이 달에서 나오는 것이었다.

다락방의 지푸라기 잠자리에서 세 쌍의 남녀가 각각 서로 짝을 달리하여 잠자리를 계속 바꾼 것도 아마 바로 그 때문이었을 것이다. 이런 말을 하는 이유는 간밤의 초저녁에는 분명히 그 곱상한 하녀 곁에 누워 있었던 그레플링어가 어둑어둑한 새벽녘에 깨어나 보니 마르테라는 이름의 뼈대 굵은 하녀 곁에 있는 것을 알게 되었기 때문이다. 처음에는 조용한 셰플러 곁에 누워 있었던 엘자베라는 이름의 통통한 하녀는 자기가 비르켄 곁에 누워 있는 것을 보게 되었으며, 처음에는 그레플링어에게 돌아갔던 곱상한 하녀 마리에는 이제는 셰플러하고 마치 사슬로 묶인 것처럼 끌어안고 자고 있었던 것이다. 그리하여 그들이 서로 잠에서 깨어나—달의 조화 탓인지는 몰라도—서로 다른 사람과 짝이 되었음을 알게 되었을 때, 그들은 그렇게 누워 있고 싶지 않았다. 그러나 그들은 자신들이 애초에 누구하고 같이 지푸라기 속에 몸을 뉘었었는지 더 이상 정확히 알 수 없었다. 새로이 한 바퀴 교체를 하고 나서 각 남녀는 이제 짝을 바로 찾았다고 믿었다. 그러나 이미 오래전에 어디론가 가버린 보름달이 아직도 여전히 조화를 부리고 있었다. 온몸이 검은 털투성이고 등줄기에도 검게 털이 나 있는 그레플링어는 그의 시에 윤기를 부여하긴 했지만 이미 여러 해 전에 남의 아내가 되어버린 저 배반녀 플로라의 부름이라도 받은 듯 통통한 엘자베한테로 기어들었고, 곱상한 마리에는 천사같이 탐스러운 입술을 지닌 비르켄한테로 몸을 던졌다. 이 비르켄 청년은 뼈대가 굵은 하녀한테서든 통통한 하녀한테서든 또는 지금의 이 곱상하기 이를 데 없는 하녀한테서든 간에 항상 요정들 곁에 누워 있는 기분이었다. 그리고 우람하게 뼈대가 굵고 키가 큰 마르테는 세플러를 그녀의 사지 사이에 꽉 죄었다. 그리하여 그녀는 그 이전에 통통하게 살이 찐 하녀와 하녀들 중에서 제일 곱상한 하녀가 이미 그렇게 해줬던 것처럼, 그 전날 텔크테의 목각 성모상이 그에게 제시해 준 바 있는 그 약속을 충족시켜 주었다. 이렇게 한바탕 일을 치를 때마다 이 허약한 대학생은 혼신의 정력을 다 기울였으므로 그의 영혼은 점점 더 감동적으로 되어갔다.

그리하여 여섯 사람 모두가 다락방 위의 지푸라기를 세 번째로 타작하는 수고를 시작했으며, 그 결과 각 남녀가 모두 서로서로를 알게 되었다. 이런 판국이었던 만큼 이들 동침자들이 이 새벽녘에 또 무슨 일이 일어났는지 소리조차 듣지 못한 것은 조금도 이상할 것이 없는 노릇이었다.

그러나 나는 그것을 안다. 다섯 명의 기병들이 안장 채운 말들을 마구간으로부터 마당으로 끌어내었던 것이다. 겔른하우젠도 거기에 함께 있었다. 문이 삐걱거리거나 말편자가 쇳소리를 내는 법도 없었다. 말들은 소리 없이 걸어 나갔다. 말발굽은 걸레로 싸매인 채였다. 그리하여 황제군 병사들이 외제데에서 징발했던 포장마차들 중 하나에 두 명의 소총병이 틀림없는 솜씨로 말을 메우게 되었는데, 걸레 조각 하나 철썩거리는 법이 없었으니, 마차의 채 구멍에까지도 기름을 쳐두었던 것이다. 또 한 명의 소총병이 앞에 나온 두 소총병들과 자기의 소총들을 날라 와서는 마차의 포장 밑에 밀어 넣고 있었다. 말은 한 마리도 교환될 필요가 없었다. 모든 것이 마치 연습이라도 해둔 것처럼 진행되었다. 마당의 개들은 순순히 바닥에 엎드려 있었다.

오직 '다리의 집' 여주인만이 겔른하우젠과 귓속말을 하고 있었는데, 아마도 그녀는 겔른하우젠에게 무슨 지시를 하고 있는 것 같았다. 이런 짐작을 할 수 있는 이유는 이미 우뚝 말에 올라타 있던 그 친구가 여러 번 고개를 끄덕여 가며 그녀의 요설을 간단간단히 종결지으려 하고 있었기 때문이다. 그 리부슈카란 여자는 (조금 전에만 해도 겔른하우젠에게 '갈보 어멈'이라는 소리까지 듣고도) 마치 그것이 그녀의 의무라도 되는 양 말안장 덮개로 몸을 감싼 채 조스트 출신의 그 전직 사냥꾼 곁에 서 있었다. 그 친구가 입고 있는 금 단추가 달린 그 초록색 조끼와 깃털 모자는 아직도 여전히—또는 벌써 다시금—그에게 잘 어울렸다.

메워진 말들이 포장마차를 끌고 황제군 병사들이 말을 타고 마당을 떠나갈 때 자기 방에서 잠을 깬 사람은 오직 파울 게르하르트뿐이었다. 그가 때마침 볼 수 있었던 광경은 겔른하우젠이 말안장 위에서 몸을 돌리는 모습이었다. 겔른하우젠은 칼을 높이 뽑아 들었고 다른 손으로는 여주인에게 웃으면서 손짓을 해 보이는 것이었다. 그녀는 그 손짓에는 아무런 응답도 하지 않은 채 기병들과 마차가 오리나무들에 가려지고 이내 엠스의 성문 속으로 삼켜지고 난 후에도 여전히 말안장 덮개를 휘감고는 거기 마당 가에 장승처럼 멀거니 서 있었다.

이제는 새들이 지저귀기 시작하였다. 그러나 게르하르트는 이제서야 텔크테의 아침이 얼마나 많은 새들과 함께 시작되는지를 두 귀로 똑똑히 들을 수 있었다. 종달새, 되새, 지빠귀, 박새, 찌르레기 등 온갖 새들이 지저귀었다. 마구간 뒤의 말오줌나무 숲 속에서도 새들이 지저귀었고 마당 한가운데에 서 있는 붉은 너도밤나무에서도 새들이 지저귀었다. '다리의 집' 북쪽과 서쪽에 죽 심어놓은 네 그루의 보리수에서도, 외엠스 강안에 무성하게 번지는 잡초 덤불 한가운데에 어지러이 서 있는 자작나무와 오리나무 숲 속에서도, 풍우에 시달려 합각머리 뒤쪽이 약간 상한 갈대 지붕 안에 지어놓은 참새 둥지에서도, 도처에서 들려오는 새들의 지저귐으로 아침이 시작되었다(이곳에는 닭이라곤 이제 없었으니 말이다).

여주인 리부슈카는 그 굳은 자세를 풀고는 고개를 설레설레 흔들고 몇 마디 수다를 울먹이면서 마당에서부터 발을 질질 끌며 천천히 들어왔다. 어제만 해도 시끌벅적하게 분위기를 주도하기도 하고 아직도 쓸 만한 여자로서 문사들이 군침 흘리는 대상이 되기도 했던 그녀였지만 지금의 그녀는 말안장 덮개를 둘둘 감은 채 혼자 내버려져 있는 한 노파에 불과하였다.

그 광경을 지켜본 파울 게르하르트는 그제야 비로소 아침기도를 시작하면서 그 속에 그 불쌍한 노파를 위한 소망도 포함시켰다.

"하늘에 계신 자비로우신 아버지시여! 이 불행한 여자가 죄악을 저질렀다 하여 당신의 분노로 너무 호된 벌을 내리지 마옵시고 이 여자가 앞으로 저지르게 될 방자한 행위 역시 관대히 살펴주옵소서! 이 여자를 이렇게 만든 것도 전쟁이옵고 많은 경건한 사람들로 하여금 이 여자와 함께 금수와 같은 짓을 저지르게 한 것도 생각하면 이 전쟁이기에 드리는 말씀이옵나이다."

그러고 나서 그는 이미 수년 전부터 매일 아침마다 기도드려 온 대로, 곧 평화를 내리사 이 평화가 모든 독실한 신자들을 보호하게 하시고, 하느님의 계율을 깨뜨리거나 진정한 하느님의 존재를 부정하는 자들이 드디어 깨달음을 얻거나 응분의 벌을 받도록 하여주시기를 빌었다. 이 경건한 사람이 '하느님의 계율을 깨뜨린 자들'이라고 말할 때 거기에는 엄격한 루터 파 신앙인이라면 항용 그러하듯이 교황 측 가톨릭 교도만 포함되어 있는 것이 아니라 위그노 파, 츠빙글리 파, 칼뱅 파 및 모든 신비주의적 몽상가들이 다 포함되어 있는 것이었다. 그가 슐레지엔의 경건 파를 경원하는 것도 바로 이 때문이었다.

게르하르트가 '경건하다'고 했을 때 그것은 단지 '하느님'에 대한 그의 개념 속에서 경건한 것이었으며, 또 그의 찬송가 내에서 경건한 것이었다. 그의 찬송가들은 그의 편협함이 허용하는 범위 이상으로 널리 전파되어 있었다. 그가 도회지 베를린에서 가정교사로 고생해 가며 목사직을 하나 얻을 수 없을까 하고 노력해 온 수년 전부터 그는 소박한 단어들을 창출해 낼 수 있었다. 그 단어들은 비록 수적으로는 얼마 안 되었지만 루터 교구들에 계속해서 다연(多連)의 새 찬송가들을 공급하기에는 충분한 시어들이었다. 그리하여 가정에서나 교회에서—전쟁의 포화가 아직 지나가지 않은 곳에서는—도처에서(심지어는 가톨릭을 믿는 지방에서까지) 사람들은 경건한 게르하르트의 노래를 따라 부르게 되었다. 그 노래들은 구식으로 부르게 되어 있었고 소박한 멜로디를 따라 부르면 되는 것들이었는데, 게르하르트의 가사에 멜로디를 붙여준 것은 처음에는 크뤼거였으며, 나중에는 에벨링이었다. 이를테면 아침의 노래 「깨어나 노래해요, 내 사랑!」의 제1연인 "만물의 창조자, 모든 대화를 주신 분, 인간들의 경건한 목자……"는 텔크테로 오는 도중에 써진 것이었다. 이 시는 곧 이어서 9연의 찬송가로 요한 크뤼거에 의하여 작곡되었던 것이다.

설령 게르하르트에게 그럴 능력이 있었다 해도 그는 다른 작품들, 이를테면 송가, 정교한 소네트, 풍자시 또는 음탕한 목가 나부랭이 같은 것을 쓰지는 않았을 것이며 그 누구를 위해서도 그런 것들은 쓰려고 하지 않았을 것이다. 그는 문사는 아니었으며, 그의 시를 보더라도 오피츠(그 대변자로서는 부흐너가 있었지만)한테서 배운 것보다는 민요에서 따온 것이 더 많았다. 그의 노래들은 자연을 모사하고 있는 것들로서 비유적인 표현은 쓰지 않았다. 그 때문에 그는 처음에 이 시인들의 회합에 참석하는 것을 거부했다. 그런데도 그가 오게 된 것은 단지 다흐에게 호의를 베풀기 위해서였다. 그것은 다흐의 실천적 경건성이 그가 생각하는 종교의 범주 안에 간신히 들어올 수 있었기 때문이다. 그러나 이렇게 오긴 왔지만 역시 그는 미리 예감한 대로 누구한테서나 거부 반응을 느꼈다. 호프만스발다우의 끊임

없는 말장난도 그의 귀에 거슬렸고, 아직까지도 탕진되지 않은 듯 술술 흘러나오는 그뤼피우스의 현세에 대한 그 허망한 구토감도 듣기 싫었으며, 모두들 아주 재능 있다고 하는 체젠의 그 번지르르한 횡설수설도 역겨웠다. 그칠 줄 모르고 콸콸 쏟아져 나오는 라우렘베르크의 저지 독어로 된 풍자시가 그러했고, 첼코의 범지학적(汎知學的) 모호성이 그러하였으며, 로가우의 험구, 리스트의 고함, 거기다가 장삿속 때문에 왔다 갔다 하는 출판업자들까지도 그러하였다. 이 모든 것이 모두 그의 비위에 거슬린 데다 문사들의 재빠른 말솜씨와 항상 많이 알은체하는 그들의 태도 또한 그에게 심한 거부 반응을 일으키기에 족했다. 그래서 단지 외톨이로서 자기 고집만을 위해 살면서 그 어떤 시인 단체에도 속해 있지 않았던 그는 도착하자마자 이내 집으로 돌아가고 싶었다. 그러나 경건한 게르하르트는 떠나지 않고 남아 있었던 것이다.

그리하여 파울 게르하르트가 그 방종한 여주인을 위해 기도하고 진정한 종교의 적들을 저주한 다음 다시금 그의 아침기도를 계속하게 되었을 때, 그는 칼뱅 파인 자신의 군주가 부디 사태를 올바르게 깨닫도록 하느님의 인도가 있으시기를 오랫동안 간절히 빌었다. 그의 군주는 수백 명의 위그노 파와 그 밖의 이단자들을 새로운 정착자로서 변방 백작령 안으로 불러들였고, 게르하르트는 이 때문에 그를 존경할 수가 없었다. 그다음으로 그는 시인들을 위해서도 기도하기 시작했다.

그는 전능하신 하느님 아버지께 박학다식한데도 불구하

고 깊은 심연에서 헤매는 이 문사들에게 올바른 언어를 부여해 주십사 하고 빌었다. 세상을 아는 베케를린에게도, 스페인계 혈통 때문에 이중적인 면을 보이는 모셰로슈에게도, 몹쓸 그레플링어에게도, 심지어는 그 바보 같은 가톨릭 교도 망나니에게도 올바른 언어를 부여해 주시기를 빌었다. 그는 두 손을 깍지 낀 채 열정을 다하여 다음과 같이 기원을 드렸다.

"이 모임이 모든 면에서 지고한 판관이신 당신의 영광을 찬미하는 모임이 되기를 원하옵나이다."

아침기도에 연이어 그는 자신에게 목사직이 하나 배정되도록 해주십사 하는 자신의 오랜 숙원을 말했으며, 그것도 가능하면 변방 백작령 내에서 한 자리를 주십사 하고 빌었다. 그러나 파울 게르하르트는 4년 뒤에야 비로소 변방 백작령 안에 있는 미텐발데의 교구 감독관이 될 수 있었다. 여기서 그는 이미 몇 해 전 그가 가정교사를 하던 무렵에 맺었던 여제자 안나 베르톨트와의 사랑을 마침내 결혼으로까지 진전시킬 수 있었으며, 여러 소절로 된 노래 작사에 계속 전념하게 되었다.

그때 지몬 다흐가 작은 객실에서 종을 치기 시작했다. 아직 채 깨어나지 못했던 사람들이 잠에서 깨어났다. 다락방 위의 청년들은 지푸라기 잠자리에서 깨어나 처녀들이 없는 것을 발견했다. 마르테, 엘자베 그리고 마리에는 이미 부엌에서 꼼지락거리고 있었다. 그들은 며칠 묵은 빵을 썰어서 아침 수프 속에 넣고 있었다. 하인리히 쉬츠도 이 수프를 먹었다. 그는 기다란 식탁에—게르하르트와 알베르트 사이에—서먹서먹하게 앉아 있었지만, 그가 누군지 모르는 사람은 아무도 없었다.

# 제10장

그 여름날은 그렇게 아주 찬연한 영광과 더불어 시작되었다. 모든 창문을 통해 햇빛이 쏟아져 들어와 습기찬 벽 때문에 썰렁한 그 집에 일말의 온기를 더해 주었다. 게다가 또 그 귀한 빈객을 맞이하게 된 문사들의 기쁨도 첨가된 것이었다.

아침 수프를 먹고 난 직후, 아직 모두들 그 작은 객실에 그냥 머물러 있을 때—그리고 이번에는 첿코가 감사의 기도를 하고 났을 때—지몬 다흐가 선 채로 모두에게 말했다.

"다시금 원고 낭독에 들어가기 전에 우리가 여기에 모시게 된 저명하신 빈객에게 충심으로 환영의 뜻을 표해야 할 줄 압니다. 그러나 그것은 단지 음악 애호가에 불과한 제가 할 수 있는 것보다는 좀 더 상세한 환영사가 되어야 하겠습니다. 경문가와 마드리갈에 대해서라면 제 친구 알베르트—그 교회 오르간 연주자를 그는 이렇게 불렀다—가 더 정통합니다. 이 방면에 지식이 없는 저로서는 다만 찬탄과 존경을 금치 못할 따름입니다. 저 같은 사람은 기껏해야 통주저음을 붙인 노래에나 적합할 것입니다."

이렇게 말하고 나서 그는 가벼운 마음으로 자리에 앉아 버렸다.

하인리히 알베르트는 격식을 차려 서두를 연 다음 우선 손님의 이력부터 펼쳐나가기 시작했다.

"청년 쉬츠는 법학을 공부하게 하려는 양친의 소망에도 불구하고 처음에는 카셀의 지방 백작의 후원을 받고 나중에는 작센 선제후의 후원을 받아 작곡을 공부하였는데, 그것은 베네치아의 저명한 음악가 가브리엘리한테서였습니다. 청년 쉬츠는 산마르코 바실리카에 있는 두 대의 파이프오르간의 연주자로서 이 스승의 자리를 물려받을 수도 있었을 것입니다. 그러나 그에게는 조국에 돌아와 일하는 것이 더 중요하게 생각되었던 것입니다. 나중에 전쟁이 이 나라에서 살인적 흉악상을 띠었을 때가 되어서야 비로소 그는 다시금 이탈리아 여행 허가를 받아 저 저명한 몬테베르디에게서 계속 수업을 쌓았습니다. 이어서 그는 몬테베르디와 같은 경지에 도달하여 최신 음악을 가지고 귀국하게 되었습니다. 그때부터 그는 인간의 고통과 환희를 음으로 울리게 할 수 있는 능력의 소유자가 된 것입니다. 두려워서 입을 다무는 인간들의 침묵과 그들의 곤비한 각성과 그들의 공포에 질린 휴면을 음으로 표현하며 하느님에 대한 그들의 외경, 하느님에 대한 그들의 찬미, 하느님의 자비로우심에 대한 그들의 인식을 노래로 울리게 할 수 있는 능력 말입니다. 그리고 이 모든 것은 대부분 유일한 진실인 성경 말씀을 바탕으로 이루어진 것으로서, 수없이 많은 그의 작품들에 담겨 있습니다. 그중에는 종교 협주곡 형식도 있고 장의(葬儀) 음악 형식도 있으며 「부활의 기록」이라는 구체적 작품도 있습니다. 또 불과 2년 전에 나온 작품입니다만 십자가에 못 박히신 주의 말씀 일곱 마디를 소재로 한 수난극 같은 것도 있습니다. 이 작품들은 모두가 한결같이 엄격하고도 부드러우며 소박하고도 정교한 구조물들입니다. 그렇기 때문에 그 대부분은 평범한 교회 오르간 연주자나 깊이 배우지 못한 교회 합창 지휘자에게는 너무 어려운 곡이라는 사실이 드러나기도 했습니다. 저 자신도 그 얽히고설킨 다성(多聲) 때문에 가끔 당황하는 수가 있습니다. 최근에만 해도 한번 그런 적이 있었지요. 종교개혁 기념제 때 제가 저의 크나이프호프 합창단과 함께 찬미가 제98편 「주를 찬송하라!」의 합창을 시도하다가 그 합창의 이중성 때문에 그만 좌절을 맛보게 된 적이 있었습니다. 하지만 저는 이처럼 즐거운 자리를 빌어 이 거장에게 교회 음악 실무자가 항상 토로하곤 하는 이런 한탄을 늘어놓고 싶진 않습니다. 더욱이 오래전부터 전쟁으로 뒤죽박죽이 되어버린 이런 시대에 쓸 만한 가수들이나 바이올린 연주자들을 확보한다는 게 얼마나 어려운 일인가 하는 건 작센 선제후 궁의 악장이신 당신께서 쓰라린 체험을 통하여 잘 알고 계실 테니까요. 자만심이 대단한 드레스덴에도 악기가 없는 판국입니다. 은급의 지불이 늦어지자 라틴 제국(諸

國)에서 온 대가들은 제때에 정확하게 장려금을 주는 군주를 찾게 되었습니다. 지금 형편으로는 기부금을 받으러 다니는 몇 안 되는 합창단의 소년들을 먹여 살리기에도 급급하게 되었으니까요. 아, 이런 형편이 부디 하느님의 자비로우신 마음을 움직여 마침내 이 땅에 평화를 내려주셨으면 합니다. 그렇게 되면 우린 다시금 이 거장께서 요구하시는 엄격성에 부응할 수 있을 만큼 예술에 숙련되게 될 것입니다."

그러고 나서 알베르트는 덧붙여 말했다.

"쉬츠 선생은 여러분의 원고 낭독을 함께 듣고 싶어 하십니다. 자극을 받고 싶어 하시기 때문입니다. 몬테베르디가 자신의 모국어에 곡을 부여한 것처럼 그도 마침내 독일어로 마드리갈을 작곡하게 되어도 좋고, 만약 뭔가 드라마적인 것을 얻어듣게 될 경우엔 그것을 가극대본으로 쓰고 싶어 하십니다. 20년 전에도 그는 고(故) 오피츠의 가극 「다프네」를 작곡한 적이 있습니다. 그는 오늘도 역시 여기 이 자리에 있는 부흐너 선생에게 그때 중간에 서서 소개해 준 것에 대하여 감사하고 계십니다."

이제는 모두들 약간 숨 막히는 기분이 되어 손님의 답사를 기다렸다. 왜냐하면 알베르트가 그를 칭송하고, 그 거장의 난해한 작곡에 대해 불평을 말하고, 끝으로 그의 소망을 말하고 있는 동안에도 쉬츠의 얼굴 표정에는 아무런 변화도 일어나지 않았기 때문이다. 높다란 두 눈썹 위에 있는 근심에 주름진 그의 이마는 한번도 고통스럽게 일그러지지 않았으며, 그 이마의 주름살이 풀어지는 법은 더더구나 없었다. 그의 시선 역시 그 방 밖에 있는 그 어떤 슬픈 사물을 향한 채 시종일관 긴장하고 있는 것 같았다. 그의 턱수염은 스웨덴의 구스타브 아돌프 왕의 한때의 풍모와 비슷해 보일 정도로 세심하게 다듬어져 있었다. 턱수염 위아래로 드러나 보이는 그의 입술은 양 가장자리로 내려앉아 얄팍해 보였다. 이마와 관자놀이에서 뒤쪽으로 빗어 올린 머리칼은 담황색이었다. 그는 호흡으로 인한 미동조차도 거의 하지 않고 평정을 유지하고 있었다.

이윽고 그가 답사를 하게 되었을 때에도 그의 감사의 말은 짧았다. 그는 단지 요한 가브리엘 선생이 가르치신 바를 이어받아 행하였을 따름이라는 것이었다. 모든 면에서 근엄하기 그지없는 그 노인이 식탁에 앉아 있는 모든 사람에게 그의 왼손에 끼워져 있는 반지 하나를 가리켜 보이면서 어린애 같은 티를 내는 모습은 약간 지각없는 행동으로 생각될 수도 있었지만 어쨌든 이상야릇한 감동을 주는 것이었다. 그 반지는 조반니 가브리엘리가 죽기 얼마 전에 우정의 표시로 자신에게 준 선물이라고 했다. 그는 앞서 알베르트가 말한 그 다성적(多聲的)인 난해성 운운을 일언지하에 물리쳤다.

"예술이 하느님의 순수한 언어를 따르려면 그만한 정교함은 갖추어야 합니다."

그러고 나서 그는 나지막하기는 했지만 온 좌중이 다 알아들을 만큼 큰 소리로 첫 판결을 내리는 것이었다.

"보다 단순한 것으로(예술의 영역 밖에서) 만족하고 싶은 사람은 여러 절로 된 시가나 계속 쓰면서 통주저음이나 찾아 읽으면 되는 것이지요. 자, 이제 저는 제가 할 수 없는 것, 즉 언어를 구사하여 예술을 이룩하는 일에 관해 듣고 싶은 욕망이 간절합니다."

지금까지 앉아서 말하던 쉬츠는 벌떡 일어섰다. 그러고는 다흐에게 다시 한번 언권이 돌아갈 여유도 주지 않고 그냥 큰 홀로 모두들 건너가자는 손짓을 해 보이는 것이었다. 모든 사람들이 다 식탁을 떠났다. 오직 게르하르트만이 멈칫거리고 있었으니, 쉬츠가 여러 절로 된 시가에 대하여 한 경멸적인 말이 자신을 두고 하는 말이라고 여겼기 때문이다. 베케를린이 그를 설득해야 했고 결국에는 끌고 가지 않으면 안 되었다.

한편 다흐는 딴 일로 그뤼피우스 때문에 애를 태우게 되었는데, 그뤼피우스가 최근 프랑스로부터 돌아오는 길에 슈트라스부르크에서 탈고한 비극 작품의 발췌 부분을 지금 당장은 절대 낭독하고 싶지 않다고 했던 것이다.

"꼭 해야 된다면 하긴 하겠습니다. 그러나 지금 당장은 안 되겠어요. 저 쉬츠 선생이 그와 같은 소망을 말했기 때문입니다. 저 역시 저분의 위대성을 존중하지 않는 것은 아닙니다만, 어쨌든 저는 가극대본이나 끼적거리는 사람은 아니거든요. 저에게는 궁정의 호화를 과시하기 위해 글을 써줄 정열은 없습니다. 우선 다른 사람들부터 시키시는 게 좋겠습니다. 이를테면 저 청년들이 어떨는지요? 보아하니 저 젊은이들에게는 간밤이 아주 힘든 하룻밤이었을 것 같은데. 하품이 아주 삼중창을 이루던데요. 저들은 무릎에 힘이 쭉 빠진 채 빈둥거리고 있습니다. 그레플링어조차도 입이 쑥 들어가 버렸어요. 자신이 지은 시를 낭독하다 보면 정신이 번쩍 들지 않겠어요? 남들은 지루하게 만들겠지만 말입니다."

다흐는 이 모든 것을 이해했다. 그러나 그때 리스트와 모셰로슈가 그를 설득하여 우선 선언문을 채택하려 했다. 이 선언문은 그 두 사람이 호프만스발다우와 하르스되르퍼의 조언을 받아 밤늦게까지 기초하고 아침에 다시 가필 수정한 것이었으며, 평화를 촉구하는 독일 시인들의 호소문으로서 그들의 군주들에게 보내려는 것이었다. 그러자 그 쾨니히스베르크의 석학은 문학적인 자기 식구들이 설 땅을 잃게 될까 봐 걱정이 되었다.

"여러분, 나중에 합시다!" 하고 다흐는 외쳤다. "나중에! 우선 우린 쉬츠 선생에게 잉크로 이룩해 놓은 우리들의 근면성을 보여드려야 해요. 정치라는 건 평화의 유령으로, 통풍에 걸려 다리를 못 씁니다. 도망쳐 봤자 멀리 못 갈 테니 나중에 따라잡읍시다!"

홀에서는 이미 모두들 여느 때처럼 자리를 잡고 앉아 있었다. 바깥에서부터 우리들은 엠스하겐의 우거진 풀밭의 말뚝에 매어둔 버새들이 우는 소리를 들을 수 있었는데, 그 소리는 전날보다 더 멀리서 들려오는 것 같았다. 로가우던가 누군가가 대체 그 슈토펠이란 친구는 어디에 있느냐고 물었다. 게르하르트는 그 말을 못 들은 체했다. 하르스되르퍼가 그 질문을 되풀이했을 때에야 비로소 여주인이 우리들에게 이렇게 고지했다.

"연대 부관님은 급한 일로 뮌스터로 가셔야만 했습니다.

이른 새벽에 떠나셨지요."

리부슈카는 다시금 앞가슴의 단추를 약간 풀어 헤친 채 발걸음도 가볍게 여기저기 왔다 갔다 하고 있었는데, 이번에는 머리털을 곱슬곱슬하게 지진 채였다. 두창 고약도 듬뿍 바른 그대로였다. 하녀들은 넓은 팔걸이가 있는 안락의자 하나를, 반원형으로 빙 둘러앉은 좌중에게 날라 와야 했다. 하인리히 쉬츠는 옆 창문을 통하여 내리쏟아지는 햇살을 받으며 거기에 우뚝 앉아 있었으며 좌중을 향해 그의 수심에 잠긴 이마를 내밀고 있었다.

# 제11장

이리하여 제2일째 낭독이 시작된 것은 아직 이른 아침녘이었다. 아직도 비어 있는 낭독자 의자 옆에는 이번에는 한창 흐드러지게 피어 있는 성한 엉겅퀴 한 포기가 장식으로 놓여 있었다. 여주인이 채전에서 꺾어서 항아리에다 옮겨놓은 것이었다. 이렇게 한 포기로만 보니 엉겅퀴 꽃도 그 자체로서 아름다웠다.

'전쟁으로 인하여 황폐화된 이 시대의 상징'에 대한 암시적인 언급은 하지 않은 채 다흐는 바로 낭독 순서로 들어갔다. 어제처럼 반원형으로 앉아 있는 청중 앞에 놓인 자기 의자에 앉자마자 그는 우선 세 청년, 즉 비르켄, 셰플러, 그레플링어의 이름을 불렀다. 그리하여 이제 이 청년들은 그의 옆에 있는(이제는 엉겅퀴 옆에 놓여 있는) 의자에서 한 사람씩 차례로 발표를 하게 된 것이다.

보헤미아 출신의 지그문트 비르켄으로 말하자면 전쟁 때문에 세 살이라는 어린 나이에 뉘른베르크로 피란했던 청년으로서 하르스되르퍼와 클라이를 중심으로 한 '페그니츠 강안의 목자들'의 도움을 받아 부유한 도시귀족들의 집에서 전원적인 안식처와 재정적 지원을 받아왔다. 전날의 낭독을 통해서도 입증된 바지만 그는 문학 이론에도 열심인 청년이었다. 그 밖에도 그는 예배시(禮拜詩)들, 반은 산문이고 반은 운문으로 된 목가들, 그리고 우의적(寓意的)인 희곡들을 내놓음으로써 그 목자들의 기사단에서는 '꽃다운 자'로, 그리고 체젠이 이끄는 '독일적 사고 동지회'에서는 '향기로운 자'로 인기를 모으고 있었다. 불과 몇 년 뒤에 군부의 고위 빈객들이 보는 가운데 「독일 전쟁 장송 및 독일 평화 입성」이라는 그의 뉘른베르크 축제극이 절찬리에 상연되었기 때문에 그는 얼마 있지 않아 곧 황제에게서 귀족 칭호를 받게 되었으며, '성숙한 자'로서 슐레지엔의 종려 기사단 회원이 되었다. 그는 어디서든(집에서든 여행 중이든) 알뜰하게 일기를 썼다. 그 때문에 '다리의 집' 다락방 지푸라기 속에 놔둔 그의 짐 속에는 표지가 화초 넝쿨 무늬로 장식된 일기장 한 권도 들어 있었다.

모든 사물을 소리와 형식으로 표현하고 지나치게 새로운 감각을 지닌 나머지 어떤 것도 직선적으로 말하는 법 없이 비유적으로 돌려서 말하는 의성적(擬聲的) 시인 비르켄이 낭독한 것은 몇몇 형상시(形象詩)들이었다. 그것들은 십자가 형상 또는 심장 형상으로 여러 층을 이룬 작품들로서 어떤 곳은 두드러지게 돋보이게 하고 또 어떤 때는 세밀하게 보이도록 부지런히 공을 들인 형상시들이었으며, 매우 아름다워 보이는 시들이었다. 그러나 그 형상이 낭독을 통해서는 전달될 수 없었기 때문에 이 시들은 회의에 모인 사람들의 찬탄을 자아내지는 못했다. 더 많은 찬동을 얻은 것은 평화와 정의를 의인화시켜서 그들로 하여금 익살을 부리며 서로 키스를 교환하게 하고 있는 다른 시 한 편이었다.

"……가장 달콤한 키스는 달콤한 키스보다 더 달콤하나니……"

하르스되르퍼와 체젠은(전자는 박식하게, 후자는 너무 극단적인 해석을 가하면서) 획기적인 혁신이라고 칭찬하였다. 그러나 이 두 사람이 칭찬한 바로 그 점을 기화로 하여 부흐너는 긴 설명을 해가며 그 위험성을 지적하였다. 또 모셰로슈는 그 칭찬을 빌미로 하여 비르켄의 문학적 자세, 특히 그 심장 모양의 형상시에서 비르켄이 '땀 흘리다(schwitzen)'와 '뾰쪽하게 하다(spitzen)'를 동일한 운으로 취급해 버린 사실을 희화적으로 비꼬았다. 또한 리스트는 성직자로서의 태도를 잊고 흥분해서 다음과 같은 말을 내뱉었다.

"고(故) 오피츠 선생이 체젠의 물이 든 이 비르켄풍의 시 낭독을 듣지 않아도 돼서 다행이야!"

베케를린 옹은 그 '잡다한 말의 장식'이 마음에 든다고 말했다. 로가우는 언제나 그래 왔던 것처럼 자신의 의견을 짤막하게 표현하였다.

"딸랑거리는 소리는 의미가 없는 곳에서 판을 치는 법이지!"

그다음으로 엉겅퀴 옆에 앉게 된 것은 셰플러였다. 그는 머지않아 의사로서 가톨릭으로 개종하고 신부(안겔루스 질레지우스라는 이름하에)가 되어 예수회의 반(反)종교개혁을 지원할 인물이었다. 그는 처음에는 더듬더듬하면서 자신의 단어들 사이에서 갈피를 못 잡고 당황하더니 "학생, 용기를 내요!"라는 쳅코의 외침에 용기를 얻었는지 나중에는 보다 침착한 태도를 찾고는 후일 모든 종파를 막론하고 부르게 된 찬송가 「내 힘의 원천이신 내 주를 사랑하리로다……」의 초고를 낭독하였다. 그러고 나서 그는 몇몇 경구들을 암송하였는데, 이것들은 10년 후에야 비로소 마지막 손질이 마무리되어 「방랑의 천사」라는 제하에 햇빛을 볼 수 있게 된 작품들이었다. 그러나 이 작품들은 그 당시에는 아직까지도 거기에 모인 사람들을 어리둥절하게 만들기에 족했는데, 이를테면 다음과 같은 시구들을 듣고 쳅코와 로가우가 좋아라들 했기 때문이다.

"나는 아노라, 내가 없다면 하느님도 단 한순간도 존재할 수 없다는 것을……"

심지어는 이런 구절도 있었다.

"주께서 한 처녀의 품 안에 들어앉아 계실 때, 그때야말로 한 점이 그 속에 한 원을 포괄하고 있던 때였네……"

게르하르트가 무엇에 찔리기라도 한 것처럼 벌떡 일어났다.

"또다시 슐레지엔의 도깨비 하나가 현혹을 일삼고 있군! 그 빌어먹을 제화공[37]이 아직도 자기 제자들의 입을 통해

37) 신비주의자 야코프 뵈메.

말을 하고 있어요! 미망인지고! 몽상인지고! 하느님을 악용하는 배리(背理)가 발하는 그릇된 광휘에 현혹되지들 마시기 바라오!"

리스트는 베델 교구의 목사로서 마치 설교대에서 교시해 주듯이 게르하르트가 말한 모든 것에 동의해야만 할 것 같은 사명감을 느꼈다.

"정말 이렇게 노골적으로까지 말하고 싶진 않지만, 이 허튼소리에는 아마도 교황 측의 독이 배어 있을 것 같은 짐작이 드는군요."

놀랍게도 루터 파인 그뤼피우스가 셰플러를 변호하여 한마디 해주었다.

"나의 문학 세계와는 매우 거리가 멀긴 하지만, 절묘한 완전성을 이루는 고상한 질서가 아주 내 마음에 드는군요."

그러고 나서는 다흐가 아버지처럼 호의와 배려를 베풀어 주고 있는 게오르크 그레플링어의 낭독 순서가 되었다. 키가 훤칠하고 어깨가 떡 벌어진 이 장정으로 말할 것 같으면 전쟁으로 말미암아 어린 나이에 양 치던 목장을 떠나 레겐스부르크로 갔다가 나중에는 스웨덴 군대로까지 흘러들게 된 친구였다. 전쟁은 이 친구를 아무 데도 안주할 수 없는 떠돌이로 만들었다. 그래서 그는 빈과 파리, 프랑크푸르트와 뉘른베르크와 발트 해의 여러 도시들 사이를 끊임없이 왕래하게 되었으며 도처에서 변화무상한 사랑에 빠져 들곤 하였다. 불과 얼마 전에만 해도 단치히에서 어느 수공업자의 딸인 엘리자가 이미 오래전에 서로 맹약한 결혼 약속을 지키지 않은 일이 일어난 바 있었다. 그 후부터 그녀는 그의 시에서 배반녀 플로라로 등장하게 되었던 것이다. 그다음 해에야 비로소 그는 함부르크에서 결혼을 하고 드디어 안착을 하여 수익성이 높은 일을 하게 되었다. 그가 하게 된 일이란 4,400행의 알렉산더 시행으로 된 서사시 「독일, 30년전쟁」을 쓰는 것 외에도 통신사 하나를 경영하기 시작한 데다 1650년대 말부터는 주간지 《북독의 메르쿠리우스》를 편집하게 된 것이었다.

아주 현세적인 것에 사로잡힌 채 그레플링어는 두 편의 연애시를 낭독했다. 첫 번째 시 「플로라가 몸이 달아 설치던 때엔……」은 여자의 부정을 익살스럽게 노래했고, 두 번째 시 「힐라스[38]는 절대 여자를 원치 않는다……」는 방종한 연애를 찬양함으로써 야한 느낌을 주었기 때문에, 시 두 편 모두 큰 소리로 낭송하기에 적합했다. 그 젊은이가 자기 자신과 자기의 군인 행세를 희화화해 가며 농담조의 시를 낭독하는 동안 회의장은 이미 즐거운 분위기로 변했다. 이를테면 "난 어떤 여자도 하나만 사랑하고 싶진 않아! 오입, 오입이 나의 본뜻이니까……"라는 시구가 낭독되자 조그만 폭소가 터져 나왔다. 사람들은 오직 쉬츠 때문에 자제하고 있었다. 다흐와 알베르트 역시 둘 다 즐거워했다. 그럼에도 불구하고 그들은, 그 낭독에 잇달아 있었던 비평담에서 게르하르트가 모셰로슈와 베케를린의 칭

38) 헤라클레스는 테이오다마스를 죽이고 그 아들인 힐라스를 불쌍히 여겨 자신이 데려다 키웠는데, 나중에는 이 미소년을 사랑하게 되었다.

찬에 반대하며 다음과 같이 말했을 때, 그에게 반론을 제기하지 않았다.

"그런 더러운 운은 시궁창에서나 노래하는 것입니다. 여기에 모인 분들의 머리에다 하느님의 노여움이 내리게 하려는 건지, 원!"

하인리히 쉬츠는 침묵하고 있었다.

그때 장내가 뒤숭숭해지기 시작했다. (다흐의 허락을 받고)뒤쪽에 서서 같이 듣고 있다가 그레플링어의 연애시 때문에 킥킥거리던 여주인의 세 하녀들이 이제 더 이상은 웃음을 참지 못하게 된 것이다. 그들은 그야말로 서로 부둥켜안은 채 서로 감염이라도 된 듯 히히덕거리고 시시덕거렸으며 속으로 신음을 발하거나 자제력을 잃고 비명을 질러댔다. 그래서 좌중의 사람들도 이 마르테, 엘자베, 마리에를 따라 함께 웃지 않을 수 없었다. 하르스되르퍼는 웃다가 딸꾹질을 하게 되었으므로 그의 출판업자가 등을 두드려주지 않으면 안 되었다. 돌부처처럼 감정의 동요를 전혀 보이지 않던 쉬츠조차도 이 낭독회의 삼화음에는 미소를 짓지 않을 수 없었다. 마리에가 킥킥거리다가 오줌을 싸서 두 다리 아래까지 축축이 젖었다고 고지한 라우렘베르크의 말은 슈노이버를 통해 사방에 전해졌다. 이리하여 또다시 폭소가 터져 나왔다(나는 이때 셰플러의 얼굴에서 홍조를 보았다). 오직 경건한 게르하르트만이 자신의 판단이 옳았다는 것을 다시 한번 확인하였다.

"그것 보시오, 내가 뭐랬소? 시궁창, 더러운 시궁창에서나 부를 노래요!"

그러자 지몬 다흐는 눈짓과 이에 따른 손짓으로 하녀들을 부엌으로 보내고 나서 안드레아스 그뤼피우스에게 그의 비극 「레오 아르메니우스」[39]의 초고를 낭독해 달라고 청하였다(다흐는 쉬츠에게 장내가 잠시 '어리석은 소극'에 휘말려 든 것을 양해해 달라고 나지막한 소리로 부연했다).

그뤼피우스가 발표석에 앉자 장내는 조용해졌다. 우선 그는 들보들이 드러나 있는 천장을 응시하였다. 이윽고 그뤼프—호프만스발다우는 자신과는 방법론적으로 반대되는 입장에 서게 된 젊은 날의 친구를 이렇게 불렀다—는 우렁찬 목소리로 서두를 꺼내었다.

"현하 우리의 조국이 그 자신의 잿더미 속에 파묻혀 가고 있고 허망성의 무대로 화하고 있음에 비추어 저는 이 비극에서 인간 세상의 덧없음을 표현해 보고자 노력하였습니다……."

이렇게 말하고 나서 그는 자신의 작품 「레오 아르메니우스」를 그의 관후한 후원자로서 이 자리에 동석한 상인 빌헬름 슐레겔에게 바치고 싶다고 밝혔다. 이 작품은 슐레겔과의 여행 중에 쓴 것이며 그가 이 작품을 쓸 수 있었던 것은 오로지 슐레겔이 후원해 준 덕분이라는 것이었다. 이어서 그는 간략하게 줄거리를 소개하고, 레오 아르메니우스 황제에 대한 용병 대장 미하엘 발부스의 이 모반극이 벌어지는 장소는 콘스탄티노플이라고 말했다. 또 그는 반

39) 9세기 초 비잔틴제국의 황제 레오 아르메니우스의 암살을 다룬 그뤼피우스의 비극으로 1650년에 출간되었음.

원형으로 둘러앉은 좌중을 바라보면서 구질서를 과격하게 무너뜨린다고 해서 새로운 질서가 도래하는 것은 아니라고 확언했다.

그제야 비로소 그뤼피우스는, 각 단어마다 지그시 무게를 부여해 가며, 서막에 나오는 발부스의 모반 연설을 읽어나갔다. 그러나 원고가 너무 길었는지 몇몇 청중들이 졸고 있었다. 비단 청년들뿐만 아니라 베케를린과 라우렘베르크조차도 잠들어 있었다.

"옥좌와 왕관을 위해 그대들이 헛되이 흘리게 했던 그 피가……."

발부스의 이 말에 곁에 있던 모반자들이 외치는 소리가 끼어들었다.

"그는 죗값을 치러야 해! 틀림없이 새날이 밝아올 거야……."

그러자 마침내 크람베가 모반의 맹세를 하는 장면이 시작되었다.

"자, 장군님 칼을 이리 주십시오. 저희들은 황제의 잔혹한 권력을 덧없는 티끌로 만들어버릴 것을 맹세합니다……."

그러고 나서 그뤼피우스는 "맙소사! 이게 웬일이야!" 등등 온갖 외침 소리로 뒤엉켜 있는 체포 장면을 읽었는데, 이 장면은 결박당한 용병 대장의 다음과 같은 비웃는 말로 끝나고 있었다.

"당장 지옥에 떨어진다 해도 내가 말하고 싶은 것은 이것이 덕성의 보상이자 영웅들의 감사라는 점이오……."

이어서 낭독자는 막간을 이용해 인간의 혀가 지닌 축복과 위험에 대해 조신(朝臣)들이 말하는 엄격한 구문의 문장 세 개를 읽어나갔다. “인간의 삶 자체가 그의 혀에 기인하고 있다……”라는 것이 그 서설에 해당하는 문장이었고, 이에 대칭적인 “인간의 죽음은 각자의 혀에 기인하고 있다……”라는 문장이 뒤따랐으며, 이어 다음과 같은 부연적 문장이 나옴으로써 막간의 합창대적 구성이 종결되었다. “인간이여, 그대의 삶과 죽음이 항상 그대의 혀에 달려 있느니라…….”

그다음에 낭독된 재판 장면은 너무나도 거침없는 달변 속에서 오랫동안 질질 끌었다.

“……이 자를 옥에 가두고, 그사이에 문과 자물쇠 단속을 철저히 하도록 하라…….”

그다음에는 모반자에 대한 판결을 두고 황제가 펼쳐내는 열렬한 독백 장면이었다. “이 지구상에서, 이글거리는 불꽃으로 시작된 것이 재로 화하는 꼴을 보는 것만큼 아름다운 구경거리는 없지. 이번 사건도 그런 연극으로 끝내야겠어!”

이들 재판 장면과 독백 장면의 낭독을 마친 후 마침내 그뤼피우스는—그 작품의 마지막 장면은 아니지만—이번에 낭독하는 원고의 마지막 장면으로 들어갔다.

레오 황제와 테오도시아 황후 사이의 대화 장면은 마지막으로 낭독하여 여운을 남기기에 적합한 것이었다. 더군다나 이 장면은 크리스마스 축제가 끝날 때까지 발부스의 화형을 연기해 주자는 황후의 간청이 능변으로 잘 표현되어 있었기 때문이다.

"……법은 이제 어김없이 제 갈 길을 가게 될 것입니다. 자, 이제 그에게 은총을 베푸소서…… 폐하께옵서 이 엄한 벌을 성스러운 축제일에 집행하시지 마옵소서! 폐하께옵서 하느님과 저의 뜻을 저버리지 않으실 것을 저는 알고 있사옵니다."

황후의 이 청은 '하늘은 죄악을 처벌하는 지도자에게 축복을 내리실 것이다……'라는 황제의 결심을 약간이나마 완화시키는 데 성공하였다.

여전히 자연스러운 호흡에 큰 홀이 쩌렁쩌렁 울릴 정도로 힘찬 목소리를 낼 수 있었던 그뤼피우스는 연이어 "오, 모든 사물의 흥망성쇠여, 너 영원한 허망(虛妄)이여!" 하고 조신들의 합창까지 아주 내리 읽어버리고 싶기도 했지만, 다흐가 낭독자의 어깨에 손을 얹으며 이제 그 정도로 해두는 것이 어떻겠느냐고 그에게 청을 해왔다.

"누구나 지금까지 들은 걸 토대로 해서 충분히 나름대로 상상할 수 있으리라 생각됩니다. 어쨌든 저는 언어의 돌팔매를 하도 세게 맞아 마치 돌무더기 밑에 깔린 듯한 기분이니까요."

장내에는 다시금 침묵이 흘렀다. 파리들만이 날아다니고 있었다. 햇빛은 열려진 창문들 앞에 쌓였다가 홀 안으로 스며들고 있었다. 비스듬하게 앉아 있던 쳅코는 나비 한 마리를 바라보고 있었다. 음울한 장면의 낭독이 있은 뒤에도 여름은 이렇게 한창이었다.

변설(辯舌)과 그에 대한 답변으로 활기를 띠었던 마지막

장의 대화 때문에 졸음에서 깨어난 베케를린 옹이 제일 먼저 발언을 하겠다고 나섰는데, 아마 그는 일종의 오해를 한 탓에 그렇게 과감할 수 있었을 것이다. 그는 그 작품의 종결 부분이 잘됐다고 말하면서 작가를 칭찬했다.

“질서가 그대로 유지되는 한편, 미수로 끝난 불경죄는 군주의 특사(特赦)를 받게 되었으니 이 얼마나 좋은 일이오! 나는 가련한 영국도 이렇게 되도록 도와달라고 하느님께 기도하고 있소. 거기서는 크롬웰이 이 연극에 나오는 발부스가 한 짓을 자행하고 있어요. 밤낮 할 것 없이 임금님의 안녕을 걱정해야 하는 판이란 말이오.”

질서를 좋아하는 이 정무차관의 말에 석학 부흐너가 무뚝뚝하게 수정을 가했다.

“지금까지 들은 내용으로 유추하건대 곧 대(大)파국이 오리라는 건 누구나 알았으리라 생각됩니다. 독일에서 유일하다 할 이 비극은 통례대로 한쪽만을 죄악시하는 것이 아니라 인간의 허약성과 약점들을 다각도로 투시하고 인간의 선행이 다 부질없음을 한탄하고 있다는 점에서 그 위대성을 보여주는 작품이라 하겠습니다. 여기에는 항상 기존의 압제가 다가오는 압제로 교체될 뿐이라는 사실이 묘사되어 있으니까요.”

부흐너가 특히 칭찬한 것은 조신들의 합창에 삽입된 세 문장으로 이루어진 혀에 대한 비유였는데, 거기에는 아리스토텔레스가 이미 언급한 바 있는 긴 혀를 날름거리는 보랏빛 조개가 조예 깊은 솜씨로 상징화되어 있기 때문이라는 것이었다. 이렇게 칭찬을 하고 난 그 석학은, 이것 역시 언급해 둘 의무를 느낀다는 듯이, '죽음'과 '고난', '옥좌'와 '왕관'이라는 쌍운(雙韻)들이 너무 자주 사용된 데에 대해 약간의 불만을 표시하였다.

조국 예찬자인 하르스되르퍼는 이 작품의 배경이 외국이라는 점을 질책하고 나섰다.

"그뤼피우스 군 같은 문장 실력을 지닌 사람은 자신의 언어 구사력을 모름지기 독일 비극, 즉 조국의 비극에 바쳐야 할 것입니다."

"사건의 장소야 별 의미가 없고 중요한 건 단지 작풍이겠지요" 하고 로가우가 말했다. "그런데 이 작풍을 나는 거부하지 않을 수 없군요. 지나치게 낭비된 언어들이 보랏빛 탕(湯)에서 헤어나지 못하고 서로의 이미지를 상쇄하고 있어요. 이 때문에 자포(紫袍)를 입고 권세를 부리는 군주들을 고발하고 그들의 영원한 전쟁 행각을 반박하려는 작가의 의도가 잘 전달되지 못하고 있습니다. 그뤼피우스의 이성이 질서를 내걸고 있는 건 사실이지만, 그의 과다한 변설은 혼란 속에 탐닉해 있거든요."

이 말에 대해 호프만스발다우는 논리적 사실 때문이라기보다는 친구 그뤼피우스를 변호하기 위해 이의를 제기하고 나섰다.

"'그뤼프'는 말하자면 혼돈에 반했다고 할 수 있습니다. 그의 언어들은 서로 모순된 나머지 음울한 참상이 호화스러워지는가 하면 아름다운 태양도 암울하게 묘사되기가 일쑤지요. 그는 힘찬 언어로 자신의 약점을 노정(露呈)시키고 있는 것입니다. 하긴 그가 만약 로가우처럼 빈약한 언어밖에 구사할 수 없다면 한 장면이면 될 걸 가지고 싸구려 희곡을 세 편쯤 써낼 수도 있을 것입니다."

"예, 그럴 겁니다" 하고 로가우가 대답했다. "내게는 그뤼피우스의 팔레트가 없어요. 난 물감 칠하는 붓으로 글을 쓰지는 않으니까요."

"보아하니 펜으로 글을 쓰는 것 같지도 않군요" 하고 호프만스발다우가 맞대꾸를 했다. "아마 끌로 콕콕 쪼아서 글을 쓰시는 모양입니다그려."

이와 같은 입씨름은 때마침 하인리히 쉬츠가 발언을 하지 않았던들 계속 지속되었을 것이며, 재치 있는 익살로써 한동안 좌중을 즐겁게 했을 것이다. 그러나 쉬츠가 갑자기 일어서서 시인들의 면면에 조금도 개의치 않고 말하기 시작했다.

"저는 모든 걸 잘 들었습니다. 앞서 낭독된 시들도 들었고, 그다음에 각 장면으로 분류되어 있는 여러 배역들의 대화도 들었습니다. 우선 제가 찬양하고 싶은 것은—유감스럽게도 그의 이름을 기억하지 못합니다만, 그 왜 젊은 의학도의 시가 있었지요?—아름다운 노출부를 지닌 채 청명한 인상을 주는 그 시구들입니다. 지금 듣자 하니 그 청년의 이름이 요한 셰플러라는 말씀인데, 저는 이 이름을 기억하고 싶습니다. 제가 한 번 들어본 인상으로는 이를테면 장미에 대한 그 시에다가는 8성의 2부합창 무반주 음악을 한 곡 만들 수 있을 것 같군요. 혹은 "인간은 본질로 되돌아가나니, 이 세상 끝나면 우연의 본질은 벗겨져 나가고, 본질, 아, 그 본질만 존속하는도다!"와 같은 우연과 본질에 관한 경구 같은 것에도 그런 곡을 붙일 수 있을 것 같습니다. 이 경구에 등장하는 이런 말들은 하나하나가 생명의 숨결을 지니고 있습니다. 주제넘은 평 같긴 합니다만, 이와 비슷한 혜안은 오직 성경에서나 찾아볼 수 있을 듯합니다. 자, 그럼 이제는 다른 작품에 관해서 이야기하기로 하지요. 청년 비르켄의 시들은 유감스럽게도 제 귀결을 그냥 스쳐 지나갔습니다. 저는 그것을 한번 읽어봐야 할 것 같군요. 눈으로 직접 읽어본 후에야 그 시어들이 단지 딸랑거리는 소리에 불과한지 혹은 의미심장한 것인지 판가름 날 것 같습니다. 또 그레플링어 군의 연애시들로 말할 것 같으면 그것들이 적어도 마드리갈을 쓰는 데에 필요한 만큼의 품질은 지니고 있다는 사실을 저는 부인하고 싶지 않습니다. 더욱이 저는 이와 비슷한 연애시들을 제 사촌 알베르트의 『영창곡집』을 통해서도 알고 있고, 현재 우리 조국 도처에서 자행되고 있는 수많은 악행에도 불구하고 저는 이 연애시들에서 하등의 도덕적 거부 반응을 느낄 수 없었습니다. 어쨌든 제가 아는 한, 독일에는 유감스럽게도 이 마드리갈이라는 예술에 능통한 시인이 한 사람도 없는 것 같아요. 저 아래 이탈리아의 몬테베르디에게는 구아리니 같은 사람이 있어 「마리노」 같은 아름답기 짝이 없는 작품들을 써주었으니 얼마나 행복했겠습니까? 이 같은 대본들을 얻게 되는 은총을 저도 입고 싶어 이 청년에게 충고하거니와, 고 오피츠 선생이 예전에 시도했던 독일적 마드리갈을 한번 개척해 보라고 권하고 싶습니다. 이처럼 연의 구별이 없는 느슨한 시들은 명랑해도 좋고 탄식조 또는 논쟁 조라도 좋으며, 심지어 어리석은 익살이거나 신들린 미친 소리라도 다 좋아요. 다만 그 미친 소리는 음악과 동화할 수 있는 여지가 있게끔 생명의 숨결을 지니고 있어야 되겠지요.

방금 들은 희곡 장면들에서는 음악과 동화할 수 있는 여지를 발견할 수 없는 게 유감입니다. 저는 그뤼피우스 씨의 소네트들이 풍기는 냉혹한 진지성을 높이 평가하고, 세상의 허망함에 대한 이 시인의 비탄에 크게 동감하는 바입니다. 또한 방금 읽은 것에는 많은 미적 가치도 나타나 있습니다. 그런데도 작곡가인 저는 그토록 많은, 너무나 많은 언어들 사이에 음악이 들어갈 여지를 발견할 수 없습니다. 여기서는 음악의 그윽한 몸짓이 날개를 펼칠 수가 없습니다. 그 누구의 슬픈 음도 이처럼 빽빽이 들어찬 언어들을 비집고 들어가 그 속에서 울려 퍼지기 어렵고, 또 그 속에서 메아리를 발견하기도 어렵습니다. 여기서는 모든 것이 촘촘하고 빈틈없이, 명확하게 표현되고 있긴 합니다. 하지만 하나의 명확성이 다른 명확성을 흐려놓은 나머지 일종의 꽉 들어찬 진공이 생겨나게 된 것입니다. 시어들이 격렬하게 용출하고 있는데도 모든 것이 꼼짝도 않고 정체되어 있단 말입니다. 이와 같은 극을 작곡하려 했다가는 저는 그야말로 파리 떼와 전쟁을 일으키는 꼴이 되고 말 것입니다. 아, 참으로 유감스러운 노릇입니다. 거장 리누치니의 가극대본들을 손에 넣을 수 있었던 몬테베르디는 얼마나 행복했겠습니까! 만약 저에게 「아리안나의 애상」과 같은 아름다운 원전을 제공할 수 있는 시인이 있다면 저는 그에게 찬사를 아끼지 않겠습니다. 또는 탄크레디가 클로린다와 싸우는 저 감동적인 장면 같은 것도 좋지요. 이 장면은 다른 곳의 언어 작품을 격앙된 음악으로 바꾸어놓은 것입니다.

하지만 이렇게 많은 소망을 지닌다는 것 자체가 너무 지나친 요구이긴 합니다. 저도 우리의 처지에 만족할 줄 알아야 하겠지요. 조국이 이렇게 누워 신음하고 있는 판에 시문이 융성할 수는 없는 거지요."

이 연설에 대한 반응은 침묵이 아니라 불안이었다. 그뤼피우스는 벼락이라도 맞은 사람처럼 앉아 있었다. 나는 그의 고통을 함께 느낄 수 있었으며, 많은 사람들이 아픈 데를 찔린 듯한 기분이었다. 하필이면 환상에 사로잡힌 셰플러와 음탕한 그레플링어가 호평을 받은 사실을 특히 불쾌하게 생각한 것은 게르하르트였다. 그는 이미 일어서 있었다.

"제가 반론을 제기하겠습니다. 저는 대답할 말이 궁하진 않습니다. 저는 언어에 소용될 수 있는 것이 어떤 음악인지 알고 있으니까요. 제가 그걸 이탈리아인의 친구이시며 라틴민족의 예찬자이신 '사수(射手)' 엔리코[40] 공에게 보여드리리다. 독일식으로 한번 보여드리지요. 독일식 선율은 이렇게 자유롭게 나옵니다……."

하지만 게르하르트는 그것을 보여줄 수 없게 되었다. 반론을 펴겠다고 덤비던 리스트와 체젠도 둘 다 언권을 얻지 못했다(나 역시 할 말이 쏟아져 나올 것 같았음에도 발언권을

40) 하인리히 쉬츠라는 이름을 이탈리아식으로 바꾸어 부른 것.

얻지 못했다). 지몬 다흐가 문간에서 보내온 여주인의 손짓을 계기로 정회를 선언해 버렸던 것이다.

"논쟁을 벌이기에 앞서 우리 먼저 각자 자신의 행동을 반성하면서 평화로이 수프나 들도록 하십시다!"

"그 겔른하우젠이란 친구 아직 안 돌아왔나?" 하고 하르스되르퍼가, 문사들이 의자에서 일어나고 있는 동안, 궁금해했다.

"그 친구가 없으니 아쉽군그래!"

# 제12장

맛은 있었으나 보잘것없는 수프였다. 그 안의 돼지 껍질은 이미 어제부터 천대를 받아온 것이었다. 그것은 잠깐 배를 불려주고는 오랫동안 기억에 남고자 하는 그런 수프로서 미나리를 넣어 먹음직스럽게 해놓은 거친 보리죽이었다. 이 수프에 곁들여 흑빵이 조금 나왔다. 젊은이들은 이것으로는 배가 차지 않았다. 그레플링어가 투덜거렸다. 어제만 해도 이 소찬을 보고 소박한 생활을 열렬히 예찬하던 호프만스발다우는 이 소찬보다도 더 검소한 소찬을 형용할 수 있을 것이라고 말했다. 그리고 반쯤 남은 수프 그릇을 비르켄 청년한테 내밀어 주었다. 그뤼피우스는 자기 수프를 휘저으면서 슐레지엔 지방의 굶주림을 이 세상의 굶주림으로까지 격앙시켰던 저 농민전쟁의 원인을 들추어내고 있었다. 로가우는 목구멍에 수프 칠을 하려고 봉직 기간을 연장하려 하는 동시대 예술가들에 대한 무뚝뚝한 조롱을 내뱉었다. 첸코는 숟가락을 내려다보면서 침묵하고 있었다. 다른 사람들은 (모셰로슈와 베케를린처럼)자제하고 있거나 (부흐너처럼)아예 김이 무럭무럭 나는 수프 그릇을 들고 자기 방으로 사라져버렸다(나중에 슈노이버가 퍼뜨린 뒷소문에 의하면 하녀들 중 하나인 엘자베가 행주치마에 반찬을 싸가지고 그 문학 석사를 뒤따라 올라가더라는 것이었다).

그러나 쉬츠는 식탁에 남아 숟가락질을 하고 있었다. 그가 이렇게 식사를 하는 동안 사촌 알베르트가 그와 함께 아름답던 옛 시절 이야기들을 하며 담소하였다. 이 두 사람은 1630년대 중반에 코펜하겐의 궁선에서 크리스티안 왕의 시혜를 누린 바 있었던 것이다. 사람들은 '사수 선생'의 웃음소리를 들을 수 있었다.

이번에 식사 기도를 주도할 영광을 누리게 된 하르스되르퍼가 "구태여 많은 말을 하지 않더라도 이 미나리 수프가 이미 충분한 참회의 계기가 될 것 같다"라고 슬쩍 일침을 가하자 다흐가 대꾸했다.

"아직도 전시(戰時)는 전시니까요. 하지만 제가 상인 슐레겔 씨와 출판업을 하시는 몇 분과 함께 어디 한번 텔크테 시내를 돌아다녀 보도록 하겠습니다. 거기서 오늘 저녁에 먹을 만한 걸 뭔가 틀림없이 살 수 있을 겁니다."

"쥐들도 거기서는 아무것도 찾을 수 없어요"라고 라우렘베르크가 외쳤다. "도시 안에도 띄엄띄엄 사람들이 살고 있을 따름인데, 황폐화되고 집집마다 문에 못질이 되어 있습니다. 문간에 사람들이 없어요. 단지 개들만이 배회하고 있더군요. 벌써 오늘 아침 일찍 슈노이버와 제가 닭 두서너 마리를 사볼까 하고 현금을 들고 다니며 애를 써본 터입니다. 거기엔 꼬꼬댁거리는 것이라곤 아무것도 더 이상 남아 있지 않아요."

경건한 게르하르트가 흥분해서 말하는 것은 이상스러웠다. "당연히 미리 준비를 했어야 했습니다. 다흐 씨는 초대자로서 베이컨과 콩 같은 필수품은 마련해 놓았어야 했어요. 주지하다시피 다흐 씨는 군주의 지원을 받고 있습니다. 그 칼뱅 파 군주의 징발 군량을 조금도 축내서는 안 될 이유가 어디에 있단 말입니까? 제가 요구하는 것은 다만 모든 기독교인이 최소한으로 필요로 하는 것뿐입니다. 또 말이 났으니 말이지 작센 선제후 궁의 악장 같은 손님께서는 좀 더 나은 숙식을 요구하셔도 될 것입니다. 귀하신 몸이 단순한 연시(聯詩)들을 쓰는 자들과 자리를 같이하실 정도로까지 신분을 낮추셨는데 숙식 대접이나 옳아야지요……."

이에 다흐가 말했다.

"나를 욕할 대로 욕해도 좋습니다. 하지만 내 군주의 종교를 욕하는 건 용납하지 않겠어요. 게르하르트 선생은 브란덴부르크의 종교 관용령을 모르십니까?"

"그 따위 관용령에는 복종하지 않겠습니다"라는 것이 그의 대답이었다(후일 베를린의 니콜라이 교회의 부목사로서 그는 선제후의 관용령에 서명하지 않고 면직을 자초함으로써 자신의 신앙이 열렬함을 입증할 수 있게 되었다).

아직 라인 지방의 갈색 맥주가 충분히 남아 있어서 그나마 다행이었다. 리스트가 술잔을 들어 보이면서 두 사람 사이를 중재하고 나섰다. 부흐너는 비텐베르크 학파의 권위자로서 자신의 옛 제자인 게르하르트에게 언동을 삼가도록 명했다. 그리고 여주인이 겔른하우젠이 뮌스터에서 돌아올 때 뭔가 근사한 것을 갖고 올지도 모른다고 말함으로써 좌중에 작은 희망을 불어넣자 시인들은 이내 수프로 인한 논쟁은 잊어버리고 각자 자신들의 언어 형상을 되씹기 시작하였다. 시인들이란 자족할 줄 아는 언어의 반추동물로서 정 급할 때는 자기가 한 말의 인용을 통해서도 배를 불릴 수 있었던 것이다.

거의 난처한 지경에까지 이르렀던 그뤼피우스는 쉬츠의 비판에도 불구하고 몇몇 새로운 비극의 암울한 장면들을 자기 주변에 모여든 청중들 앞에서 스케치해 보이고 있었다. 한편 쉬츠의 칭찬 때문에 브레슬라우의 대학생 셰플러의 원고가 몇몇 출판업자들의 관심을 불러일으키게 되었다. 그리하여 그 청년은 이 인쇄업자들의 제안을 어떻게 거절해야 할지를 몰라 쩔쩔매고 있었다. 뉘른베르크의 엔터가 시청의 의료직을 약속하면서 그를 유혹하자 엘체비른은 계속 공부하기 위해 라이덴 대학으로 돌아오는 것이 어떻겠느냐고 제안하고 나섰다.

"학생의 시 낭독을 듣자니, 옛날에 청년 그뤼피우스도 그랬지만, 학생의 정신이 어디서 그 폭을 넓혔는지를 알겠구먼!"

하지만 셰플러는 차분한 정신을 잃지 않고 이렇게 대답했다.

"다른 분한테 조언을 구하도록 하겠습니다."

(나는 나중에 그가 다시 한번 엠스의 성문을 지나 텔크테 시내로 달려 들어가는 것을 목격하게 되었는데, 그것은 아마도 이때 말한 조언을 구하기 위해서였던 것 같다. 왜냐하면 거기 텔크테에서 그는 여느 노파들 틈에 끼어 그 목각 자비 상 앞에 무릎을 꿇었기 때문이다……)

긴 식탁의 다른 쪽 끝에는 로가우와 하르스되르퍼가 앉아서 겔른하우젠이 무슨 용무 때문에 그렇게 일찍 뮌스터로 가야 했는지 궁금해했다. 여주인 리부슈카는 마치 무슨 비밀이라도 누설하듯 은밀히 말했다.

"황제군 참모부에서 슈토펠을 소환했어요. 바이마르 군인들만이 반란을 일으키고 있는 게 아니에요. 스웨덴군과 특별 평화 협정을 맺은 바 있는 바이에른군 내부에서도 모반이 일어났답니다. 기병 사령관 베르트가 황제군으로 옮겨 붙음으로써 전쟁에 새로운 활력을 불어넣으려 시도하고 있어요. 그의 휘하에 있는 항상 쾌활한 무리들을 저는 잘 알고 있지요. 비록 짧은 기간 동안이긴 했지만 제가 잠자리를 같이했던 남편 둘이 다 그가 지휘하던 연대에 소속되어 있었거든요."

그러고 나서 리부슈카는 자기가 발렌슈타인 휘하 연대들의 엄한 군기를 피해 달아난 경위를 설명했다. 연이어 그녀는 여기저기의 출정에 따라다니던 시절의 일화들을 털어놓는 데 열을 올렸다. 그녀의 이야기에서 드러난 것은 그녀가 3년 전에 갈라스 휘하의 군부대 장병들과 함께 홀슈타인으로 쳐들어갔다가 베델 시를 약탈하는 중에—다행히도 베델의 목사 리스트는 어딘가 다른 구석에서 열을 올리고 있었다——슬쩍 도망쳐 나왔다는 사실이었다. 그러고 나서 그녀의 이야기는 더 오래된 시절로 거슬러 올라갔다.

"20년대 중반에 저는 아직 젊고 싱싱한 여자로서 바지를 입고 말을 타고 다니며 틸리 장군의 부대에서 일했답니다. 그리고 루터[41]에서는 덴마크의 기병 대위 한 명을 생포하기도 했어요. 그는 저를 틀림없이 백작 부인으로 만들 수 있었을 거예요. 그는 귀족 출신이었거든요. 하지만 변화무상한 전쟁의 경과 때문에……."

물론 리부슈카에게는 청중이 있었다. 그녀는 각 열강들의 영고성쇠에 대해서라면 대부분의 시인들보다도 더 소상히 알고 있었다. 그녀의 말에 의하면 전쟁의 경과를 좌우하는 것은 외교가 아니라 겨울철의 숙영지 탐색이라는 것이었다.

사람들은 그녀의 이야기를 듣느라고 슈토펠의 임무에 대한 궁금증 같은 건 까맣게 잊고 있었다. 그녀가 30여 년의 세월을 주름잡으며 종횡무진으로 이야기를 늘어놓는 한에는 베케를린 옹조차도 자기의 청년 시절에 있었던 신교 측의 대액운이라 할 빔펜 전투의 광경에 관한 설명을 흥미롭게 듣지 않을 수 없었다. 그녀는 네카 강의 양쪽 강안에서 본 전투 광경을 소상히 묘사했으며, 스페인군에게 유리했던 저 기적, 즉 백의의 마리아가 모습을 나타냈던 기적을 베케를린에게 설명해 보였다. 여주인이 신이 나서 말했다.

41) 브라운슈바이크 근처의 도시로서 1626년 틸리 장군이 덴마크의 크리스티안 왕을 물리친 격전지.

"화약이 폭발해서 구름이 생겼어요. 이 구름이 바람결을 타고 전장의 상공에 떠오르게 됨에 따라 그러한 가톨릭적 해석이 가능하게 된 것이지요."

모셰로슈와 리스트가 '군주들에게 보내는 시인들의 선언문'—이것은 그들이 하르스되르퍼 및 호프만스발다우와 함께 기초를 하여 이미 오늘 아침에 낭독하려다가 다흐의 뜻에 따라 발표가 연기되었던 바로 그 선언문이었다—을 번갈아 가며 낭독했을 때에야 비로소 좌중의 관심이 여주인을 떠나 조국의 참상에 관하여 불붙을 수 있게 되었다. 모두들 이렇게 모이게 된 것도 결국은 그 때문이었다. 문제는 그들의 외침이 일반인들의 귀에까지 들리도록 하는 것이었다. 비록 연대 병력을 징모할 수는 없었지만, 그들은 언어를 동원할 수 있었다.

첫 번째로 낭독한 사람이 리스트였기 때문에 그 선언문은 벽력같이 우르릉거리는 소리로 시작되었다.

"세계에서 가장 훌륭한 제국 독일은 바야흐로 완전히 피폐해졌고 군화에 유린되었으며 망하게 되었습니다. 진실이 이것을 입증해 주고 있습니다! 군신의 분노를 사서 저주받은 전쟁을 겪는 것이야말로 회개할 뜻이 없는 독일인들의 사악하기 짝이 없는 수많은 죄악상에 대하여 하느님께서 삼십여 년 동안 과하고 계시는 가장 가공할 천벌이며 또한 가장 지긋지긋한 재앙인 것입니다. 진실이 이것을 말해 주고 있습니다! 존망이 위급해지고 마지막 숨을 몰아 쉬면서 누워 있는 조국은 이제 바야흐로 지극히 고귀한 평화의 숨결을 다시금 호흡하고자 하고 있습니다. 그 때문에 고래의 해석에 의하면 '젊은 참나무'라는 뜻을 지녔다는 이곳 텔크테란 곳에 모인 우리 시인들은 우리의 온갖 힘을 다하여 독일과 외국의 군주들에게 우리의 의견을 간하고 그것을 진실로써 천명해 두고자 하는 바입니다……."

이어서 모셰로슈가 선언문의 수신인이 될 각 파당의 우두머리들을 열거해 나갔다. 맨 먼저 황제가 거론되었으며, 선제후들이 고래의 서열에 따라 한 명씩 열거되었다(바이에른은 아직 선제후의 대열에 끼지 않았지만 라인의 별궁 백작령은 포함되었다). 이들 황제와 선제후들이 열거될 때 온갖 존칭이 붙었는데, 그것은 이 선언문을 기초하는 과정에서 호프만스발다우가 적절한 호칭들을 붙일 줄 알았기 때문이다. 그다음에는 외국의 왕들이 열거되었다. 연이어서 선언문은 독일인 군주든, 로마인 군주든 또는 스웨덴인 군주든 개의치 않고 종파의 구별 없이 일률적으로 고발하고 있었다. 독일의 군주들은 조국을 외세의 무리들에 내맡긴 죄로 고발되었으며, 외국의 군주들은 독일을 자기들 마음대로 전장으로 선택한 죄로 고발되었다.

"그리하여 이제 이 나라는 만신창이가 되어 누워 있고 옛 질서를 잃은 채 모든 충성심을 상실해 버렸으며 그 아름다운 자연과 민심도 초토화되고 피폐해져 더 이상 옛 모습을 알아볼 수 없게 되어버린 것입니다."

선언문은 계속되었다.

"아직도 독일적인 것이라고 말할 수 있는 것이 무엇인지는 우리 시인들만이 알 수 있습니다. 우리 시인들은 수많은 뜨거운 탄식과 비통한 상심을 해가며 민족의 마지막 끈으로서 독일어를 가꾸어왔습니다. 우리들이야말로 다른 독일, 진정한 독일인 것입니다."

그다음에는(다시금 리스트가 받아 낭독하고 그 후에는 또 모셰로슈가 받아 읽었다) 몇몇 요구 사항이 나열되었다. 그 요구 사항들 중에는 독일 제국의 각 공국의 지위를 강화할 것, 포메른과 알자스가 독일 제국 안에 계속 머물도록 할 것, 선제후국인 라인의 별궁 백작령을 다시 부활시킬 것, 선출제의 보헤미아 왕국을 부활시킬 것, 그리고 물론 칼뱅파를 포함한 각 종파들의 자유(이것을 슈트라스부르크인들은 유보했었다)를 보장할 것 등이 열거되었다.

이 선언문은 구절구절마다 단호하게 큰 소리로 낭독됨으로써 처음에는 장내에 열광적인 찬동을 불러일으키긴 했다. 하지만 얼마 있지 않아 곧 장내에서는 이 선언문의 외람된 어조를 다소 낮추고 요구 사항들도 너무 크게 떠벌이지 말며 이 선언문의 실제적 의의를 더 분명히 해야 된다는 주장이 대두되었다. 짐작했던 대로 게르하르트는 칼뱅파를 따로 언급해 놓은 사실을 못마땅하게 생각했다. 부흐너는(방에서 돌아와 있다가 쉬츠에게 시선을 돌리면서) 이 선언문이 작센의 과오를 너무 신랄하게 공격하고 있다고 탓하였다. 이어서 베케를린이 말했다.

"이 선언문이 나왔으니 이제 바이에른의 막시밀리안 1세가 스페인을 공격하는 일도 없어지고 헤센 백작령의 여군주가 스웨덴을 치는 일도 없어지겠지. 그건 그렇다 치더라도 별궁 백작령은 이제 영원히 사라지고 없는 판인데 부활은 무슨 부활이라는 건지, 원!"

로가우도 빈정거렸다.

"프랑스의 저 마자랭 추기경이 이런 서간을 접하게 되면 모든 전리품을 그냥 놔두는 것은 물론이고 즉각 알자스 지방과 브라이자흐 시에서 철군하도록 명할 게야. 어디 그 프랑스 추기경뿐일까? 스웨덴의 옥센셰르나[42] 역시 이 독일적인 호소에 감격해서 금방 포메른 지방과 뤼겐 섬에 대한 구미를 잃게 되는 모습이 내 눈에 선하군!"

이 말에 그레플링어가 화를 내며 반박했다.

"저 약삭빠른 양반이 스웨덴 군대에 무슨 반감을 지니고 있는지 모르겠군요! 영웅적인 구스타브 아돌프 왕께서 발트 해를 건너 진군해 오시지 않았던들 함부르크도 가톨릭 성직자들의 손아귀에 들어가 버렸을 것입니다. 만약 작센과 브란덴부르크 양국이 비겁하게 발을 빼지만 않았더라면 우리 신교 측은 스웨덴군과 함께 도나우 강을 넘어 훨씬 이남까지 밀어붙일 수 있었을 것입니다. 지난해 브랑엘이 지휘하는 스웨덴의 기병 부대가 바이에른까지 원정하지 않았던들 저는 제 고향 레겐스부르크에 영원히 발도 못 들여놓을 뻔했습니다."

"프리틀란트 출신의 발렌슈타인을 메클렌부르크에서 몰아낼 수 있었던 것도 전부 스웨덴 군대 덕분이었소!" 하고 라우렘베르크가 외쳤다.

"옳소!" 하고 슐레지엔 사람들이 맞장구를 쳤다. "스웨덴군이 아니라면 그 누가 가톨릭 성직자들의 마수로부터

42) 아돌프 왕의 재상이었으며 왕의 사후 스웨덴 정치를 좌우하게 된 인물.

우리들을 보호해 준단 말이오? 스웨덴군 점령하에서 감내해야 했던 온갖 고통들이 있었지만 우리는 여전히 스웨덴군에게 고마워해야 할 이유를 가지고 있습니다. 스웨덴 왕국에 대한 공격은 선언문에서 빼버려야 합니다!"

셰플러 청년은 경악한 나머지 잠자코 있기만 했다.

"그렇다면 우리는 스페인에게 결정타를 먹여준 프랑스 역시 공박하지 말아야 할 것입니다" 하고 슈노이버가 이의를 달자 체젠이 나서서 다음과 같이 말했는데, 이건 원래 리스트가 하려던 말이기도 했다.

"그렇다면 이젠 아무것도 더 이상 고발하고 자시고 할 것이 없어요. 항상 운위되어 온 무력감밖에는! 이 무력감을 큰 소리로 떠들어댈 것은 없지요. 우리의 이 만남은 이런 무력감을 확인하기 위한 건 아니지 않습니까. 그런데도 우리들이 여기 이렇게 모여 있는 이유는 무엇입니까?"

그 옆에 앉아 딴 생각에 골똘해 있는 척하면서 지금까지의 설왕설래를 듣고 있던 하인리히 쉬츠가 그 질문에 이렇게 답변했다.

"글로 적은 언어 때문입니다. 예술적 규준에 따라 이 언어를 구사할 은총을 입은 자는 오직 시인들뿐입니다. 무력감이라면 저 역시 조금은 압니다만, 이 절망적인 무력감으로부터 희미한 '그럼에도 불구하고!'라는 목소리를 억지로 살려내기 위해 여러분들은 여기 모인 것입니다."

우리들은 이 말에 찬동할 수 있었다. 마치 이 짤막한 화평의 순간을 활용하려는 듯 지몬 다흐가 재빨리 말했다.

"제 마음에 드는 것은, 비록 그것이 쓸모없다 해도, 오직 작품뿐입니다. 평소에 엄격하시기 이를 데 없는 쉬츠 선생께서는 누구나 다 알고 있는 사실을 너무나도 부드럽게 말씀해 주신 듯합니다. 시인들이란 원래 단 한 가지 힘을 제외하고는 아무 권력도 없는 존재이지요. 그 단 한 가지 힘이란 비록 쓸모는 없을지라도 올바로 언어를 구사할 수 있는 힘인 것입니다. 우리 이 선언문을 두고 하룻밤 더 생각해 보도록 하십시다. 어쩌면 밤사이에 좀 더 그럴듯하게 개선될 수도 있을 테니까요."

이렇게 말하고 나서 그는 좌중을 향하여 다시금 토론을 시작하기 위해 큰 홀로 건너가 달라고 외쳤다.

"이제 마침내 게르하르트 씨가 우리의 저명한 내빈에 대한 반론을 펼 차례가 되었습니다."

# 제13장

아마도 거친 보리를 푹 끓인 미나리 수프가 식전의 그 격앙된 기분들을 어느 정도 무마시켜 준 모양이었다. 혹은 군주들에게 보내는 그 선언문이 시인들의 혈기를 진정시켜 놓았던 건지도 모른다. 어쨌든 이제 그들은 맥 빠진 표정으로 반원형을 그리고 둘러앉아 있었으며, 작센 선제후 궁의 교회 악장 쉬츠에 대한 게르하르트의 반론 역시 매우 절도 있었다.

독일의 시문에는 숨결이 없다. 독일의 시문은 쓰레기 같은 언어로 가득 차 있어서 부드러운, 또는 흥분된 몸짓으로 빽빽이 들어차 있는 그 공간에서는 도저히 음악이 날개를 펼칠 수 없다는 것이 하인리히 쉬츠가 앞서 한 비난이었다. 독일의 문학예술이라는 정원이 아마도 전쟁 통에 메말라 시들어버렸기 때문일 것이라는 각주가 붙어 있는 이

'불량'이라는 평가 자체는 번복되지 않고 명제로서 계속 남게 되었다. 왜냐하면 다호가 발언권을 주자 게르하르트는 그저 일반적인 이야기만 늘어놓았기 때문이다.

"우리의 손님께서는 단지 자신의 높은 예술만을 안중에 두고 계시는 것 같습니다. 우리 문학을 그렇게 대강 조감하심으로써 그는 그 속에 숨 쉬고 있는 소박한 언어를 보지 못하신 것입니다. 이 소박한 언어는 예술에 머리를 숙이기에 앞서 우선 하느님께 경배하기를 원합니다. 그 때문에 진정한 신앙은 어떤 유혹 앞에서도 방벽으로 작용할 수 있는 노래들을 요구하는 것입니다. 이러한 노래들이란 교구의 신자들이 별 어려움 없이 부를 수 있게끔 단순한 심성의 사람들에게 바쳐지는 것들입니다. 즉 이 노래들은 여러 연으로 되어 있어서 기독교인들이 한 연 한 연씩 부를 때마다 불완전한 신앙을 극복하고 신앙의 힘을 얻음으로써 이 어려운 시대를 사는 그들에게 위안이 돌아갈 수 있도록 하고 있는 것이지요. 이렇게 하는 것, 즉 불쌍한 죄인들로 하여금 그들의 수준에 알맞은 노래를 부르도록 도와주는 것을 쉬츠 선생은 경멸하신 것입니다. 베커의 찬미가조차도, 저에게도 여러 군데가 어렵게 들립니다만, 교구민들에게는 지나치게 어렵습니다. 그렇기 때문에 저는 아예 제 친구 요한 크뤼거가 작곡하기 쉽게 시를 쓰고 있습니다. 이 친구는 성가대 지휘자라서 여러 연으로 된 시에 곡을 붙일 줄 알거든요. 그는 예술을 지상(至上)으로 생각하지 않습니다. 그에게 귀중한 것은 군주들의 호화로운 합창대가 아니라 평범한 인간의 곤경인 것입니다. 그는 야단스럽게 유명하지 않은 많은 다른 작곡가들과 더불어 그날그날의 행사에 급급한 기독교구에 봉사하거나 여러 연으로 된 시에 곡을 붙이는 일을 단 한번도 과소평가하지 않았습니다. 그가 곡을 붙인 시들 가운데 제가 여기서 특히 듣고 싶은 것으로는, 그렇게도 일찍이 하느님의 품 안으로 돌아간 플레밍의 시 「내 모든 행위 속에는」이 있고, 존경하는 요한 리스트의 시 「오 영원이여, 그대 우레 같은 말씀이여」가 있으며, 또 우리의 친애하는 지몬 다흐의 시 「오 정말 복된지고, 경건한 그대들이여!」가 있습니다. 또 조금 전에만 해도 욕을 먹었지만 사실은 힘찬 언어의 구사자라 하지 않을 수 없는 그뤼피우스의 시 「지상의 영화는 반드시 연기와 재로 화하게 되어 있나니」도 있습니다. 또 본인의 연시, 완전히 하느님께 바쳐진 이 게르하르트의 연시 「깨어나라, 내 사랑! 그리고 노래하라」라든지, 제가 최근에 쓴 「오 세상 사람들이여 보라, 여기 십자가 기둥에 그대들의 생명이 부유하는도다」나 「자 이제 모두들 감사하고 경배하라」가 있습니다. 또 이제 곧 평화가 도래하여 모든 교구민들의 찬양을 받을 터이므로 제가 여기 이곳의 제 방에서 쓴 시 「주를 찬양할지어다! 이제 고귀한 평화의 소리, 기쁨의 말씀이 울려 퍼지는도다. 이제부터는 창과 칼, 그들의 살인도 쉬어야지」도 미리 꼽아두고 싶습니다."

여섯 개의 연으로 된 이 시를 게르하르트는 작센 방언의 어조를 내어 아주 길게 빼면서 낭송하였다. 이 시 가운데 특히 제4연은 조국의 현재 상태가 단순한 어휘들로 잘 표현되어 있었다.

"너희들 들판들이여! 뿌려진 새 씨앗을 받아 예전에는 그리도 아름답더니! 그러나 이제는 순전히 쑥대밭뿐이구나, 메마르고 거친 황야로 화했구나!"

좌중은 그에게 감사했다. 리스트는 공손히 인사했다. 벌써 또다시 눈물이 글썽글썽해진 것은 셰플러 청년이었다. 그뤼피우스가 일어서서 게르하르트에게로 다가갔다. 그리고 커다란 동작으로 그를 포옹하는 것이었다. 그다음에는 신중하고도 사색적인 태도가 좌중에 퍼지려 하고 있었다. 쉬츠는 마치 유리 종으로 덮어놓은 사람처럼 앉아 있었다. 알베르트는 가슴속이 매우 답답하여 터질 듯하였다. 다흐는 큰 소리로, 그것도 여러 번이나 코를 풀었다.

그때 로가우가 다시금 찾아온 장내의 침묵에 대고 말했다.

"저는 다만 여기에 계신 많은 분들이 교구민에게 소용이 되도록 애써서 만드신 그런 경건한 찬송가가 문학적인 토론을 할 만한 대상이 아니라는 점을 말해 두고 싶습니다. 어쨌든 쉬츠 선생의 고귀한 예술은 이것과는 별개의 차원이라고 생각합니다. 이 예술은 아무나 손댈 수 없는 매우 높은 차원의 설교단 위에 있기 때문에 일상적인 연시 따위에 눈을 돌릴 수 없는 그런 드높은 예술입니다. 이 예술이 비록 교구민의 손에 닿지 않는다 할지라도 이 예술은 오직 하느님을 찬미하기 위해 그윽이 울려 퍼지는 음악 예술인 것입니다. 더욱이 독일 시인들이 숨결이 없는 언어를 사용하고 있다는 쉬츠 선생의 비판적 주석은 우리 모두가 한번 곰곰이 반성해 보아야 할 점이라고 생각합니다. 어쨌든 저로서는 그 가르침에 감사를 드리고 싶습니다."

첼코와 호프만스발다우가 이 말에 찬동했다. 리스트는 다른 의견을 말하고 싶어 했고 게르하르트도 다시 한번 반론을 펴려 했다. 그뤼피우스는 격한 감정을 폭발시키기 직전이었으며, 부흐너는 너무나도 오랫동안 침묵한 나머지 상당히 긴 발언 내용을 축적해 놓고 있었다. 그로 인해 당장에라도 또다시 논쟁이 시작될 판이었다. 더군다나 다흐의 태도가 망설이는 것같이 보인 데다 새로이 비등하고 있는 화술에 대하여 자신의 속수무책을 통감하고 있는 형편이었으니, 곧 논쟁에 다시금 불이 붙을 것이 뻔하였다. 그 때였다. 좌중의 예상을 뒤엎고 (발언권을 얻지도 않고서)쉬츠가 다시 한번 말했다.

착석한 채 그는 나지막한 목소리로 이렇게 많은 오해를 불러일으켜서 미안하다고 말했다.

"이에 대한 죄는 오로지 청정하면서도 감동적인 언어 작품을 대본으로 내놓으라는 저의 과도한 요구 때문이라고 생각합니다. 그 때문에 저는 과연 어떤 종류의 언어 작품이 음악의 소용에 닿을 수 있는가 하는 점을 여기서 다시 한번 밝혀두어야겠습니다."

그제서야 비로소 그는 일어섰다. 그리고 예수 수난에 관한 자신의 음악 작품 「십자가에서 하신 일곱 마디 말씀」을 예로 들어 언어를 다루는 그의 음악적 작업을 해박하게 설명하기 시작하였다. 그는 시 작품이 어떤 장음을 허용하고 어떤 강음을 낼 수 있어야 하는지를 설명했으며, 언어의 제스처가 노래 속에서는 어떻게 늘어지게 되는지, 그리고 깊숙한 슬픔의 언어가 음악에서는 얼마나 높은 고음으로까지 올라갈 수 있는지를 설명했다. 마지막으로 그는 곱게 보존된 노인의 목소리로 마리아와 그녀의 아들에 관한 대목을 직접 노래하는 것이었다.

"보라, 여인이여, 이것이 그대의 아들이니……"

"요한이여, 요한이여, 이분이 그대의 어머니시니……"

그러고 나서 그는 다시금 앉았다. 그리고 앉은 채로, 처음에는 라틴어로, 그다음에는 독일어로, '사수 엔리코'의 금언을 공표함으로써 좌중을 다시 한번 경악시켰다.

"행성들의 한가운데에서 태양이 빛나듯, 음악은 자유로운 예술들의 한가운데에서 찬연히 빛나노라!"

아마도 다흐는 아직도 그 감동적인 노래 때문에 즐거웠던(또는 깜짝 놀랐던) 나머지 쉬츠의 이 말이 지니고 있는 새로운 월권을 느끼지 못했던 것 같았다. 아니면 그가 이 월권을 고의적으로 못 들은 척했는지도 모른다. 어쨌든 그는 짬을 두지 않고 곧바로 다음 낭독자들을 호명하였는데, 제일 먼저 체젠, 그다음에는 하르스되르퍼와 로가우, 그리고 마지막에 요한 리스트의 순으로 지명되었다. 지명받은 사람들은 차례대로 순순히 응했다. 리스트만이 약간 주저하면서 주를 달기를, 자신은 단지 첫 구상만 해놓은 것을 어설프게 낭독할 수밖에 없다는 것이었다. 각 낭독이 끝날 때마다 잇달아 객관적인 비판이 뒤따랐는데, 이제는 전적으로 발표된 작품을 중심으로 하는 비판이었으며 더 이상 허황되게 다른 의견을 만발시키는 비판은 아니었다. 물론 비평을 하다 보면 항용 그렇기 마련이지만 본론을 벗어나 도덕성에 관한 논쟁으로까지 치닫는 수도 더러 있었다. 이

따금 한두 사람이 회의장을 떠나기도 했는데, 그것은 화장실에 가기 위해서든지 또는 셰플러 청년처럼 텔크테 시내로 달려가기 위해서였다. 또 마구간 앞의 양지바른 곳에서 병영을 지키며 남아 있는 소총병들과 어울려 주사위 노름을 하기 위해 나가는 사람도 있었다(그 이튿날 베케를린이 자기 방에 둔 돈을 도둑맞았다고 투덜거리자 그레플링어가 제일 먼저 그 혐의를 받게 되었는데, 그것은 그가 이렇게 주사위 노름을 하는 광경을 슈노이버가 목격했기 때문이었다).

필리프 체젠. 그는 그다음 해에는 '글 잘 짓는 자'라는 호를 가지고 '결실의 모임'의 신입 회원이 되고 곧 이어서 귀족 칭호를 받게 되어 있었다. 갖가지 언어 개혁에 앞서 항상 미리부터 설명을 앞세우고, 서로 다투어 산소를 취하려는 여러 가지 내향적 정열의 불꽃들에 의하여 소모되고 있는, 불안하면서도 과장된 성격의 체젠은 실은 아직도 청년이었다. 처음에 그는 엠스 강에서 표류하고 있는 시체들에 대한 구체적 사실은 언급하지 않고 그저 어떤 '지독한 장면'에 관해서만 횡설수설 늘어놓으면서 서로 사랑하는 사람들이 조용히 최후를 맞이하도록 해주기 위해 그 장면을 아직 작품화하지는 못하고 있다고 말했다. 이윽고 그는 엉겅퀴 꽃 옆의 걸상 위에 앉아 정신을 가다듬고 나서 본격적인 낭독에 들어갔다. 그것은 네덜란드에서 이미 출간된 바 있는 목가적인 애정 소설에서 발췌한 것이었다. 이 소설에서는 마르크홀트라는 한 독일 청년이 베네치아의 아가씨 로제문트에게 구혼을 하지만, 루터 파인 그가 이 가톨릭 아가씨를 얻기 위해서는 나중에 태어날 딸들을 가톨릭으로 양육할 것을 약속해야 했기 때문에 구혼이 비극으로 끝나게 된다는 이야기가 전개되고 있었다.

많은 실례가 있어왔고 또 앞으로도 더 많은 비슷한 사례를 남기게 될 이 갈등은 회의에 모인 사람들의 관심을 끌었다. 하기야 대부분의 사람들은 벌써 이 책을 익히 알고 있었고 '그녀'를 '그네', '그 여자'를 '그미'로 쓰는 그의 새로운 착상이라든가 '에(e)'가 들어갈 자리에 '아(a) 변모음'을 많이 쓰고 심지어는 '우(u) 변모음'을 지나치게 선호하는 그의 표기법으로 말할 것 같으면 이미 몇 개의 반박문까지 자아내고 있는 판이었다(그중에서도 특히 리스트의 반론이 주도적인 것이었다).

하르스되르퍼와 비르켄이 과감한 조어들로 언어를 개척하는 이 시인의 입장을 옹호하고 호프만스발다우가 그 소설의 멋들어진 흐름을 칭찬하긴 했다. 하지만 아드리아의 로제문트가 기절하는 장면마다, 그리고 그녀가 항상 '몸이 불편'해서, '두 눈은 반쯤 감은 채 입술은 창백하고 혀는 굳어서 말을 잃고 두 뺨에 혈색이 없고 두 손은 시들어 움직이지 못하는' 장면들이 낭독될 때마다, 리스트와 다른 청중들(라우렘베르크와 모셰로슈)은 낭독에 방해가 될 정도로 웃음을 터뜨렸으며 질의가 행해지는 도중에 그 구절들을 익살스럽게 흉내 내어 보이기도 하였다.

마치 채찍질의 소나기를 맞고 있는 것처럼 체젠은 앉아 있었다. 그는 로가우가 "어쨌든 하나의 과감한 시도임에는 틀림없잖아!" 하고 소리치는 것도 미처 알아들을 수가 없었다. 마지막으로 부흐너가 유능함과 권위의 화신인 오피츠의 말을 냉정한 연설 가운데에 인용하면서 그의 옛 제자 체젠에게 좀 더 감정의 홍수를 막을 수 있어야 되겠다고 설유하기 시작하자, 체젠은 더 이상 견디지 못하고 그만 심하게 코피가 터지고 말았다. 그 깡마른 사람이 그렇게 많은 코피를 쏟을 수 있다는 것은 놀라운 일이었다. 피가 백색의 둥근 옷깃 위로 주르르 흘러내렸다. 그 피는 아직도 펼쳐져 있는 책갈피로 뚝뚝 듣고 있었다. 다흐는 질의를 중단시켰다. 누군가가(그것은 쳅코 아니면 출판업자 엘체비른이었다) 체젠을 뒤쪽으로 데리고 갔다. 그를 써늘한 마룻바닥 위에 눕히자 출혈은 곧 멎었다.

그사이 엉겅퀴 꽃 옆에는 하르스되르퍼가 앉아 있었다. '결실의 모임' 안에서 통하는 그의 호는 '놓하는 자'로서 그는 항상 느슨하게 처신하면서도 자신만만한 신사였다. 또한 그는 새로운 것에 대한 감각이 빼어난 사람으로서 자신을 정열적인 시인이라기보다는 재능 있는 젊은이들을 키워주는 학자라고 생각하고 있었으며, 오직 뉘른베르크 시의 번영을 위해 노력하는 도시귀족 출신 정치가라고 생각하고 있었다. 그가 읽은 것 또한 일반의 마음에 드는 것이었으니, 그것은 그가 쓴 수수께끼 시들 중 몇 편으로서, 장내의 사람들은 함께 그 풀이를 하느라고 즐거워들 하였다. 그 수수께끼들은 하나는 '깃털 침대'에 관한 것이었고, 그다음 것은 '남자의 그림자', '고드름', '못 먹는 게와 맛있는 게'에 관한 것이었으며, 마지막 것은 '모태 안에 있는 죽은 아기'에 관한 것이었는데, 이 모든 해답들이 각각 하나의 사행시 안에 교묘하게 숨겨져 있었다. 하르스되르퍼는 이 시들을 익살을 부려가며 낭독했는바, 이것이 오히려 그 효과를 반감시키는 점이 없지 않았다. 많은 사람들의 칭찬이 있었고 그뤼피우스까지도 찬동한 뒤에, 비르켄이 마치 충고라도 구하듯이 자신의 후원자인 하르스되르퍼에게 조심스럽게 물었다.

"모태 안에서 이미 말라 죽어버린 아기를 그런 경쾌한 시 형식에다 담는 것이 과연 합당할지요?"

문학 석사 부흐너는 비르켄의 질문을 터무니없는 소리로 돌렸으며, 큰 소리로 표출되지도 않은 리스트와 게르하르트의 반론까지도 인용한 다음, 그 반론을 또 반박하였다. 그러고 나서 그는 자신의 의견을 이렇게 피력하는 것이었다.

"수수께끼라는 것은 경쾌한 가락에 담길 수 있을 뿐만 아니라 비극적인 해결로 낙착될 수도 있는 것입니다. 말이 났으니 말입니다만 이 작은 형식은 문학예술의 부수적 장르로만 적합할 뿐입니다. 그러나 '페그니츠 강안의 목자들' 한테는 아주 잘 어울리는 형식입니다."

낭독자가 앉는 그 걸상 위에는 이미 가난하게 영락(零落)하긴 했지만 브리크에 있는 토지의 관리자로서 생활을 영위하고 있는 시골 귀족 로가우가 앉아 있었다. 그는 옆에 있는 엉겅퀴 가시에 손바닥만 한 자신의 원고지 조각 두어 장을 끼움으로써 그 엉겅퀴에 역설적인 깊은 뜻을 부여했다. '결실의 모임' 의 구성원으로서는 '축약하는 자' 라는 호를 지니고 있는 로가우는 과연 간결하게 요약할 줄 알았다. 긴 논문을 통해 비판할 수 있는 것보다 더 많은 것을 그는 단 두 행으로 신랄하게 꼬집어 말할 수 있었으며, 또 이것이 몇몇 사람들의 귀에는 지나치게 불손하게 들리기도 하였다. 이를테면 그는 종파들에 대해 이렇게 읊었다.

"루터 파, 교황 파 그리고 칼뱅 파. 이 세 가지가 다 믿음으로서 존재하고 있나니. 하지만 그렇다면 그리스도교 정신은 대체 어디에 있느냐 하는 회의가 생겨날지니!"

혹은 목전에 다가온 평화에 관하여 그는 이렇게 전망했다.

"이제 평화가 오면 이런 초토로부터 누가 제일 먼저 일어서게 될까? 형리와 법률가들이지!"

한 마리의 전투 견이 말을 하는 작품을 포함한 두 편의 비교적 긴 시를 낭독한 연후에 로가우는 한 편의 이행시로 발표를 마무리 지으면서, 이것을 여주인 리부슈카의 세 하녀에게 바치고 싶다고 했다.

"여자들이란 요즈음 가슴이 드러나는 옷을 입는 만큼 마음도 탁 트인 백성들이야. 그들은 골짜기가 달아오른다는 표시를 산등성이에서부터 하지!"

호프만스발다우와 베케를린에 이어 그뤼피우스조차도 호의를 보였다. 부흐너는 찬동의 침묵을 지키고 있었다. 누군가가 주장하기를 쉬츠의 얼굴에 미소가 스쳐 지나가는 것을 보았다고 했다. 리스트는 베델의 자기 교구민들 앞에서 다음번에 설교할 때에 종파들의 싸움에 관한 그 이행시를 감히 한번 낭독해 보는 것이 어떨까 하고 사람들이 듣는 앞에서 고려하고 있었다. 경건한 게르하르트가 발언하려 했을 때—그가 왜 그러는지는 벌써 짐작이 되고도 남았다—다흐는 그의 손짓을 못 본 체했다. 그리고 마치 그 묵살당한 사람에게 고지하려는 듯이 말했다.

"솔직한 로가우의 탁 트인 가슴 운운을 못 믿는 분이 있으시다면 제가 오늘 밤에 그분을 세 하녀들의 숙소에 넣고 쇠를 채워버릴 작정입니다. 저는 이미 그곳에서 산등성이에서부터 골짜기까지 등반을 끝내신 몇 분을 알고 있습니다."

시인들이 조소를 흘리며 서로를 훑어보게 되었고 그레플링어는 휘파람으로 노래를 불렀으며 비르켄은 축축한 입술을 하고서 미소를 흘리고 있었다. 슈노이버가 거의 다 들리는 소리로 빈정거리기 시작했으며 라우렘베르크는 셰플러 청년이 어디 갔느냐고 물었다. 그러는 가운데 부흐너가 말했다.

"자, 모두들 서둘러야겠소이다. 이렇게 짧은 시간 중에는 오직 서두르는 사람만이 외입을 할 수 있는 법이니까요."

폭소가 터지는 가운데 이제 다흐와 엉겅퀴 사이의 결상에는 '엘베 강의 백조' 요한 리스트가 앉아 있었다. 그는 '결실의 모임'의 회원으로서 '건장한 자'라는 호를 사용하고 있었는데, 서신을 교환하고 있는 친구들은 '보버 강의 백조'였던 오피츠에 빗대어 가끔 그를 '엘베 강의 백조'라고 부르곤 했다. 리스트에게서는 모든 것이 당당하였다. 쩌렁쩌렁 울리는 목사 조의 변설이 그렇고 흡사 시종 같은 그의 풍채가 그러하였으며 북독 저지의 소택지 지역 출신다운 눅진한 유머 또한 그러하였다. 항상 최고급 천을 두르고 있는 거대한 사지(四肢)가 그러했고 턱수염이 그러하였으며 우뚝 솟은 코가 그러했다. 그가 왼쪽 눈을 찡긋하면 아주 음험한 모습이 되긴 했지만 심지어는 그의 축축한 눈빛조차도 당당한 데가 있었다. 모든 사물에 대하여 그는 자기 나름의 의견을 지니고 있었다. 그 어떤 것도 그의 반대를 거치지 않고 그냥 지나가지는 못했다. 항상 사람들(비단 체젠하고뿐만이 아니었다)과의 논쟁에 정력을 허비하고 있었는데도 그는 늘 부지런히 원고를 써나갔다. 이제 그는 우선 마음을 정하지 못한 채 원고 뭉치를 여기저기 뒤적이더니, 마침내 자세를 똑바로 가다듬고 낭독할 준비를 끝내었다.

리스트는 낭독에 앞서 다음과 같이 고지하였다.

"저는 병과(兵戈) 소리 요란한 가운데 아직도 여전히 협상 중에 있는 평화를 한 걸음 앞당기고 싶습니다. 그래서 저는 「평화에 환호하는 독일」이라는 제하에 극작품 하나를 쓰기 시작했습니다. 이 작품에서는 여주인공이 '진리의 여신'으로 등장하게 됩니다. 여러분은 이 '진리'가 고지하고 알려주는 몇 가지 사실들에 귀를 기울이지 않으면 안 될 것입니다. 많은 사람들이 이 사실들을 충심으로 사랑하게 되겠지만, 어쩌면 많은 사람들이 이 사실들을 고통스럽게 받아들일지도 모르겠습니다. 자 그럼 독일인 여러분, 이제 제 발표를 들어주십시오!"

그는 첫 막간극에서 몇 장면을 낭독하였는데, 그것은 전쟁에 지친 한 토지 귀족이 두 농부들과의 대화 중에 농부들의 미풍양속이 땅에 떨어졌음을 개탄하는 장면들이었다. 군인들이 농부들을 못살게 굴었다. 농부들은 이 포악한 병사들이 사람들을 학대하는 것을 훔쳐 보았다. 그래서 그들은 이제는 병사들처럼 훔치고 약탈하며, 불을 지르겠다고 위협해서 금품을 수탈하고, 술과 계집질로 놀아나고 있었다. 그 때문에 그들은 평화의 날이 와서 자기들의 이 떠돌이 생활이 끝나게 될까 봐 두려워하고 있었다. 마침 두 농부 드레베스 키킨틀라크와 베네케 두델다이가 노상강도와 주정뱅이로 지내는 그들의 즐거운 생활을 더듬대는 저지독어로 찬미하고 있는 장면이었다.

"전쟁 통에 우리네가 착복할 게 뭐냐? 전쟁아, 지나가고 또 다가오려무나! 그때마다 우리는 페터 랑바메의 술도가에서 재빨리 뭔가 마실 걸 쌔벼내자꾸나!"

이에 격분한 도지귀족이 뻣뻣한 관청 독일어로 소리쳤다.

"아, 하느님 맙소사! 대체 이 무슨 소린고? 가련한 사람들 같으니라고! 정상적인 군주를 모시고 따뜻한 행복, 그리던 평화, 고요한 안정 속에서 사느니보다 차라리 가혹한 전쟁의 압제 밑에서 살겠단 말이렷다?"

그러나 농부들에게는 평화가 들어서고 난 뒤에 예상되는 가렴주구보다는 차라리 법 없는 전시가 낫다는 것이었다. 그들은 옛 질서를 두려워하고 있었으며 그것이 새로운 체제로 복고될까 봐 겁을 내고 있었다. 그때그때마다 다른 군부대들이 지나가면서 부과하는 전쟁 공출이 그들에게는 장래에 짊어질 세금보다는 더 가볍다는 것이었다.

마치 역할이 뒤바뀐 것처럼 장교가 평화를 외치고 농부들이 전쟁을 연장하고 싶어 하는 장면을 리스트는 두 개의 가면을 번갈아 가며 쓰는 배우와도 같이 잘 낭독해 내었다. 다만 극소수의 사람들만이 그 홀슈타인 지방 방언을 따라갈 수 있었던 것이 유감이었다. 낭독이 끝난 다음 작자 리스트는 모셰로슈와 하르스되르퍼와 베케를린을 위해, 그리고 슐레지엔 지방 사람들을 위해서 방언이 극심한 부분들을 골라 다시 한번 고지 독어로 번역해 주어야만 했다. 그러나 이렇게 번역을 하니까 그 지방의 언어가 지니고 있던 진국이 다 빠져버리고 아까 그 토지 귀족의 말처럼 푸석푸석하고 무미건조한 표현이 되어버렸다. 그 때문에 장내의 토론은 평화 극 장면에서는 점화되지 못하고 미풍양속의 일반적 타락상에 관하여 불붙게 되었다. 극악무도한 사례들이라면 누구나 들 수 있었다. 브라이자흐가 포위되었을 때 그 도시 안에서 배회하던 아이들이 학살당한 이야기가 나왔다. 공공질서가 물러나지 않을 수 없게 되었을 때 무지한 천민들이 제 세상 만난 것처럼 거드럭거리던 꼴이 이야기되었다. 더럽기 짝이 없는 촌뜨기가 도회지 사람 복장을 하고 우쭐거리며 다니는 것도 가관이라는 것이었다. 또 누구나 노상강도들에 관한 이야기를 할 줄 알았으니, 그들은 프랑켄 지방에서도, 마르크 지방에서도, 그리고 모든 숲 뒤에서 출몰하고 있다는 것이었다. 모셰로슈와 함께 슈트라스부르크에서 오는 길에 노상강도를 만나 한 푼도 남김 없이 다 털렸다고 늘어놓는 슈노이버의 한탄은 이번이 꼭 열 번째였다. 이미 처형되었거나 아직도 제 멋대로 나돌아 다니고 있는 흉악범들에 대해서도 이야기가 오갔다. 스웨덴 군인들의 가혹한 군량 조달도 규탄되었다. 슐레지엔 지방 사람들은 아직도 서로 다투어 목격담을 늘어놓고 있었으며 스웨덴 군인들의 굉장한 주벽이라든지 모닥불 속에서 사람의 발들이 타고 있더라는 둥 끔찍하기 짝이 없는 세부적인 사건들을 이야기하느라 열을 올리고 있었다. 그러나 그러는 사이에 돌연 그 연대 부관이 장내로 뛰어 들어온 것이었다. 나는 오래전부터 이미 바깥의 소란한 소리(마당의 개들이 짖어대는 소리)에 귀를 기울이고 있던 참이었다.

여전히 초록색 조끼 차림에다 모자에는 깃털을 꽂은 채로, 그는 문사들 사이로 뛰어들어 와서는 황제군 식으로 경례를 붙이면서 '보리죽 시절'의 종언을 선언하였다.

"간신히 입에 풀칠을 하던 우리의 비참한 형편에 제가 종지부를 찍었습니다. 거위 다섯 마리, 새끼 돼지 세 마리, 그리고 살찐 숫양 한 마리가 굴러 들어왔거든요. 도중에 사람들이 저에게 소시지도 던져주었습니다. 저는 이 모든 걸 전부 증거로서 보여드리고 싶습니다. 제 부하들이 벌써 마당에서 쇠꼬챙이를 돌려가며 고기를 굽고 있는 광경을 보실 수 있을 겁니다. 이것으로 한바탕 잔치를 벌일 수 있어요. 이 자리에 모이신 시인 여러분께서는 단지 몇몇 시구들로 이 잔치의 여흥을 북돋아 주시기만 하면 되겠습니다. 그것은 루쿨루스[43]풍의 쌍운(雙韻)이라도 좋고 에피쿠로스[44]풍의 약강격이라도 좋으며, 주신 바코스풍의 경구나 디오니소스풍의 강약약격, 또는 플라톤류의 재담이라도 좋겠습니다. 평화를 축하 못할 바엔 마지막 숨을 헐떡

43) 기원전 1세기경 로마의 장군으로 호사스러운 미식가였음.
44) 기원전 4~3세기 그리스철학자로서 쾌락주의의 창시자.

이고 있는 전쟁을 두고서라도 잔치를 벌여야지요. 자, 모두들 마당으로 나가십시다! 그리하여 보헤미아로부터 브라이스가우 깊숙이까지, 슈페사르트에서부터 베스트팔렌의 저지대에 이르기까지 '바보'로 통하고 있는 이 슈토펠이 독일의 시인들을 위해 얼마나 착실하게 식량 조달에 힘썼는지에 대해 어디 한번 찬탄을 발해 보시지요!"

사람들은 곧 움직이지는 않았다. 다흐가 질서를 지키자고 주장하였다. 그는 회의를 끝내는 것은 아직도 자기의 권한에 속한다고 말했다.

"발언 신청 또는 반론을 더 받겠습니다. 아무래도 그렇지, '엘베 강의 백조'가 메아리 없는 노래를 부르도록 해서야 되겠습니까?"

그리하여 우리들은 리스트가 낭독한 그 장면과 온 나라에 걸친 도덕의 타락상에 관하여 한두 순배 더 토론을 계속하였다.

그뤼피우스가 우려의 뜻을 표하였다.

"이 연극이 둔감한 관중들 앞에서 상연될 경우 관중들이 토지 귀족의 말보다는 오히려 두 농부의 말에 박수갈채를 보내게 될까 봐 걱정입니다."

모셰로슈는 궁박한 현시대(現時代)를 무대에 옮긴 리스트의 용기를 칭찬하였다. 첸코가 자신과 다른 사람들에게 반문하였다.

"하지만 농부들이 옛 체제의 복고를 두려워하는 데에도 일리가 있지 않을까요?"

"그래, 훌륭한 옛 체제가 싫다면, 도대체 어떤 새 체제가 들어서야 속이 시원하겠다는 거지?" 하고 라우렘베르크가 외쳤다.

과연 어떤 새로운 체제가 올바른 체제일까 하는 질문과 더불어 토론이 다시금 새로운 불씨를 얻게 되는 것을 방지하기 위해, 그리고 마당에서 나는 고기 굽는 냄새가 홀 안까지 들어오고 있었기 때문에, 다호는 불안이 고조되고 있는 좌중에게 오후의 회의를 이것으로 끝내겠다는 손짓을 해 보였다. 몇몇 사람들은—비단 젊은이들뿐만이 아니었다—서둘러 밖으로 나왔다. 다른 사람들은 여유 있게 행동하였다. 큰 홀을 제일 나중에 나온 사람은 다호와 게르하르트였다. 조금 전에 게르하르트는 마침내 쉬츠와 조용한 대화를 나눔으로써 쉬츠에게 화해적인 태도를 보였었다. 반질반질하게 윤이 나는 걸상 옆에는 엉겅퀴 꽃만이 남아 있었다. 바깥에서는 마치 어떤 축시에 나오는 것 같은 광경이 벌어지고 있었다.

# 제14장

거기서는 이미 한 꼬챙이에 거위 다섯 마리가 꽂혀서 빙글빙글 돌아가고 있었고, 다른 꼬챙이에도 새끼 돼지 세 마리가 연달아 꽂혀서 돌아가고 있었으며, 또 다른 꼬챙이에는 배를 가르고 소시지를 채워 넣은 숫양이 돌아가고 있었다. 작은 객실에서 내어 온 기다란 식탁은 마당 한가운데에서 벌겋게 타고 있는 모닥불 연기를 피하기 위해 외엠스 강안의 풀숲 곁에 놓여 있었다. 여주인 리부슈카는 하녀들과 더불어 식탁을 차리기 위해 집과 마당 사이를 분주히 왔다 갔다 하고 있었다. 자세히 살펴보면 그 식탁보들은 이전에 어떤 제단 위에 깔려 있던 것임을 알 수 있었다. 접시와 대접 들, 술잔과 식기 들은 베스트팔렌 지방에 있는, 해자를 두른 어느 성에 속했던 물건들 같았다. 음식을 덜어내는 데 쓰는 두 갈래짜리 포크 이외의 다른 수저들은 준비되어 있지 않았다.

연기가 맞은편에 있는 마구간 쪽으로 날아가고 있었다. 그래서 그 뒤로 텔크테 시의 경계를 이루며 흐르고 있는 내엠스 강안의 오리나무들과 신사로(紳士路)의 합각머리 지붕들과 그 옆으로 비스듬히 보이는 교회가 연기에 휩싸여 마치 베일이라도 쓴 것처럼 서 있었다. 겔른하우젠의 소총병들이 꼬챙이 구이 옆에 앉아서 불을 보살피고 있었다. 그들은 거위와 새끼 돼지와 숫양에서 뚝뚝 떨어지는 기름을 항아리에 받고 있었으므로 각각의 꼬챙이 구이에 계속해서 새로운 거위 기름과 돼지기름, 밖으로 흘러나온 양고기 피지(皮脂)를 발라줄 수 있었다. 멀리 물레방아가 있는 데까지 엠스하겐 섬을 뒤덮을 듯이 무성하게 자라 있는 노간주나무 숲에서 마부가 마른 나뭇가지들을 가져왔다. 이 나뭇가지들 때문에 모닥불에서 잠시 동안 심한 연기가 났다. 그리하여 사람들이 오가며 움직이고 있는 그 광경 뒤에서 텔크테 시가 연기 때문에 납작하게 펼쳐져 보이는 것이었다. 마당의 개들이 한 마리씩 또는 떼를 지어서 이 감동적인 한 폭의 그림 안으로 자꾸만 뛰어들곤 하였다(나중에 이 개들은 서로 뼈다귀를 차지하려고 싸웠다).

그러는 사이에 겔른하우젠의 기병들이 오더니 사방에 새 말뚝들을 박고 그 위에다가 헤센군 대령의 야영 천막에서 나온 듯한, 무늬 있는 포장을 치기 시작했는데, 다 차린 식탁 위에 그렇게 포장을 쳐놓고 보니, 그건 마치 군주들이 거하는 곳 위에 쳐놓은 용개(龍蓋)와도 같았다. 그러고 나서 그들은 신선한 나뭇잎들로 꽃 줄을 엮고, 여주인의 정원에 무성하게 자라 있는 장미꽃을 따다가 중간 중간에 섞어 넣었다. 얼마 있지 않아 이 꽃 줄 장식들이 용개의 기둥 둘레를 칭칭 감으며 올라가게 되었다. 용개의 가장자리에는 머리 다발 모양으로 땋은 재미있는 술 장식들이 드리웠고 이 술 장식들에는 작은 방울들이 달렸다. 나중에 미풍이 불자 이 방울들이 딸랑거리면서 잔치의 흥을 한결 돋우었다.

아직은 낮이라 할 수 있었고 저녁이 이제야 비로소 그 수줍은 날개를 펼치려 하고 있었다. 그런데도 겔른하우젠은 그가 이른 아침에 마구 채비를 하여 몰고 가서 거위와 새끼 돼지와 숫양, 그리고 식기와 제단 보와 용개를 싣고 왔던 예의 포장마차에서 묵직한 은 촛대 다섯 개를 끄집어 내었다. 그 촛대들은 교회에서 나온 물건인 듯했고 아직 불 한번 붙여보지 않은 초들이 꽂혀 있었다. 그 슈토펠이란 친구는 세 개의 가지를 뻗고 있는 그 은 제품들을 음식이 차려져 있는 식탁 위에 적당한 간격으로 잘 배열하려고 했다. 그 촛대들을 한두 번까지는 느슨한 동작으로 세워보려고 하던 그는 마치 1개 중대를 정렬시키기라도 하려는 듯 이내 군대식 동작을 하기 시작했다. 시인들은 조금 떨어진 곳에 떼를 지어 선 채 이 모든 것을 바라보고 있었다. 그리고 나 역시 이 글을 쓰기 위해 거기 함께 서 있었다.

그 무진장한 포장마차로부터 이번에는 겔른하우젠의 지휘하에 작은 소년만 한 크기의 조상 하나가 끌어내려지고 있었는데, 그것은 청동을 부어서 만든 아폴론 상이었다. 그리하여 은 촛대들이 다시 조금 옮겨지고 난 후에 아폴론을 새긴 그 예술 작품이 마침내 식탁 한가운데에 자리를 잡게 되었다. 그러나 이때부터 지몬 다흐는 단지 경악만 하면서 점점 더 불안한 심경으로 이 호사스러운 치장을 더 이상 찬탄하고 있을 수만은 없었던 모양이었다. 그는 우선 여주인을, 나중에는 겔른하우젠을 자기 옆으로 불러다가 이 진품들을 대체 어디서부터, 무슨 권리로 이리로 가지고 왔는지, 무슨 대가를 지불하고 사 왔는지, 또는 누구의 허락을 받고 빌려 왔는지를 알아내려 했다.

"고기와 베와 쇠붙이 등 이렇게 많은 고급 물품이 그냥 품 안에 날아들 리는 없지 않소?"

겔른하우젠이 말했다.

"이 모든 물건들은, 심지어는 거위, 새끼 돼지, 숫양까지도 모두 가톨릭 집안들로부터 나온 건 사실입니다. 그러나 이것들은 어디까지나 명예로운 물건들로 봐야 할 것입니다. 왜냐하면 불가피하게도 그 이유를 밝힐 수 없는 저의 이번 뮌스터 방문 시에—여러 가지 부수적인 사건들에 관해서도 저는 아직 말할 수 없습니다만—평화 회의의 몇몇 대표들이 그사이에 독일 시인들이 텔크테에서 만나고 있다는 소식을 듣고 이 만남을 열렬히 환영하고 나왔기 때문입니다. 키지 교황대사님은 항상 휴대하고 다니는 책인 하르스되르퍼의 『여성을 위한 회화 교본』의 1641년도 초판본에다가 저자가 손수 헌사를 써줄 것을 부탁하는 것이었습니다. 베네치아의 전권대사 콘타리니는 산마르코 바실리카의 연주를 통하여 그가 잊지 못하는 거장이신 '사수' 선생에게 안부를 부탁하면서, 만약 쉬츠 선생께서 다시 한번 베네치아로 돌아오신다면 거기서는 언제라도 선생을 열광적으로 환영하게 될 것임을 감히 다시 한번 상기시켜 드리고 싶다고 하더군요. 사블레 후작은 시인들의 만남에 관한 소식을 전령기병을 시켜 즉각 프랑스의 마자랭 추기경에게로 전달하였으며, 만약 모이신 시인들이 자기에게 그런 영광을 허여한다면 자기의 궁성을 치우게 하겠다는 것이었습니다. 단지 오스나브뤼크에서 온 스웨덴 공사만이, 그 위대했던 옥센셰르나의 아들인데도 불구하고, 그가 알아듣기 쉽도록 스페인어로 여기에 모인 저명한 시인들의 이름을 하나씩 말해 주자 마치 천둥소리를 들은 송아지 같은 멀뚱한 눈초리를 할 따름이었습니다. 그 대신 요한 폰 나사우 백작이 그만큼 더 친절을 보여주었습니다. 이 백작은 트라우트만스도르프 공이 빈으로 떠난 이래로 황제 측을 대표하여 협상을 이끌어가고 있는 중이었습니다. 그 때문에 이 나사우의 백작은 고위 관리인 이자크 폴마르를 시켜서, 멀리서부터 길을 떠나오신 시인들께서 불편함이 없으시도록 식사, 음료 및 친절한 선물들을 갖추어 잘 보살펴 드리라고 명령했습니다. 여기 있는 이 조그만 금반지는 다흐 선생께 드리라는 선물이고, 잘 정련된 은제 잔들도 이렇게 여러 개를 선사하는 것이었습니다. 이 명령이 떨어지자 폴마르는 서면 지시를 휴대한 채, 지금 우리 앞에 벌어지게 된 이 잔치를 위해서는, 특히 저를—이 고장의 지리에 훤한 이 겔른하우젠을—이용하게 된 것이지요. 저는 여기저기로 서둘러 쫓아다녀야 했습니다. 어쨌든 저는 베스트팔렌 지방이라면 제 호주머니 속처럼 훤히 알고 있으니까요.

한때 조스트의 유명한 사냥꾼이었던 저는 도르스텐, 립슈타트, 코스펠트 등지의 지리에 밝게 되었습니다. 모든 물량을 협상 대표들에게 대어주기에만도 바쁜 뮌스터 시 자체는 그럴듯한 것이라곤 아무것도 공급해 주지 못했습니다. 하지만 뮌스터 경계 밖에 있는 이 지방 사람들은 그래도 아직 뭔가 내어주더군요. 요컨대 황제군 측인 저로서는 거의 어려움을 겪지 않고 나사우 백작의 명령을 수행할 수 있었습니다. 더구나 이 근방 지역 주민들은 교황조차도 상상도 못했을 정도로 독실한 가톨릭 신자들이더군요. 빠진 게 없습니다. 공여받지 못해서 빠진 품목은 사냥한 짐승 고기뿐입니다. 여기 이 목록을 좀 보여드릴까요? 모든 품목 앞에 다 체크가 되어 있답니다. 포도주도 있고 치즈도 있습니다. 다흐 선생께서는 뭔가 불만이 있으신가요?"

뮌스터의 협상 활동에 대한 몇 가지 일화가 포함된 겔른하우젠의 이 보고의 변설 가운데는 여기서는 언급하지 아니한 수많은 부문장들이 뒤섞여 있었으며, 그 부문장들 속에서 그는 수많은 고대의 인물을 자기 변설의 증인으로 애써 내세우고 있었다. 지몬 다흐는 이 보고를 처음에는 혼자서, 나중에는 로가우, 하르스되르퍼, 리스트 및 호프만스발다우와 더불어, 결국에는 우리들 모두에게 둘러싸인 채 듣게 되었다. 그는 이 요설에 대해 처음에는 불신하다가 이윽고 점점 놀라움을 나타내더니 마지막에는 그렇게 기분 나빠하지는 않으면서 귀 기울여 듣게 되었다. 당황해하며 그는 그 조그만 금반지를 손가락으로 굴려보고 있었다. 그 은제 잔들은 이 사람 저 사람의 손으로 옮겨 다니고 있었다. 로가우가 (그의 오랜 버릇에 따라)매섭게 비꼬는 말을 할지도 몰랐다. 하기야 그 보고의 말 가운데 몇몇 가지는 과장된 것도 없지 않았을 것이다. 하지만 그렇게 굉장한 고위층에서 내려온 안부와 인사말을 듣기 싫어할 사람은 없다. 이윽고 겔른하우젠은 그의 전령 가방으로부터 한 권의 『여성을 위한 회화 교본』—그러하였다! 그것은 1641년도 초판본이었다!—을 끄집어내어서는 그 책의 장서표(藏書票)를 보면 교황대사 파비오 키지(후일 교황 알렉산데르 7세)가 그 소유자임을 알 수 있다면서 그 책을 사람들에게 내밀어 보였다. 그가 미소를 머금고서 곧 하르스되르퍼에게 헌사를 써달라고 청하자 사람들은 지금 벌어지고 있는 이 잔칫상이 영광스러운 것이라는 전폭적인 확신을 지니게 되었다. 심지어는 로가우조차도 잠자코 있었다.

독실한 루터 파 신자들로서 실은 가톨릭교 측에서 나왔다고 볼 수 있는 이 공여물을 과연 받아도 좋을지에 대한 회의가 아직 남아 있었지만, 다흐는 존경하는 고 오피츠 선생 역시 가톨릭에도 봉사하셨다는 사실을 상기시키면서 그뤼피우스를, 그리고 마침내는 리스트와 게르하르트까지도 설득시킴으로써 이런 회의를 무산시켰다.

"고 '보버 강의 백조'는 석학 그로티우스의 뜻을 받들어, 그리고 고 링엘스하임의 제자로서 항상 종교 평화론자였으며, 항상 종교의 자유를 지지하고 모든 배타적 행위에 반대하는 입장을 견지하였습니다. 아, 이와 같은 의미에서 평화가 찾아와서, 루터 파 신도가 가톨릭 교도의 집에서, 그리고 가톨릭 교도가 루터 파와 칼뱅 파 신도의 집에서 식사를 해도 좋고, 마찬가지로 루터 파 신도와 칼뱅 파 신도가 한 식탁에서 식사할 수 있는 날이 왔으면 좋겠습니다그려. 어쨌든 저는 가톨릭 교도한테서 얻어 온 새끼 돼지의 고기라 해서 입에 군침이 돌지 않는 건 아니니까요."

그때 벌써 여주인이 외쳤다.

"이제 고기를 자르기 시작해도 되겠어요!"

# 제15장

"드디어!" 하고 그레플링어가 외쳤다. 그러고는 어깨 너머로 곱슬곱슬하게 늘어뜨린 검은 머리카락을 설레설레 흔들었다. 라우렘베르크와 함께 리스트는 그 꼬챙이 구이를 먹을 만한 값은 했다고 확신했다. 하지만 로가우의 옆에서 쳅코가 염려스러운 말을 했다.

"어쩌면 악마가 이 꼬챙이 구이를 하고 있는 모닥불 세 곳에 부채질을 했을지도 몰라요!"

비르켄은 지금까지의 영양부족을 부지런히 보충하고자 하였다. 그는 하녀들한테 눈길을 보내고 있는 조용한 셰플러에게 이 말을 하였다. 모셰로슈는 맹렬한 식욕을 느끼면서 하르스되르퍼와 그의 출판업자 사이에 끼어들었다. 그뤼피우스가 자신의 널찍한 위장을 자랑하자, 호프만스발다우는 그에게 모든 구강의 쾌락이란 덧없는 것임을 상기시켜 주었다. 아직도 궁둥이의 상처가 아물지 않은 슈노이버는 자기의 혓바닥이 분개할 새도 없이 이렇게 많은 즐거움을 맛보고 있다는 사실이 불편하게 여겨졌다. 베케를린 옹은 나중에 먹으려고 거위의 가슴살 한 쪽을 손수건에 싸두면서 게르하르트에게도 자기처럼 준비해 둘 것을 충고했다. 하지만 게르하르트는 꼬챙이 구이의 모닥불만을 뚫어져라 응시하고 있는 체첸을 힐끗 바라보면서 좌중에 대고 말하기를, 이제 아무래도 자기가 식사 기도를 시작하여 각자에게 절도를 지킬 것을 명해야 할까 보다고 으름장을 놓았다. 그러나 친구 알베르트 옆에 앉아 있던 다흐가 말을 받았다.

"오늘은 비르켄 청년이 우리 모두를 위해 큰 소리로 기도해 주는 것이 좋겠습니다."

알베르트가 누군가를 찾는 표정으로 사방을 살피더니 상인 슐레겔에게 무엇인가를 물었다. 슐레겔은 그 질문을 엘체비른을 거쳐 다시금 출판업자 뮐벤에게 되풀이하여 넘겨주었다. 그리하여 그 질문이 부흐너 있는 데에까지 이르렀을 때에는 이미 저절로 답이 나와 있게 되었으니, 식탁에 쉬츠가 없었던 것이다.

나는 이 모든 것을 어디서 알게 된 것일까? 나는 그들 사이에 앉아 있었으며 거기에 동석하고 있었다. 그래서 나는 여주인 리부슈카가 오늘 밤을 위해 몇몇 처녀들을 모집하려고 하녀들 중 하나를 시내로 보낸 사실까지도 알고 있었다. 내가 그중 누구였느냐고? 로가우도 아니었고 겔른하우젠도 아니었다. 실은 거기 있는 사람들 말고 딴 사람들도 초대되었을 가능성은 있으니까 말이다. 이를테면 노이마르크 같은 시인이 그렇지. 그러나 그는 쾨니히스베르크에 그냥 있었다. 혹은 체르닝 같은 시인이 그럴 거야. 특히 부흐너가 이 시인이 불참한 것을 아쉬워했지.

내가 누구의 탈을 쓰고 있었든 간에 나는 그 여러 통의 포도주가 미사 집전용 포도주라는 것을 알고 있었다. 내 귀는 황제군 소총병들이 거위와 새끼 돼지의 고기를 찢어 발기고 숫양의 고기를 썰기 시작하면서 저희들끼리 외치는 소리를 놓치지 않고 들었다. 나는 쉬츠가 마당에 들어서서 그 호사스러운 물품들을 보고 겔른하우젠의 보고를 듣자마자 곧장 집 안으로 되돌아가서 층계를 따라 그의 방으로 들어가 버리는 모습을 보았다. 심지어 나는 그 누구도 모르는 사실조차도 알고 있었으니, 텔크테의 '다리의 집'에서 독일 시인들의 축하연이 시작되는 동안 뮌스터에서는 바이에른의 대표들이 알자스 지방을 프랑스에 할양하는 문서에 조인하고 그 대신 (선제후 칭호를 얻는다는 약속하에) 별궁 백작령을 손에 넣었던 것이다. 이 가증스러운 폭리를 생각하니 나는 울고 싶었다. 그러나 나는 웃었다. 이제는 이미 저녁의 어둠이 깔리기 시작한 그 헤센풍 용개 아래에서 가톨릭 성당의 은 촛대들 위에 촛불이 켜지고 우리들의 두 손이 서로 합장하게 되는 그 순간, 내가 그 자리에 함께 있을 자격이 있었고 그 자리에 한몫 낄 수 있었기 때문에 나는 웃었다. 우리들이 손을 합장한 것은 셰플러 옆에 앉아 있던 비르켄이 기도를 하기 위해 일어섰기 때문이었다. 작은 소년의 키만 한 그 청동 아폴론 상 때문에 시야가 반쯤 가려진 나는 그를 잘 볼 수 없었지만, 아폴론 못지않게 아름다운 그가 완연히 신교적인 식사 기도를 하는 소리가 들려왔다.

"우리 모두 예수와 동행하십시다. 그리하여 이 속세 가운데에 살면서도 이 속세를 벗어나도록 하십시다……."

기도가 끝난 후 식탁의 한가운데로부터 일어선 채 지몬 다흐가, 등 뒤에는 외엠스 강을 배경으로 하고 앞에는 하늘을 향하여 어둠을 이고 있는 도시를 바라보면서, 다시 한번 모두에게 말하려 했다. 뚜껑 덮인 큰 사기그릇 안에 있는 썰어놓은 고기에서는 김이 무럭무럭 나고 있는데도 그가 이렇게 다시 일어선 것은 모르긴 몰라도 비르켄이 "우리 모두 살고 있기에 우리들의 육체를 죽이도록 하십시다……"라는 등 너무나도 암울한 탈속세적 식사 기도를 했기 때문인 것 같았다. 그 때문에 실용적인 그리스도교인이라 할 수 있는 다흐는 아마 다음과 같이 현세적인 방향으로 말을 돌리고 싶었는지도 모른다.

"아무리 정신이라 하지만 정신만으로는 살 수 없을진대, 항상 주위의 눈치만 봐야 하는 우리 불쌍한 시인들에게 그럴듯한 한 입의 음식이 돌아온다 해서 나쁠 건 없을 겁니다. 그 때문에 저는 겔른하우젠을 고맙게 생각했으며, 그에게 이것들이 다 어디서 났느냐고 더 이상 계속해서 묻지 않겠습니다. 저는 이 문제를 모르는 체하고 그냥 넘어갈 작정입니다. 식탁 위에 이렇게 풍성하게 차려진 모든 것 위에 하느님의 축복이 내리시기를 빌면서 모쪼록 미식에 생소한 여러분의 위장이 탈이나 나지 않도록 맛있게 잘 잡수시길 바라겠습니다. 지금 시작되는 이 축연이 이제 마침내 다가올 평화의 맛을 만끽하도록 해줄 줄 믿습니다."

그들은 음식을 들기 시작하였다. 그들은 두 손을 다 놀리며 열심히 들었다. 기도까지 하고 난 다음이니 아무것도 거리낄 것이 없는 판이었다. 슐레지엔 지방, 프랑켄 지방, 엘베 강안 지방, 변방 백작령 지방, 알레만 지방의 식욕들이 모두 발동하였다. 기병들과 소총병들도 역시 왕성한 식욕을 발동시켰고 마당의 개들과 마부와 하녀들, 그리고 시내에서 불려 온 여자들까지도 식욕들이 대단하였다. 그들은 거위들과 새끼 돼지들, 그리고 숫양의 뼈다귀에 달려들었다. 피 소시지와 간 소시지 등 숫양의 배 속에 채워 넣었던 것들도 식탁에 올라왔는데, 그것들은 불의 열기를 받아 원래의 반만 한 크기로 오그라들어 있었다. 거위의 뾰족한 볏에서, 둥그스름하게 잘라놓은 새끼 돼지의 턱수염에서, 그리고 비비 꼬아놓은 숫양의 턱수염에서부터 방울방울 뚝뚝 듣던 육즙이 걸쭉하게 접시에 담겨 나왔는데, 그들은 갓 구운 흰 빵 조각을 그 육즙에 적셔서 먹는 것이었다. 새끼 돼지의 탄 껍데기가 입 안에서 바스락거리는 소리를 내며 맛있게 녹아들었다. 가끔 가다 나무에 불을 붙이기 위해 던져 넣었던 노간주나무 가지들이 양고기가 특히 좋은 맛이 나게끔 작용했다.

오직 여주인과 겔른하우젠만이 우왕좌왕하며 불안하게 설치고 있었다. 그들은 계속해서 다른 음식들을 식탁 위에 올리는 중이었다. 건포도를 넣어 우유에 찐 기장이 나왔고, 설탕에 절인 생강이 가득 든 접시가 올려졌으며 초에 담근 오이와 으깬 자두도 나왔다. 적포도주가 가득 찬 묵직한 잔들이 상에 올라왔고 염소젖으로 만든 마른 치즈가 나왔다. 그리고 마지막으로는 부엌에서 푹 삶은 양 머리가 상 위에 올려졌다. 리부슈카는 홍당무 한 개를 그 양의 입에 비스듬히 물려놓았다. 게다가 그녀는 그 양 머리 밑에다가 원형의 흰 칼라를 받쳐서 신사 복장을 해놓고 그 양 머리 위에다가는 미나리아재비꽃 화환을 씌움으로써 화환을 둘러쓴 바보 상을 만들어놓고 있었다. 이제 그 양 머리를 상 위에 올리는 그 억척 어멈의 모습은 위풍당당하게 보였으며, 그녀는 상 위에 올려지는 그 양 머리에까지도 위엄을 부여하고 있었다.

그로 인하여 갖가지 재담이 벌어지게 되었다. 시인들은 그 양 머리의 바보 상을 여러 가지 사물에 비유하고 싶어 했다. 그 바보 상에 대하여 약강격과 강약격의 운율이 바쳐졌고, 부흐너적인 강약약격과 같은 삼음절의 운보로도 읊어졌으며, 알렉산더 시행, 자음 교체운, 머리운[45], 내운(內韻) 등으로도 읊어졌으며, 이에 대한 재빠른 즉흥시가 바쳐지기도 했다. 그레플링어는 자신을 사랑에 속은 숫양에 비유하면서 절개 없는 그의 애인 플로라를 원망했고, 다른 시인들은 정치적인 암시가 내포된 시구를 읊기도 했다.

"이다지도 착한 백성이기에 독일인의 방패에는
사자도 독수리도 아닌 양이 그려져 있도다!"

---

45) 두운의 특수한 형태로서 게르만 운문 문학에 나타나며, 의미를 지닌 낱말들, 즉 명사나 동사의 초성을 같게 하여 그 낱말을 강조함.

이렇게 로가우가 내뱉었다. 모셰로슈는 독일인을 상징하는 이 동물로 하여금 '스페인풍을 흉내 내어 라틴족처럼 담소'하도록 하였다. 그리고 마치 이 세상을 없애버리기라도 할 듯이 속으로 꾹 참아오던 그뤼피우스는 새끼 돼지의 앞다리를 뜯다 말고 잠시 다음과 같은 시구를 읊는 것이었다.

"평화를 외치며 매매 하고 울부짖는 모든 바보 같은 양들은 백정에게서 마침내 그 평화를 얻으리라!"

문학 석사 아우구스트 부흐너는 그뤼피우스가 빨리 읊느라고 서로 운이 맞지도 않는 말들인 '평화(Frieden)'와 '얻다(kriegen)'를 함께 사용한 것을 뻔히 알면서도 참지 않을 수 없었다. 또한 그는 체젠이 두운을 사용하여 "양들이 하늘을 향해 고개를 쳐들고……(Hammel hammeln himmelwärts……)" 운운하면서 희시(戱詩)를 읊조리는 것도 그냥 못 들은 체할 수밖에 없었다. 그는 단지 이렇게만 말했다.

"나는 그 엄격한 쉬츠 선생이 이 따위 예술 작품들을 듣지 않아서 다행이라고 생각합니다."

이 말이 떨어지는 순간, 다흐는 으깬 자두를 발라서 막 입에 가져가려던 거위 다리를 깜짝 놀라 내려놓고 말았으며 좌중의 사람들도 자신과 마찬가지로 경악하고 있음을 감지하였다. 그래서 그는 친구 알베르트에게 어서 그 손님이 계시는 곳으로 가봐 달라고 부탁하였다.

그 교회 오르간 연주자는 노인이 예복 상의를 벗은 채 그의 방 침대 위에서 쉬고 있는 것을 발견하였다. 간신히 몸을 일으키면서 쉬츠가 말했다.

"내가 없는 걸 아쉬워들 한다니 고맙긴 하지만 난 아직 조금 더 쉬고 싶어. 새로 받은 많은 인상들에 관해 숙고해 봐야겠어. 이를테면 로가우 같은 사람의 날카롭고 현명한 문학이 음악을 허용하지 않는다는 인식 같은 것은 두고 두고 음미해 볼 만하거든. 음, 그럴 테지. 나도 알아. 마당에서는 모두들 즐거운 기분들이시겠지. 즐거워들 하는 소리가 다성적(多聲的)으로 내 방까지 올라와서 나의 인식을 비웃고 있으니까 말이야. 난 방금 이성과 음악에 관한 사색에 잠겨 있었거든. 만약 내가 존중해 마지 않는 이성이 음악에 방해가 된다면, 즉 다시 말해 작곡이라는 것이 언어를 이성적으로 구사하는 것에 위배된다고 할 경우 내가 자문하게 되는 문제는, 그렇다면 로가우 같은 냉철한 두뇌가 그럼에도 불구하고 아름다움을 창조해 내는 건 또 어떻게 된 영문인가 하는 점이지. 알베르트, 나의 이 복잡한 궤변을 듣고 자네가 웃어도 좋고, 날 천생 되려다 만 법률가라고 욕해도 좋아. 아, 음악이 나를 완전히 사로잡기 전에 그냥 법률 공부나 계속했더라면 좋았을 걸 그랬어! 마르부르크 대학에서 법학을 공부하던 그 시절이 명석한 통찰을 하는 길잡이로서 오늘날에도 여전히 내게 도움이 되거든. 나에게 약간의 시간만 주어진다면, 난 아무리 감쪽같이 꿰매어 놓은 거짓말이라도 꿰뚫어 볼 수 있다네. 아무리 감쪽같이 꿰매 놓았다 해도 급하게 바늘로 시치다 보면 미처 바느질하지 못한 곳이 여기저기 나타나기 마련이니까 말이야. 더욱이 저 떠돌이 건달 녀석은 한 세계 전체를 적당히 꿰매어서는 그럴듯한 논리를 그 안에 포괄시키려 했으니, 그 바느질이 온전했겠냔 말이야. 하기야 그 녀석은 길 떠

나온 시인들 중 몇몇보다는 말 꾸며대는 솜씨가 더 재미있었지. 아니, 뭐라고? 알베르트, 자넨 아직도 그걸 곧이곧대로 믿고 있군그래. 그렇다면 난 순진하게 믿고 있는 자네의 마음을 흐트러뜨리고 싶지 않네. 암, 그렇게 하고말고! 나도 한잔해야지. 나중에 내려가게 될지, 곧 내려가게 될지는 모르겠지만 말이야. 아무도 내 걱정은 말라고 그래. 자네, 마음 놓고 나가서 즐기도록 해!"

알베르트가 문간에 섰을 때 쉬츠는 그동안 모인 자신의 근심들 중에서 다음과 같이 짤막한 근심만을 덧붙였다. 현재 드레스덴에서의 그의 처지가 말이 아니라는 것이었다. 그는 바이센펠스로 돌아가는 것을 바람직한 일로 생각하고 있었지만, 다른 한편으로는 함부르크를 거쳐 글뤽슈타트까지 계속 여행하고 싶은 생각이 간절하였다. 그는 거기 글뤽슈타트에서 덴마크 궁전에서 보낸, 가극과 발레 및 청아한 마드리갈 등을 작곡하러 코펜하겐으로 오라는 초대장을 받기를 희망하고 있었다. 새로 왕위를 이은 군주가 예술을 숭상하는 사람이라면서 라우렘베르크가 그에게 희망을 갖도록 만들었던 것이다. 어쨌든 그는 인쇄가 끝난 『성스러운 교향곡』 제2부를 갖고 온 참이었다.

"이 제2부는 그 군주에게 바친 것이지."

이렇게 말하고 나서 쉬츠는 다시금 침대 위에 몸을 뉘었다. 그러나 두 눈을 감지는 않고 있었다.

작센 선제후 궁의 그 악장이 나중에야 잠깐 내려올 것이라는 소식이 마당에 퍼지자 사람들은 그 소식을 이래저래 마음 편히 받아들이고 있었다. 첫째는 그 저명한 손님이 혼자 있는 것이 화가 나서 그런 것은 아닌 것 같았기 때문이고, 둘째는 그동안 쾌활한 분위기에 접어들어 여기저기 시끌시끌하게 된 잔칫상에 그 근엄한 빈객이 당장은 동석하지 않을 게 확실했기 때문이다. 우리들은 아직 잠시 동안은 우리끼리만 있고 싶었던 것이다.

그레플링어와 슈노이버는 여주인의 세 하녀에게 손짓을 해서 식탁으로 불러들였으며, 겔른하우젠의 권고가 있고 나서는 텔크테 시내에서 온 그 몇몇 처녀들도 불러서 합석시켰다. 하녀 엘자베는 모셰로슈의 무릎 위에 앉았다. 굉장히 활달한 여자 둘을 보내어 경건한 게르하르트의 목에 매달리도록 한 것은 아마도 베케를린 옹인 것 같았다. 마리에라고 불리는 예의 곱상한 하녀가 만리장성이나 쌓은 사이처럼 친밀하게 대학생 셰플러에게 몸을 기대자 청년은 이내 놀림감이 되고 말았다. 그중에서도 특히 라우렘베르크와 슈노이버의 놀리는 소리가 두드러졌다.

"자네의 그 마리에는 성모마리아 대용이야?"

"자네 그 결합을 통해 가톨릭으로 개종할 생각인가?"

그러고도 그 두 사람은 이와 비슷한 비꼬는 말을 계속하였고 마침내 그레플링어가 그 두 사람에게 바이에른 방언을 퍼부으며 주먹을 휘두르는 시늉까지 해 보이게 되었다.

다른 좌석에서는 리스트가 설교를 하던 그 목사 손으로 시내에서 온 여자들을 주무르다가 로가우 때문에 기분이 상해 있었다. 하지만 그 '축약하는 자'는 그 '건장한 자'에게 별다른 말을 한 건 아니었다. 그는 다만 리스트에게 양손으로 그렇게 열심히 보물 탐사를 하다 보면 포도주 잔을 들 손이 없지 않겠느냐고 말한 것뿐이었다. 그 말이 떨어지자마자 리스트는 다시금 양손을 들어 손짓을 해가며 큰 목소리로 떠들썩하게 굴었다. 그는 로가우의 익살을 가리켜 건전한 유머가 없기 때문에 사람의 가슴을 아프게 찌르는 익살이라고 말했다.

"건전하게 해학적인 데가 없고 단지 반어적일 따름이거든! 그리고 반어적이라는 건 원래 독일적인 것이 아니고, 독일적이 아닌 건 비독일적인 기질에서 유래하는 것이지!"

그리하여 새로운 논쟁이 벌어졌으며, 이 논쟁을 하는 동안에는 하녀들과 시내에서 온 여자들도 완전히 관심 밖에 머물러 있었다. 반어와 해학의 본질에 관한 논쟁이 계속되는 동안 시인들은 목이 타서 포도주 잔에만 손을 뻗치곤 하였다. 얼마 가지 않아 곧 로가우는 고립무원한 처지에 빠지게 되었으니, 이제는 체젠까지도 리스트에게 동조하고 나섰기 때문이었다. 체젠은 사물과 인간과 상황을 축약해서 보는 로가우의 시각을 파괴적인 것이라고 규정하면서 이것은 독일적이 아닌, 이국적인, 라틴민족적인, 그러니까 반어적인 것이라고 몰아쳤으며, 그야말로 악마에게나 보내야 할 것이라고 욕을 하였다. 즉 리스트와 체젠은—이때는 또 의견을 같이하면서—언제나 음험한 뒷 구멍을 지니고 있는 로가우의 이의적(二義的)이기 십상인 예술 작품들이야말로 악마의 짓거리나 다름없다고 규정했던 것이다.

"왜 그렇다는 거지?"

"반어라는 건 악마적인 것이니까!"

"어째서 악마의 산물이라는 거지?"

"반어는 라틴민족적인 것이고 그렇기 때문에 악마적인 것이거든!"

호프만스발다우가 이 독일적인 논쟁을 종결 짓고자 시도해 보았지만, 그의 유머는 거기에는 적합하지 않았다. 베케를린 옹은 고국 사람들의 이 시끌시끌한 논쟁을 보고 재미있어하고 있었다. 아직은 강력한 언어를 구사할 수는 없었지만 술기운에 힘을 얻은 그뤼피우스가 지옥의 웃음을 터뜨리며 한마디 거들었다. 모셰로슈가 로가우의 편을 들어 용감히 한마디 하자, 그의 성(姓)이 틀림없이 무어족의 것은 아니라 하더라도 비독일적인 성임에는—맹세코!—틀림없다는 말들이 나왔다. 뒤쪽 어디선가 라우렘베르크가 욕설을 내질렀다. 그레플링어는 곧 주먹다짐이 벌어질 것이라고 점을 치고 있었다. 이미 다흐가 일어서 있었다. 그가 "자, 친구들, 이제 그만들 해둬요!" 하고 말하면 사람들이 지금까지는 항상 고분고분 들어주었기 때문에, 이제 그는 난폭한 힘 대결이 벌어지기 전에 좌중에다 다시 한번 이 말을 하려는 참이었다. 바로 그때였다. 어둠 속에서 하인리히 쉬츠가 여행복 차림으로 마당을 건너오고 있었다. 그리하여 사람들은 갑자기 냉정을 되찾게 되었다.

그 손님이, 어려워들 마시고 계속 말씀들 나누시라고 부탁했는데도, 서로 반목하던 해학과 반어는 이내 물거품처럼 녹아버리고 없었다. 모두가 자기는 그런 뜻으로 다투려던 게 아니었다고 말했다. 하녀들과 시내에서 온 여자들은 아직도 타고 있는, 그 고기 굽던 모닥불 쪽으로 비켜났다. 부흐너는 쉬츠가 앉을 만한 안락의자를 비워서 내놓았다.

다흐는 그 손님이 늦게나마 내려와 준 데 대한 자신의 반가움을 강조했다. 여주인 리부슈카는 그에게 양 뒷다리를 뜨끈한 채로 대접하려 하였다. 겔른하우젠은 잔에 포도주를 따랐다. 하지만 쉬츠는 먹지도 마시지도 않았다. 그는 말없이 식탁 위를 죽 훑어보았다. 그러고는 마당 가운데의 모닥불 쪽을 바라보았다. 거기서는 이제 모든 소총병들과 기병들이 하녀들, 그리고 시내에서 온 여자들과 어울려 축제를 벌이고 있는 판이었다. 소총병들 중에 괜찮은 피리 연주자가 있었던 것이다. 두 쌍의 남녀가 모닥불 앞뒤에서 섞바뀌는 불빛의 조명을 받아가며 춤추는 꼴이 보이더니, 춤추는 남녀는 곧 세 쌍으로 늘어났다.

잠시 동안 청동 아폴론 상을, 그리고 그보다 더 짧은 시간 동안 은 촛대들을 살펴보고 난 후에, 쉬츠는 아직도 포도주 병을 들고 자기 곁에 서 있는 겔른하우젠을 향해 돌아섰다. 곧바로 얼굴을 들여다보며 그는 그 슈토펠이라는 친구에게 물었다.

"저 기병 한 명과, 또 지금 춤추고 있는 저 소총병은— 저기 저 소총병 말이오! —왜 머리에 부상을 입었지요? 변명 없이 한마디로 대답을 듣고 싶소."

곧 이어서 식탁에 있던 모든 사람들은 그 기병의 머리를 탄환 하나가 스쳐 지나갔으며 그 소총병은 한 용기병(龍騎兵)의 검에 맞았으나 다행히도 경상을 입었을 뿐이라는 답변을 듣게 되었다.

쉬츠가 계속해서 더 물었기 때문에 좌중의 사람들은 겔른하우젠 휘하의 황제군과 페히타에 본부를 두고 있는 스웨덴군의 한 분견대 사이에 접전이 있었다는 말을 들을 수 있었다.

"그러나 우리는 군량 조달 행위를 하고 있던 그 스웨덴 군대를 패퇴시킬 수 있었습니다."

"그래서 그때 노략질을 한 게로군?" 하고 쉬츠가 캐어물었다.

이제 드러난 사실은 그 거위, 새끼 돼지 및 숫양은 군량 징발을 하던 스웨덴 군인들이 한 농부의 집에서 막 도살을 해놓았더라는 것이었다.

"예, 그건 인정해요. 저는 그 농부를 방문하기 위해 찾아간 것이었습니다. 저는 그 착실한 농부와 아는 사이였거든요. 그런데 유감스럽게도 그 스웨덴 군인들이 그를 헛간의 문에다가 붙여 세우고는 창으로 꿰찔러 놓았더군요. 그 농부는 제가 조스트의 사냥꾼으로 유명하던 시절부터 알던 사람이었습니다. 그 당시 저는 금 단추들이 달린 초록색 조끼를 입고 도처를 돌아다니며……."

쉬츠는 겔른하우젠이 장황하게 떠벌이는 것을 허용하지 않고 다그쳐 물었다. 마침내 드러난 사실은 그 교회용 은기, 작은 소년의 키만 한 아폴론 상, 헤센풍의 천막, 성채가 그려져 있는 사기그릇들, 제단보들은 물론이고 으깬 자두, 미사용 포도주, 설탕에 절인 생강, 초에 담근 오이 및 흰 밀가루 빵까지도 모두 그들이 노획한 스웨덴군의 포장마차 안에 있던 물건이라는 것이었다.

겔른하우젠은 될 수 있는 대로 객관적인 보고를 하려는 듯이 이렇게 설명하였다.

"그 스웨덴 마차는 도주하던 중 바퀴통 높이까지 늪에 푹 빠져 있었기 때문에 우리는 이 짐들을 우리 마차에 옮겨 싣지 않을 수 없었지요."

"이 강도질을 하게끔 명령을 내린 사람이 누구요? 구체적으로 이름을 대어보시오."

"황제군 대표부를 통해 전달된 나사우 백작의 지시가 대략 이렇게 이해될 수 있는 것이었습니다. 하지만 그 약탈품을 옮겨 싣게 된 동기는 강도질을 하기 위해서가 아니라 일종의 접전이 벌어졌기 때문이었습니다. 명령 그대로 했을 따름이지요."

"뭐라고요? 황제군 대표부에서 당신에게 하달된 명령 문구 자체가 꼭 그렇게 되어 있었단 말이오?"

"백작님의 정중한 인사말과 더불어 회의에 모이신 시인 여러분들의 숙식에 불편이 없으시도록 보살펴 드리라는 명령이 저에게 하달되었습니다."

"그래, 그 보살펴 준다는 게 꼭 군대를 동원하여 노략질을 해야만 한다는 것인가요? 꼭 이렇게 갖가지 꼬챙이 구이에다가 각종 소시지, 두 통이나 되는 포도주, 청동 예술품 및 그 밖의 각종 호사스러운 물품들까지 떠벌여 놓아야 되느냐 말이오."

"어제 '다리의 집' 여주인이 차려 낸 음식으로 미루어 보았을 때 숙식에 불편이 없으시도록 잘 보살펴 드리라는 백작님의 지시를 훌륭히 이행하려던 저로서는 별다른 도리가 없었습니다. 검소한 잔치에 관해서라면 이미 플라톤도……."

마치 넘치는 술잔에 계속 술을 따르듯 쉬츠는 슈토펠에게 계속 다그쳐 물었다.

"그 무도한 강도질 중에 그 농부 말고도 또 상한 사람들이 있었소?"

그리하여 겔른하우젠은 말이 난 김에 다음과 같은 한탄을 늘어놓는 것이었다.

"그 창졸간의 사건 가운데서 제 기억에 남아 있는 것만 말씀드린다면 스웨덴 군인들의 그 행패에 그 집의 마부와 하녀가 온전치 못하게 되었던 것 같습니다. 그리고 그 농부 아낙은 죽어가면서도 어린 아들의 목숨을 걱정했습니다. 저는 그 애가 천만다행스럽게도 인근 숲 속으로 도망쳐 그 잔혹한 화를 면하는 것을 볼 수 있었습니다."

이렇게 말하고 나서 그 친구는 계속 덧붙여 설명했다.

"저는 슈페사르트에서 이와 비슷하게 시작되는 한 슬픈 이야기를 알고 있습니다. 즉 저 자신의 소년 시절에 이런 일이 일어났었던 것입니다. 저의, 저의 '아배'와 '오매'가 그렇게 잔혹하게 죽었습니다. 그러나 저는 지금 살아 있습니다. 하느님께서 그 베스트팔렌 소년의 나아가는 길에도 이와 꼭 같은 행운이 깃들도록 해주셨으면 합니다."

그 후에는 잔칫상이 갑자기 어지럽게 보였다. 뼈다귀들과 잔뼈들이 수북이 쌓여 있는 데다 군데군데에 포도주가 흥건히 엎질러져 있었으며, 화환을 씌워 내왔던 양 머리고기는 이제 반쯤 뜯어 먹힌 꼴을 하고 있었다. 구역질이 치받쳤다. 초들은 다 타서 내려앉아 있었고 개들은 서로 짖어대었으며 용개에 매달려 있는 방울들은 비웃듯 딸랑거리고 있었다. 소총병과 기병 들이 기분을 내는 바람에 다른 사람들의 고통은 한결 더 컸다. 그들 병사들은 이들의 참담한 심경도 아랑곳하지 않고 모닥불 곁에서 여자들과 노래하고 웃고 고래고래 소리를 지르고 있었다. 여주인이 한번 소리를 치고 나서야 비로소 그 백파이프 부는 병사가 연주를 그치게 되었다. 조금 떨어진 곳에서는 비르켄 청년이 토하고 있었다. 문사들은 몇몇씩 떼를 지은 채 우두커니 서 있었다. 셰플러뿐만 아니라 첩코와 상인 슐레겔까지도 울고 있었다. 반쯤 들리는 목소리로 기도를 하고 있는 건 게르하르트였다. 여전히 술 취한 그뤼피우스는 식탁 주변에서 비틀거리고 있었다. 로가우는 이 사기극을 처음부터 믿지 않았다고 부흐너에게 확언을 하고 있었다(나는 엠스 강안으로 가려는 체젠을 말리는 데 간신히 성공하였다. 그는 시체들이 표류하는 걸 보고 싶다는 것이었다). 그리고 지몬 다흐는 낙담상혼한 사람처럼 서서 숨을 헐떡이고 있었다. 친구 알베르트가 다흐의 속옷 단추를 좀 끌러주었다. 유일하게 쉬츠만이 냉정을 잃지 않고 있었다.

아직도 그는 식탁 옆 안락의자에 앉아 있었다. 그리하여 그는 앉은 채로 시인들에게 충고하기를, 집회나 계속해 나가면서 쓸데없는 고민일랑 거두라고 말했다.

"이 만행에 연루된 여러분의 죄는 하느님 앞에서는 사소한 죄입니다. 하지만 언어에 봉사하고 가난한 조국을 위해 이바지해야 할 여러분의 과업은 여전히 중대한 것으로 남아 있어서, 여러분이 완수해 주기를 계속 기다리고 있습니다. 아무쪼록 제가 여러분의 과업 수행에 방해가 되지 않왔길 바랍니다."

이렇게 말하고 난 다음 그는 일어서서 작별을 고했는데, 다흐에게는 특별히 인사말을 했고 알베르트에게는 정다운 석별의 말을 했으며 다른 모든 사람들에게는 약간 몸을 굽혀 보였다. 또한 그는 이렇게 덧붙여 말했다.

"제가 회의 도중에 이렇게 먼저 떠나는 것은 이 치욕적인 돌발 사건 때문이 아니고 함부르크와 또 다른 곳에 급한 용무가 있기 때문입니다."

간단한 부탁의 말을 하고 난 뒤에—다흐가 그레플링어를 시켜 손님의 짐을 가지고 내려오게 하였다—쉬츠는 겔른하우젠을 몇 발자국 옆으로 데리고 갔다. 사람들은 그 노인이 친절하게 말하는 소리를 들을 수 있었는데, 그 어조로 보아 좋게 타이르는 말 같았다. 노인이 한 번 껄껄 웃더니 이내 두 사람 다 크게 웃기 시작했다. 그 슈토펠이라는 친구가 갑자기 노인 앞에 무릎을 꿇자 쉬츠는 그의 손을 잡아 일으켰다. 나중에 하르스되르퍼가 이야기한 바에 의하면 쉬츠는 그 연대 부관에게 이런 말을 했다는 것이었다.

"자네는 두 번 다시 그 살인적인 거짓 이야기들 속에 푹 빠져 살아서는 안 되네. 그 가공적(架空的)인 이야기들을 과감히 써나가야 해. 쓸 거리라면 인생이 자네에게 충분히 가르쳐주었을 테니 말이야!"

하인리히 쉬츠가 길을 떠나게 되었을 때 그가 타고 왔던 포장마차를 호위하기 위해 두 명의 황제군 기병이 오스나브뤼크까지 안내하도록 조처되었다. 문사들은 횃불 불빛을 받으며 마당에 서 있었다. 그러고 나서 지몬 다흐는 거기 모여 서 있는 사람들을 작은 객실 안으로 불러들였다. 그곳에는 마치 아무 일도 없었던 것처럼 다시금 그 기다란 식탁이 놓여 있었다.

# 제16장

"오, 우리들 인간들이 쌓아 올린 탑 아래 깔려 있는 허무여, 망상이여, 일장춘몽이여!"

모든 것이 뒤집혀 고통으로 변하고 말았다. 이 참혹한 장면이 온갖 거울에 우중충하게 비쳐졌다. 온갖 언어의 의미가 전도되었다. 메워진 우물 곁에서 희망은 목이 말라 허우적거렸다. 사막의 모래 위에서는 그 어떤 성벽도 지탱하지 못하는 법이다. 이 세상이 아직도 존속하고 있다는 것 자체가 우스울 뿐이었다. 이 세상의 거짓된 광휘, 말라 죽을 게 뻔한 초록색 가지, 하얗게 칠해 놓은 무덤, 아름답게 장식해 놓은 시체, 그릇된 행복으로 충만한 무도회…….

"한갓 시간의 환상으로서
항상 뜬구름처럼 떠다녀야 하는
인간의 삶이라니!"

전쟁이 지속되는 한, 그들에게는 모든 것이 절망적인 것처럼 생각되었다. 청년 그뤼피우스가 리사[46]에서 위와 같은 그의 첫 소네트를 쓰기 시작한 이래로 이러한 절망은 더욱 더 암담해졌다. 그들의 문장들이 그토록 많은 쾌락으로 팽배해 있었음에도 불구하고, 그들이 미화한 자연이 동굴과 미궁 들로 가득 찬 그토록 아름다운 전원시였음에도 불구하고, 또 그들이 그토록 자유자재로 의성어들과 음향적 비유들을 창조해 냄으로써 의미를 부여하기보다는 오히려 지양하고 있었음에도 불구하고, 그들이 지어낸 시의 마지막 연에서 이 세계가 굴러 떨어지게 되는 곳은 언제나 고통의 골짜기였다. 설령 재능이 좀 부족한 시인들일지라도 죽음이 곧 구원이라고 예찬하는 것쯤은 아주 쉬운 노릇이었다. 그들 시인들은 평판과 명성을 탐하면서 서로 다투어 인간 행위의 덧없음을 호사스러운 비유들로 표현하려 했다. 특히 젊은 시인들은 몇 행의 시구 속에 인생을 담아 성급한 결론을 내리곤 하였다. 하지만 그들보다 나이 많은 시인들도 역시 현세적인 것으로부터의 결별이라든지 현세적인 현혹으로부터의 개안 같은 것을 읊는 경우가 비일비재하였다. 그 결과 그들이 군주 또는 후견인들의 부탁을 받아 (많지 않은 보수를 받고) 열심히 쓴 작품들 가운데에 나타나는 무슨 '고통의 골짜기'니 '구원의 환호성'이니 하는 따위의 표현들까지도 일종의 유행어에 불과한 것처럼 생각될 지경이었다. 그 때문에 항상 이성의 편에 서서 냉정을 잃지 않

46) 그뤼피우스의 고향 글로가우 근처에 있는 도시 이름. 현재는 폴란드령.

는 로가우는 동료 시인들이 읊는 이런 '죽음에의 동경' 운운에 대하여 비웃는 태도를 취하곤 하였다. 비단 로가우뿐만이 아니었다. '모든 것이 다 허망한 것'이란 명제를 적당히 덩달아 읊조리던 몇몇 시인들 역시 가끔 가다 각자가 내세우고 있는 암담한 겉장 뒤에 숨겨져 있는 화려한 카드들을 서로 엿보곤 하였다.

그 때문에 로가우와 베케를린 그리고 현세적 기질인 하르스되르퍼와 호프만스발다우는, 곧 세상의 몰락이 도래하여 그 몰락을 예고해 온 시문의 상당 부분이 옳았음을 입증하게 될 것이라는 동시대적 신앙은 미신에 불과하다고 일소에 부치고 있었다. 하지만 다른 시인들은—풍자시인들도, 심지어는 인생살이에 밝은 다흐까지도—최후의 심판을 늘 가능한 것으로 생각하지는 않았다고 할지라도, 머지않은 장래에 그날이 다가올 것으로 믿고 있었다. 그들은 현재가, 자주 그런 것이지만, 정치적으로 암담해질 때마다, 또는 일상적인 여러 가지 어려움들이 한곳에 얽혀서 그 매듭이 굵어질 때마다, 이내 그날이 임박한 것으로 믿곤 하는 것이었다. 예컨대 겔른하우젠의 고백이 있고 나서 시인들의 그 연회란 것이 금수들의 탐식 행위와 진배없는 것으로 저주됨으로써 시인들의 명랑한 기분이 고통의 골짜기로 곤두박질쳤을 때, 그들은 최후의 심판이 가까이 왔다고 느꼈다.

암울한 분위기의 대가인 그뤼피우스한테서만 명랑성이 발산되고 있었다. 이런 분위기가 그에게는 항용 있었다. 그는 혼돈의 와중에도 침착성을 잃지 않았다. 그의 '인간

질서'라는 개념은 기만과 덧없음에 입각한 것이었다.

그는 껄껄 웃으며 이렇게 말했다.

"허, 왜 이렇게 아우성들이시오? 퍼마시다 보니 자연히 경악과 전율로 끝나지 않았던 잔치가 우리들에게 언제 한 번이라도 있었단 말입니까?"

하지만 거기에 모인 시인들은 당장은 그 깊숙한 지옥의 심연을 응시하는 것을 그만둘 수 없었다. 그것은 경건한 게르하르트가 가만히 있을 수 없는 시간이었다. 리스트 역시 게르하르트 못지않게 열변을 토하였다. 체젠이 늘어놓는 청각적 비유들 중에서는 악마가 기뻐 날뛰고 있었다. 비르켄 청년의 아름답고 탐스러운 입술은 고통으로 부풀어 있었다. 셰플러와 쳅코는 보다 내향적인 자세를 갖추고 기도 속에서 구원을 찾고 있었다. 여느 때엔 항상 갖가지 출판 계획에 고심하던 륄벤을 필두로 하여 모든 출판업자들은 그들의 직종에 종말이 가까이 올 것을 예견하였다. 그리고 알베르트는 친우 다흐의 다음과 같은 시구를 상기하였다.

'보라, 살아 있는 모든 것이 종말을 향해 치닫고 있도다!
명념하라, 죽음의 주둥이가 우리와 더불어
한 잔에 술을 마시고
한 그릇에 밥을 먹고 있다는 사실을!'

시인들은 탁자를 둘러싸고 있는 그들의 처참한 상황을 충분한 시간 동안 음미하고 난 연후에야 비로소 자신과 남의 잘못을 서로 책망하기 시작하였다. 특히 하르스되르퍼는 그들 시인들의 모임에 감히 노상강도 하나를 끼워 넣은 장본인으로서 규탄을 받게 되었다. 부흐너가 노해서 말했다.

"그 녀석은 항상 재빠르게 상황을 판단한 다음 짤막한 재담으로 그 상황에 화답할 줄 안다는 이유만으로 '페그니츠 강안의 목자들'의 추천을 받았던 모양이군!"

체젠은 시인들끼리의 낭독회에서 그 건달 같은 무뢰한에게 발언권을 주었다는 이유로 다흐를 비난하였다. 이에 반대하여 모셰로슈가 말했다.

"어쨌거나 그 더러운 녀석 덕분에 우리들이 숙소를 얻게 된 건 사실이지."

그러자 호프만스발다우가 비웃는 말을 했다. "숙소를 얻을 때의 그 첫 번째 사기극도 이미 만만찮게 사악한 것이었음에도 불구하고 대부분의 참가자들은 그것을 웃음거리로 치부하고 말았지요."

그뤼피우스의 입에서는 다시금 작은 승리의 기쁨이 흘러나오고 있었다.

"도대체 무엇을 원하시는 거죠? 죄악 속에서 뒹굴기는 누구나 어차피 마찬가집니다. 죄는 누구에게나 다 있습니다. 우리들이 어떤 신분이건 가릴 것 없이 여기 이렇게 참담한 분위기 속에 모여 있긴 합니다만, 결국은 죽음이 우리들 모두로 하여금 하느님 앞에 동등하게 서 있도록 해줄 것입니다."

모두에게 죄가 있다는 그뤼피우스의 이 말은 은연중에 일종의 무죄판결을 방불케 했으므로, 다흐는 그것을 그대로 받아들이려 하지 않았다.

"여기서 문제가 되는 것은 통례적인 죄악이 아닙니다.

각각의 죄인이 누구냐를 따져서 규명할 일이 아닌 것입니다. 여기서는 책임을 물어야 마땅하리라 생각됩니다. 저는 이 책임을 우선 저 자신에게 묻지 않을 수 없습니다. 그 어떤 다른 사람에게보다도 저 자신에게 먼저 죄가 있습니다. 어쨌든 쾨니히스베르크에 돌아가면 저는 무엇보다도 저의 수치이기도 한 우리들의 이 수치를 결코 하나의 일화처럼 주책없이 지껄여댈 수는 없을 것 같습니다. 하지만 이제 우리들이 무엇을 해야 할지는 저 역시 모르겠군요. 유감스럽게도 길을 떠나버린 쉬츠 선생의 말이 옳습니다. 우리는 이 일을 끝맺지 않으면 안 됩니다. 그냥 뿔뿔이 달아나 버린다는 건 당치 않은 일인 것 같습니다."

하르스되르퍼가 모든 책임을 자신에게로 돌리면서 계속 회의에 동석하는 것을 포기하겠다고 제안하자 아무도 그 제안을 받아들이려 하지 않았다. 부흐너가 말했다.

"저는 홧김에 누구에겐가 비난을 퍼부으려 한 것뿐입니다. 만약 하르스되르퍼 공이 떠난다면 저 역시 떠나겠습니다."

"한자동맹 도시들에서 하는 통례처럼 우리들이 여기서 즉각 일종의 명예 재판을 열 수는 없을까요?" 하고 상인 슐레겔이 제안하고 나섰다. "그리하여 겔른하우젠의 그 포악무도한 죄행을 그 친구가 동석한 가운데 심리하면 어떨까요? 시인들과는 다른 신분이므로 제가 재판장 역을 맡지요."

"그래, 재판을 하는 거야!" 하고 외치는 소리가 들렸다. "우리들은 그 친구가 다음번 낭독 때에도 계속 동석하여 간간이 뻔뻔스러운 발언을 하게끔 허락해서는 안 돼요!" 하고 체젠이 외쳤다.

내일 마침내 시인들의 평화 호소문이 채택될 때에 이 결의문이 결코 한 부랑자가 있는 자리에서 가결되게 해서는 안 된다는 리스트의 항의가 있은 연후에 부흐너가 말했다.

"뿐만 아니라 그 악한은 여기저기서 주워들은 건 많아도 철두철미 교양이 없는 녀석인 듯합니다."

좌중의 시인들은 마치 모두가 명예 재판을 여는 쪽으로 결정을 내리려는 것처럼 보였다.

"벌써 내려져 있는 판결인데 지금 즉시건 나중에야 비로소건 간에 꼭 언도를 내려야 합니까? 대체 어느 누가 소총병들 가운데에 머물고 있는 그 슈토펠이란 친구를 찾아가 법정에 출두시킬 용의가 있단 말이오?"

로가우가 이와 같이 질문하였을 때 아무도 나서는 사람이 없었다.

"그건 그레플링어가 할 수 있습니다. 그는 병사들이 입는 헐렁한 바지 차림을 제일 좋아하거든요!"

라우렘베르크가 이렇게 소리쳤기 때문에 그레플링어가 그 자리에 없는 것이 눈에 띄게 되었다.

"그 친구는 틀림없이 겔른하우젠하고 한통속이어서 무슨 일을 모의하고 있을 겝니다" 하고 슈노이버가 즉각 의심을 하고 나섰다.

"그들은 틀림없이 독일 시인들에 대한 제2의 음모를 꾸미고 있을 것입니다" 하고 체젠이 한술 더 떠서 의심하려 들었다.

그러나 이때 다호가 말했다.

"저는 아직 한번도 남에 대한 험구를 귀담아들어 본 적이 없습니다. 제가 가겠습니다. 겔른하우젠을 출두시키는 것은 꼭 제가 해야 할 일입니다."

알베르트와 게르하르트가 그것을 허용하지 않으려 하였다.

"이 시간에 그 황제군 병사들을 자극한다는 것 자체가 위험한 노릇입니다"라고 베케를린이 말했다.

여주인을 출두시키자는 모셰로슈의 제의 역시 항용 있게 마련인 갑론을박 끝에 품위만 손상시키게 될 것이라는 이유로 부결되었다. 그 녀석에 대한 궐석재판을 하자는 리스트의 외침에 호프만스발다우가 응수하고 나섰다.

"그러시다면 제발 저도 함께 다스려주십시오! 그런 재판은 제 취향엔 맞지 않습니다."

다시금 모두들 어쩔 줄 모르고 당황해하는 꼴이 되었다. 그들은 긴 탁자를 둘러싼 채 침묵하고 있었다. 오직 그뤼피우스만이 다시금 비등하게 된 그 고통에 대하여 재미있어하고 있었다.

"인생에 대한 약은 오로지 죽음뿐일지니!"

드디어 다호가 재판 운운을 둘러싼 그 논쟁을 마무리 지으며 다음과 같이 말했다.

"제가 내일 아침, 마지막 낭독회가 시작되기 직전에, 그 연대 부관에게 답변을 요구하도록 하겠습니다."

이렇게 말하고 나서 그는 우리들 모두에게 잠자리에 들 것을 청했다.

"안녕히들 주무십시오!"

# 제17장

당장 그레플링어의 행방에 대한 궁금증부터 풀자면, 그는 고기잡이를 하러 갔었다. 마전 공장의 물레방아를 돌리기 위해 강물을 막아둔 방축으로부터 그는 그물을 외엠스 강물 속에 던져 넣어두고 있었으며 몇 개의 낚싯대도 벌여 놓고 있었다. 하지만 그레플링어를 제외한 다른 두 청년은 깊은 잠에 곯아떨어져 있었다. 그것은 꿈조차 꾸지 않을 정도로 깊은 잠이었으며, 옆에서 굿을 해도 모를 그런 복된 숙면이었다. 간밤에 그레플링어와 더불어 보름달의 조화에 따라 하녀들과 잠자리를 같이하며 여러 번 계속해서 정력을 탕진한 결과, 그들은 쏟아지는 졸음을 이기지 못하여 모두들 참담해하고 있는 그 분위기에서 몰래 빠져나와서는 다락방의 지푸라기 속에서 곯아떨어지고 만 것이었다. 그리하여 비르켄보다도 셰플러가 먼저 고른 숨을 쉬게 되었다. 한편 그 세 하녀들은 꼬챙이 구이를 굽던 마지막 모닥불이 다 타고 난 뒤에도 휴식을 취하지 못하고 시내에서 온 여자들과 더불어 비번인 소총병들 및 기병들 차지로 돌아갔다. 그들이 밤일하는 소리가 마구간에서 마당을 지나 여관 건물 정면에 나 있는 창문들을 통해 들려왔다. 그 신음 소리에 그만큼 큰 소리로 대응할 수 있기 위해선진 몰라도 이 방 저 방에서 출판업자와 작가들이 자지 않고 문학적 논쟁을 벌이고 있었다.

파울 게르하르트는 멀리서부터 들려오는 감창(甘唱)에 대항하여 하느님을 경배하려고 오랫동안 헛된 애를 쓰다가 드디어 성공을 거두고 잠이 들었다. 다흐와 알베르트는 죄악에 찌든 시끄러운 소리를 처리하는 데에 있어서는 게르하르트와 비슷한 노련성을 보이면서 피곤한 몸을 무사히 꿈나라까지 인도하였다. 즉 그들은 쉬츠가 쓰다가 휑뎅그렁하게 남겨둔 그들의 방에서 서로 번갈아 가며 성경을 낭독해 주었던 것인데, 물론 그것은 욥기의 구절들이었다.

그러나 아직도 불안은 감돌고 있었다. 무엇인가가 추구되고 있었지만, 그것이 정작 무엇인지는 딱히 말할 수 없었다. 여전히 조화를 부리고 집 안에 어수선한 바람을 불어넣으면서 우리들로 하여금 차분한 심경이 되지 못하게 했던 것은 어쩌면 또 그 보름달이었는지도 모른다. 아직도 거의 줄어들지 않은 둥근 보름달 모습을 한 채 달은 엠스의 섬 위에 떠 있었다. 나는 '다리의 집'의 개들과 더불어 그 달을 향해 짖어대고 싶었고 큰 소리로 울부짖고 싶었다. 하지만 그 문사들과 더불어 나는 온갖 명제와 반명제를 포함한 논쟁과 더불어 복도와 계단을 넘나들었다. 리스트와 체젠 사이에는 이미 수년 전부터 단련되어 온 바대로 또다시 싸움이 붙었으니, 그것은 독어 정화 작업을 하는 두 시인들 사이에서 벌어지는 끊임없는 말다툼이었다. 표기법과 음색과 국어화 작업이 문제였으며, 새로운 조어들이 쟁점이었다. 얼마 가지 않아 곧 사람들은 신학적인 토론에까지 휩쓸리게 되었다. 그도 그럴 수밖에 없는 것이 경건하기로 말하자면 누구 하나 빠짐없이 모두 다 경건했기 때문이다. 신교도적으로 더 많이 알은체하는 사람은 누구나 공박을 당했다. 누구나 자기가 하느님과 더 가까이 있다고 믿고 있었다. 아무도 회의(懷疑)로 하여금 자기 신앙의 지붕을 한번 두드려보게끔 용납하지 않았다. 자유 신앙 주의자의 기질을 품고 있는—본인은 시인하지 않겠지만—로가우만이 그의 악명 높은 반어법으로 루터 파와 칼뱅 파 교도들의 기분을 상하게 하고 있었다.

"고대 독일의 신복음적 스콜라철학에 잠시 귀를 기울여 본 사람이면 당장 교황을 좇아 가톨릭이 되고 싶어질걸!" 하고 그가 외쳤다.

파울 게르하르트가 잠들어 있었던 것이 다행이었다. 그리고 베케를린 옹이 그들 문사들에게 평화를 갈구하는 독일 시인들의 정치적 선언문을 작성하는 일이 미루어진 채 아직 남아 있지 않느냐고 상기시켜 준 것은 더욱 다행한 노릇이었다.

"그 마지막 문안에는 인쇄업이 처해 있는 경제적 여건에 대한 개탄도 들어가야 합니다"라고 출판업자들이 소리쳤다.

"그리고 저술가들의 경제적 여건도!"라고 슈노이버가 요구하고 나섰다. "결혼과 세례에 대한 축시나 조시가 높은 신분을 위해서만 허용될 것이 아니라 드디어 평범한 시민들을 위해서도 써질 수 있도록 허락되어야 할 것입니다."

"모든 그리스도교인들에게 골고루 이와 같은 정의가 주어진다면 이것은 평화라는 개념에 포함될 것입니다"라고 모셰로슈가 말했다. "또한 저는 주문시(注文詩)들에 대하여 주문자의 신분과 재산 정도에 따라 등급별로 사례금을 정하는 일종의 사례 규정까지도 그 선언문 속에 삽입할 것을 주장하는 바입니다. 그렇게 되면 비단 귀족계급과 도시귀족계급의 신사분들뿐만 아니라 불쌍한 필부의 황천행을 위해서도 조시가 낭독될 수 있을 것입니다."

그리하여 모셰로슈와 리스트와 하르스되르퍼가 호프만스발다우와 그뤼피우스의 방에서 선언문 작성을 위해 한 탁자에 앉게 되었으며, 한편 다른 사람들은 자기들 나름의 충고들을 남겨두고서 잠자리를 찾아갔다. 불안해하는 손님들로 가득 찬 그 집 안에는 이제 머뭇거리면서나마 평안이 깃들고 있었다. 그 네 명의 선언문 기초자들 옆에서는 마치 꿈속에서 천사와 씨름이라도 하는 양 거친 숨을 몰아쉬면서 글로가우 출신의 그뤼피우스가 자고 있었다. 그래서 사실은 이 그뤼프란 친구도 그 선언문 기초자들 중 하나로 꼽아줘야 마땅할 지경이었다. 왜냐하면 잠을 자는 가운데서도 힘찬 언어를 구사했던 그의 투쟁이 선언문의 초고에 어두운 그림자를 던져주었기 때문이다.

그 기초 위원들은 선언문의 새 문안에 만족할 수 없었지만 그래도 애를 쓸 만큼은 썼다고 생각했다. 그래서 각자가—여러 번에 걸쳐 부결당한 문구들을 머릿속에 간직한 채—잠자리에 들었을 때에도, 오직 하르스되르퍼만이 잠을 이루지 못한 채 남아 깊은 숨을 쉬고 있는 엔터의 맞은편에 누워 괴로워하였는데, 그것은 비단 창문 너머로 보이는 달 때문만은 아니었다. 그는 자꾸만 어떤 결심을 했다가는 그것을 부질없는 것으로 돌려버리고 있었다. 그는 '목양자'로서 자신의 '양'들을 헤아리고자 했지만, 어느 사인지 모르게 겔른하우젠의 조끼에 달린 금 단추를 헤아리고 있는 자신을 발견하였다. 그는 잠자리를 박차고 일어나고 싶었지만 그냥 그렇게 누워 있었다. 마음 같아서는 당장이라도 일어나고 싶었다. 그리고 복도를 지나고 계단을 내려가 마당을 가로지르고 싶었다. 그러나 그에게는 자신의 새털 이부자리를 내동댕이쳐 버리고 일어날 기력이 없었다. 이부자리가 그를 끌어당겼고 꽉 붙들고 있었다. 그는 겔른하우젠한테로 가고 싶었다. 그러나 그는 자기가 겔른하우젠에게서 딱히 무엇을 원하는 것인지를 알지 못했다. 그를 자리에서 일어나게 하여 마당 저편으로 인도하려 하는 것은 어쩌면 그 녀석에 대한 분노인지도 몰랐으며, 또 달리 생각하면 그것은 그 친구에 대한 일종의 동포적인 감정인지도 몰랐다. 마침내 하르스되르퍼는 겔른하우젠이 자기에게로 와주었으면 하고 희망하기에 이르렀다. 그리하여 그는 겔른하우젠과 더불어 그들의 비참한 운명에 대하여, 돌고 도는 행운에 대하여, 찬연한 광휘 뒤에 숨겨진 허위성에 대하여, 이 세상의 고뇌에 대하여 함께 울음을 터뜨리고 싶었다.

그러나 겔른하우젠이 울음을 터뜨려 그의 슬픔을 푼 것은 여주인 리부슈카한테서였다. 그녀, 그 노파, 그러나 그에게는 언제나 젊은 여자, 그가 자기의 흉금을 다 털어놓을 수 있는 한없이 깊은 통이자 밑 빠진 독이기도 한 그녀, 그의 유모, 그가 뜨내기 생활에 지치면 날아들곤 하는 보금자리, 그의 모든 것을 흡입하는 그 천사가 그를 안고 그의 말을 실컷 들어주고 있었다.

"또다시 모든 것이 어긋나고 말았어. 난 뭐든 제대로 되는 게 없거든. 난 항상 내 발에 걸려 넘어진단 말이야. 사실 내 계획은 요즈음 횡행하는 식의 약탈이 아니라 코스펠트에서 조그만 거래를 하려던 것뿐이었는데 말이야. 나는 거기 코스펠트에 있는 마리엔브링크 수녀원의 수녀들이라면 속살까지도 훤히 알고 있는 처지잖아. 그런데 11악마 중 한 놈의 조화인지 원 공교롭게도 내 소총병들보다 스웨덴 군인들이 한발 앞서 거기에 들이닥친 게야. 난 이제 다시는 전쟁이란 더러운 장사에 손을 대고 싶지 않아. 나는 군신에게 완전히 작별을 고한 다음 이제부터는 다만 평화로이 작은 수입을 거두어들이는 데 만족하겠어. 이를테면 여관 주인 같은 거라도 되겠어. 불안한 억척 어멈이었던 당신이 이렇게 여주인 리부슈카로 정착한 것처럼 말이지. 난 어디에 그런 걸 장만하는 게 좋을지 벌써 알고 있어. 오펜부르크 근처지. '은빛 별'이 그 옥호야. 억척 어멈도 하는 걸 나라고 팔 걷어붙이고 나서면 안 될 리 없지. 필요한 건 단지 나를 신뢰해 주는 것 뿐이야. 바로 조금 전만 해도 그 위대한 쉬츠 선생이, 나를 엄하게 책망해야 할 자리였음에도 불구하고 나에게 아버지처럼 따뜻하게 충고하기를, 가정을 꾸리고 정착하라는 거야. 내가 조금 전에 무릎을 꿇고 용서를 빌려고 했을 때, 그 유명한 어른이 나이 슈토펠에게 무슨 말을 했는지 알아? 아주 친절한 말로 잘레 강안의 바이센펠스에서 살았던 자기의 소년 시절 얘기를 해줬어. 그의 아버지가 거기서 큼지막한 여관인 '쉬츠 옥'을 아주 착실하게 경영하고 있었는데, 그 여관 건물의 돌출 창 바로 아래에 백파이프를 연주하는 당나귀 석상이 있었다는 거야. 쉬츠는 꼭 그런 바보 같은 당나귀 한 마리가 나 이 슈토펠 속에 숨어 있다고 껄껄 웃으면서 나를 가리켜 '바보'라고 부르는 것이었어. 그래서 내가 그 점잖은 어른에게 물어보았지. '백파이프를 연주하는 그 바보 당나귀가 큼지막한 여관 하나를 경영할 수 있으리라고 믿으십니까?' 하고 말이야. '그 이상이지!' 하고 그 자애로우신 어른은 대답하셨어!"

그러나 보헤미아의 브라고디츠 출신인 여주인 리부슈카는 슈토펠의 여관 경영 능력을 신뢰하려 들지 않았다. 슈토펠이 끊임없이—어떤 때는 다정하게, 어떤 때는 경멸감을 나타내며—'억척 어멈'이라고 부르고 있는 그녀는 신뢰는커녕 오히려 콧방귀를 뀌고 있었다.

"흥, 그 '사수' 명인이 '그 이상이지!'라고 말했다고? '그 이상'이라는 건 아마 늘어나는 이자 부담, 자꾸만 쌓이는 빚, 즉 천정부지의 빚더미를 말한 것이겠지!"

이렇게 말한 그녀는 마침내 다음과 같이 선언하는 것이

었다.

"수익을 거둘 수 있는 여관 주인이 되기에는 당신에게 결여되어 있는 점이 있어요. 당신에게는 한곳에 끈덕지게 앉아 있을 수 있는 엉덩이 살이 부족하다는 점 외에도, 무전취식자들과 착실한 손님들을 구별할 줄 아는 섬세한 판별력이 없어요."

이 선언이 떨어지자 그때까지 묵묵히 듣고만 있던 겔른하우젠이 화가 나서 광포하게 되었다.

"이 말 많은 늙은 년! 더러운 년! 퇴기! 썩어 문드러진 창부!" 하고 그는 닥치는 대로 그녀를 욕했다. 그러고는 그녀를 가리켜 줄곧 창부로서 제 실속만 차려온 전무후무한 마귀할멈이라고 욕했다.

"보헤미아의 삼림 지방에서 만스펠트 백작령의 기병 부대에 주보 행상으로 끼어든 이래 당신은 누구나 팔만 벌리면 그 품 안으로 안겨 들곤 했지. 그 당시 온 기병 연대 장병들이 모두 당신을 타고 지나갔을 정도였으니 말이야. 당신의 그 두창에 발라놓은 외제 고약을 살살 긁어주기만 해도 금방 창부의 살랑거리는 꼬리가 나타나 보이곤 했지. 어린애조차 생기려 하지 않았던 불모의 엉겅퀴인 당신은 애 하나를 나한테 떠다밀려고 했지. 그렇지만 틀림없는 사실은 내가 이것을 당신한테 갚아줄 것이란 말이야. 당신이 말한 그대로 갚아줄게. 내가 군신께 바치는 이 복무를 청산하고 난 후에 경영하게 될 여관이 수익을 올리자마자, 나는 특별히 내 개성에 맞는 글을 쓰고 싶어. 정말이라니까. 나는 내 글의 질을 높여 섬세한 구성과 굉장한 영향력을 지니도록 할 것이고 그 글 안에다 내가 어떤 인생을 살아왔는가를 암시해 둘 거야. 재미있었던 일, 무시무시했던 일은 물론이고 억척 어멈한테서 돈 주고 살 수 있었던 그 관능의 즐거움에 관해서도 쓸 거야. 탄산 온천장에서 당신은 내게 속삭였지, 검소한 생활을 하면서 당신이 훔친 돈을 까먹어 가고 있다고 말이야. 그 이래로 난 당신의 그 복잡다단한 이야기를 알고 있지. 그리고 그 당시 억척 어멈이 내게 숨기고 말하지 않은 사실에 대해서는 내 친구 슈프링인스펠트가 모든 걸 다 적어두는 습관이 있는 이 나에게 세세한 비밀에 이르기까지 다 불었거든. 당신이 만토바 근교에서 어떤 장사를 했고, 당신이 삭은 병 안에다 무슨 조화를 부렸으며, 얼마나 많은 브라운슈바이크 사람들이 당신을 거쳐 갔는지 등등…… 모든 것, 모든 것을 다 쓸 거야. 30년에 걸친 매음 행위와 온갖 도둑질을 내가 글로 적어 영원히 남기겠어. 문학예술이 요구하는 모든 규칙에 맞도록 쓰는 건 물론이야!"

여주인 리부슈카는 이 말을 재미있게 생각하였다. 하지만 그런 상상만으로도 그녀는 절로 몸이 떨렸다. 그녀는 크게 웃었다. 그리하여 겔른하우젠이 잠자리에서 벌떡 일어나게 되었고, 이윽고 그녀도 일어났다.

"흥, 조야한 젊은이에다 단순한 연대 부관에 불과한 당신이 여기 내 집에 특별히 모이신 학식 높은 양반들의 예술과 아주 맞먹으려 드는군. 바보스러운 나머지 말재간깨나 있다고 해서 당신이 감히 힘찬 언어의 구사력을 가진 그뤼피우스 선생이나 현명한 달변을 갖춘 요한 리스트 선생과 어깨를 나란히 하자고 덤벼? 그래, 당신이 하르스되르퍼 선생과 모셰로슈 선생의 대담하고도 잘 미화된 재담과 겨루어보려고? 그 어떤 대가한테서도 문장 쓰는 법이나 각운 세는 법이라곤 배운 적이 없는 당신이 운문 예술을 운위하고 명석한 로가우 선생과 필적해 보려는 거야? 지금 자기가 어떤 신앙을 가지고 있는지조차 모르는 당신이 게르하르트 선생의 경건한 찬송가들을 능가하는 작곡을 하겠다고 생심을 내는 거야? 부대의 사동과 마구간지기로 출발하여 나중에는 단순한 졸병이 되었고 최근에야 비로소 연대 본부의 부관으로서 일하게 된 것이 당신의 그 알량한 경력이지. 게다가 배운 것이라곤 단지 살인과 약탈, 시체 절도와 소매치기뿐이며, 맨 마지막에 간신히 배운 것으로 공문 쓰는 법 정도가 고작이야. 그런 당신이 장차 소네트와 찬송가에 손을 대고 재치 있게 웃기는 풍자시와 송가나 비가를 우쭐대며 내어놓겠다 이거지? 어쩌면 한술 더 떠서 매우 탐구적인 논문으로 남들을 가르치려 들겠지? 당신 같은 바보 건달이 시인이 되겠다고?"

그러나 여주인의 웃음은 오래가지 않았다. 한창 열을 내어 말하던 중에 이미 그녀는 자기모순의 추월을 받고 있었다. 그러나 그녀는 내친김에 여전히 냉소적인 어투로 말했다.

"흥, 이런 조야한 건달이 보헤미아의 귀족 가문 출신인 나 이 리부슈카에 관해서 파리가 똥을 싸듯 종이 위에 내갈겨 놓은 게 인쇄되고 책으로 출간되는 걸 어디 한번 보고 싶군!"

이 말이 미처 끝나지도 않았을 때였다. 겔른하우젠이 덤

벼들었다. 그것은 주먹이었으며, 그녀의 왼쪽 눈에 명중되었다. 그녀는 쓰러졌다 다시 벌떡 일어섰다. 그러고는 물건을 가득 채워놓은, 창고로도 쓰는 방 안에서 비트적거리며 갈지자걸음을 걷더니 말안장과 목 위쪽이 젖혀져 있는 장화 들에 걸려 나뒹그러졌다. 그녀는 손으로 더듬다가 완두콩을 빻을 때 쓰는 나무로 된 절굿공이 하나를 발견하였다. 주먹에 맞아 한쪽 눈이 감겨버린 그녀는 남아 있는 한쪽 눈으로 '똥이나 싸는 자식', '의처증 환자', '붉은 수염쟁이', '더러운 곰보 녀석'을 찾아 나섰다. 하지만 그녀가 발견한 것은 잡동사니들뿐이었다. 그리하여 그녀는 절굿공이로 계속 허공을 치다가 마침내 제 풀에 지쳐 울음을 터뜨리는 것이었다.

겔른하우젠은 벌써 바깥에 나와 있었다. 그는 달빛이 훤히 비치는 마당을 지나고 노간주나무 수풀을 헤치면서 외엠스 강안으로 달려갔다. 거기서 울고 있던 그는 마찬가지로 울고 있는 하르스되르퍼를 만났다. 불행한 심사에 젖어 잠을 이룰 수 없었던 하르스되르퍼는 결국 잠자리를 박차고 일어났던 것이다. 그 옆 마전 공장의 방축 위에서는 고기를 잡고 있는 그레플링어의 모습도 보였지만, 하르스되르퍼는 그것을 보지 못했다. 그의 옆에 있던 겔른하우젠 역시 다른 데를 볼 경황이 없었다.

그 두 사람은 가파른 언덕 위에 앉은 채로 아침을 맞이하였다. 그들은 서로 많은 말을 주고받지 않았다. 그들의 참담한 심경조차도 서로 교환될 필요가 없었다. 비난하는 말도, 후회하는 말도 없었다. 강물이 그들의 고통의 골짜기 안으로 유유히 흘러드는 모습은 참으로 아름다웠다. 한 마리의 꾀꼬리가 그들의 슬픔에 화답하고 있었다. 어쩌면 노련한 하르스되르퍼가 그 풋내기 친구에게 시인으로서 이름을 얻을 수 있는 방법을 충고했는지도 모른다. 어쩌면 슈토펠은 그 당시에 벌써 자기가 스페인의 산문작가들을 전범으로 삼아야 하지 않느냐고 물어보았는지도 모른다. 어쩌면 엠스 강안의 이 밤이 장래의 그 시인에게 슈페사르트의 은자(隱者)의 노래를 여는 저 첫 시구를 낳게 했는지도 모른다.

"오라! 밤의 위안이여, 오 꾀꼬리여!"

어쩌면 하르스되르퍼가 그때 이미 자신의 젊은 동료에게 해적판과 구두쇠 출판업자를 조심하라는 경고를 했을지도 모른다. 그리하여 어쩌면 그 친구들은 마침내 서로 나란히 누운 채 잠들게 되었을 것이다.

'다리의 집'에서 사람들이 말하는 소리가 나고 문들이 열리고 닫히는 소리가 남으로써 날이 밝았음이 알려졌을 때에야 비로소 그들은 소스라쳐 일어났다. 엠스 강이—한쪽 지류는 도성의 성벽 앞에서, 다른 쪽 지류는 테클렌부르크 지방을 향하여, 엠스하겐 섬을 에워싸고 흐를 양으로—바야흐로 두 갈래로 갈라지려는 지점, 바로 그 지점의 수면 위에서는 물오리들이 물결을 따라 조용히 흔들리고 있었다. 내가 마전 공장 쪽을 힐끗 바라보니, 그레플링어는 그물과 낚시를 이미 거두어들인 뒤였다.

저쪽 강안의 자작나무 숲 뒤에 떠 있는 태양을 향해 하르스되르퍼가 말했다.

“경우에 따라서는 회의에 모인 시인들이 일종의 판결을 내릴지도 모르겠군.”

“그 판결을 저는 이미 알고 있어요”라고 겔른하우젠이 말했다.

# 제18장

그렇게도 자주 남자들에게 시달렸던 그 세 하녀들이 날라 온 음식이었음에도 불구하고, 그리고 빼쭉이 내미는 여주인 리부슈카의 얼굴이—마치 애꾸눈이처럼—처참하게 퉁퉁 부어 있었음에도 불구하고, 아침 수프는 그래도 원기를 돋울 만한 진국이었다. 또한 아무도 음식 투정을 할 기분이 아니었으니, 그 수프의 먹음직스럽게 빽빽한 국물을 보아하니 어제의 꼬챙이 구이 잔치에서 남은 거위의 내장, 새끼 돼지의 콩팥, 그리고—나중에 화환을 씌워 상에 올렸던—숫양의 머리 등속을 푹 곤 것임을 곧 알아차릴 수 있었기 때문이다. 문사들은 각자 배가 출출해서 자기 방에서 기어 나온 판이라 어젯밤으로부터의 그 심각한 영혼의 숙취는 차치하고 모두들 우선 따뜻한 국물로 원기를 돋우었다. 그러나 알베르트와 다흐로부터 베케를린과 체젠에 이르기까지 모두들 수프를 다 떠먹고 났을 때, 원기를 돋우려는 욕구 못지않게 중요한 그 영혼의 고통이란 문제가 마침내 화제에 올랐다.

그러나 화제가 거기로 돌아가기에 앞서 비르켄을 위시한 몇몇 사람들이 한 번 더 받은 수프 그릇 위로 몸을 구부리고 아직 식사를 하는 중에, 또 다른 불쾌한 말이 오가게 되었다. 그것은 다름이 아니라 베케를린이 도둑을 맞았기 때문이었다. 은화가 가득 든 가죽 주머니가 그의 방에서 없어졌던 것이다. 그건 틀림없이 그레플링어의 소행일 것이라는 라우렘베르크의 속단에 대해 그 노인은 전혀 문제 삼지 않으려 했음에도 불구하고, 그 '뜨내기 녀석'이 그 돈주머니에 손을 댔을 것이라는 혐의는 '그 녀석이 소총병들하고 주사위 노름을 하는 게 내 눈에 띄었더랬어요' 라고 슈노이버가 주장하는 통에 더욱 짙어졌다. 그 밖에도 그레플링어가 아직도 그 자리에 없다는 것이 결코 간과될 수 없는 사실로서 그의 입장을 더욱더 불리하게 만들어주었다. 그러나 그는 죽은, 또는 아직 살아서 꿈틀거리고 있는 물고기들을 옆에 둔 채 강변의 수풀에 누워서 간밤의 고기잡이로 인한 피곤에 겨워 잠을 자고 있었던 것이다.

연이은 불상사들 때문에 눈에 띄게 지친 모습의 다흐가 이 도난 사건을 신속히 규명하겠다는 약속을 하고 그레플링어를 보증하는 말까지 하고 난 연후에는, 어제의 참사를 두고 새로운 의견들이 분분하게 되었다.

"그 전율할 사건은 어떡하지요?"

"아무런 불상사도 없었던 것처럼 계속해서 원고를 낭독

하는 것에 무슨 의미가 남아 있을까요?"

"그런 약탈의 향연을 하고 난 마당에 어떤 시를 읽더라도 김빠진 소리밖에 더 되겠습니까?"

"가공할 사실들이 드러나고, 우리들 가운데 어쩌면 도둑까지도 하나 섞여 있을지 모른다는 사실이 드러난 이 판국에, 여기 모인 우리 시인들이 아직도 스스로 명예로운 집단이라고 자신할 자격이 있을까요? 이런 우리들에게 하물며 윤리적 진지성을 앞세워 평화 선언문이란 것을 작성할 권능이 있을까요?"

"어제 그 약탈 음식을 게걸스럽게 먹어치운 우리들이니 만큼 공범으로 연루되었다고 볼 수 있지 않을까요?" 하고 비르켄이 물었다.

"이처럼 극악한 야수성은 그 어떤 풍자시에도 맞지 않아요!" 하고 라우렘베르크가 한탄했다.

마치 그 미사용 포도주의 기운이 아직도 작용하는 것처럼 그뤼피우스의 거대한 체구에서는 언어의 힘찬 기운이 쏟아져 나왔다. 베케를린이 단정하듯 말했다.

"몰록[47]처럼 항상 큰 제물을 요구하는 탐식의 도시 런던이라 할지라도 이런 폭식 행위를 하고 난 뒤에는 구역질을 하게 될 것입니다."

이 말이 있고 나자 체젠, 리스트 그리고 게르하르트 등이 계속해서 죄와 참회와 회한에 관한 온갖 비유적인 사설들을 늘어놓기 시작하였다.

47) 고대 중동 전역에서 숭배되었던 신. 유아를 제물로 바쳤음.

(여기서 소리 내어 표현되지 않은 것은 구역질 나는 세상사에 관한 이런 사설들 밑에 숨겨진 개인적인 고뇌들이었다. 이를테면 게르하르트는 자신에게 결코 목사직이 주어지지 않을지도 모른다는 걱정을 지니고 있었다. 그리고 모셰로슈의 절박한 불안은 무엇이었냐 하면, 자신의 친구들조차도 자기가 무어족 혈통인 것을 더 이상 믿지 않고 단지 성(姓) 때문에 자기를 유대인이라고 욕하면서 언어의 돌팔매질로 쳐 죽이지나 않을까 하는 걱정이었다. 또 베케를린의 모든 농담 속에는 최근에 죽은 아내에 대한 슬픔이 깔려 있었다. 또 그 노인은 런던의 그 '정원사 골목'으로 귀환하여 그곳에서 고독한 생활을 해야 할 것도 두려워하고 있었다. 그는 거기서 수년 동안 살아오면서도 이방인의 입장을 견지해 온 것이었다. 얼마 안 가서 그는 연금 생활에 들어가게 될 것이었다. 그도 시인이었지만 이번에는 크롬웰 파의 다른 시인 밀턴[48]이 그의 후계자로서 일하게 될 것이었다. 그리고 또 다른 개인적 불안들을 열거하자면…….)

그러나 그 모든 공략에도 불구하고 지몬 다흐는 밤새 정력을 축적할 수 있었음에 틀림없다. 그는 일어섰다. 그리고 중간쯤 되는 체구를 꼿꼿이 세운 채 말했다.

"우리들 각자가 이곳에서 불어난 자신의 죄악에 관하여 생각할 수 있는 시간은 앞으로 평생 있습니다. 모두들 아침 식사를 맛있게 드시고 난 마당에 더 이상 자꾸만 비탄에 잠기실 계제가 아닌 줄 압니다. 제가 보기에는 겔른하우젠이 식탁에 동석해 있지 않을 뿐 아니라 그의 뉘우치는

48) 「실락원」의 시인 존 밀턴.

정으로 볼 때 감히 우리의 낭독회에 동석할 엄두를 내는 것 같지는 않으므로 이제 와서 그에 대한 재판을 벌일 이유는 없을 것 같습니다. 더욱이 그러한 법정 자체가 독재적인 법정이 되기 쉽고 바리새인들의 짓거리를 본뜬 것이 되기 마련 아니겠습니까? 리스트 동지가 시인으로서뿐만 아니라 오히려 한 목사로서 더 저의 의견에 동의해 줄 것으로 확신하거니와, 게르하르트 선생이 침묵하고 있는 사실로 미루어 볼 때 그토록 엄격하고 경건한 기독교도의 한 사람인 그 역시 이 문제에 이해심을 보여주고 있는 것으로 사료됩니다. 그러므로 이제 저는—라우렘베르크 선생이 처녀들과의 잡담을 그만 좀 그쳐주신다면—오늘의 회의 진행을 알려드리고자 합니다. 그리고 이 모임이 어떻게 계속될 것인지에 대해서는 다시 한번 하느님의 한량없으신 사랑에 맡기고 싶습니다."

그는 친구 알베르트를 자기 옆으로 불러 여전히 결석 중이어서 불쾌한 혐의를 받고 있는 그레플링어를 좀 찾아봐 달라고 부탁한 다음, 마지막으로 낭독하게 될 사람들을 호명했는데, 그것은 쳅코, 호프만스발다우, 베케를린, 그리고 슈노이버의 순이었다. 뒤에서 누군가가 다흐에게 큰 소리로 요청했다.

"잃어버린 호박 넝쿨 초막에 대한 그 비가를 지금 낭송해 주시면 모두들 즐거워하실 텐데요?"

다흐는 시간이 없다는 이유를 들어 시인들의 이 소망을 물리치려 하였다. 그러나 마침 슈노이버가—모셰로슈의 충동질을 받고서—자신의 발표를 포기하겠다고 나섰기 때문에, 다흐의 시 낭송이 회의의 마지막 순서로 확정되었다. 마지막 순서라는 말이 났으니 말이지만, 정치적 선언문인 평화 호소문의 채택을 마지막 순서로 하자는 요구도 리스트와 그 밖의 몇 사람에 의해 제기되었고, 이미 두 가지 호소문 초안이 준비되어 있는 판이었다. 그러나 다흐는 이 호소문 채택 건을 어디까지나 이번 문학적 회의의 테두리 밖에서 처리하고 싶어 하였다. 그는 이렇게 설명하였다.

"그런고로 우리는 전쟁과 평화를 둘러싼 분규를 우리들의 이 시신(詩神)들의 숲 속에까지 끌어들이진 마십시다! 이 시신들의 숲이야말로 우리들이 앞으로도 계속 가꾸고 보살펴야 할 우리들의 본령일 테니 말씀입니다. 한계선을 준수하지 않다가는 시원한 그늘을 제공해 주고 있는 우리들의 이 호박 넝쿨조차 찬 서리를 맞아 시들어버릴지도 모릅니다. 성경에 볼 것 같으면 예언자 요나의 초막을 시원하게 해주던 그 넝쿨이 하루아침에 시들어버린 선례[49]가 이미 있는 것입니다."

다흐의 이와 같은 염려는 좌중의 찬동을 받게 되었다. 그래서 그 평화 호소문에 관해서는 마지막 낭독회와 검소한 점심 식사(검소하게 하자는 요청이 있었다)의 사이 참에 논의하여 그것만을 별도로 채택하기로 합의되었다. 그리하여 여주인이 '정직한 식사', 즉 '소찬'을 차리겠다고 약속한 이번 점심 식사가 끝나면 이 회의에 참석한 시인들은 각자 자기 갈 길을 향해 출발하려는 것이었다.

49) 구약성서 요나 4장 5~10절 참조.

그 혼돈의 와중에 마침내 뚜렷한 계획이 들어서게 되었다. 지몬 다흐가 '지붕'이라는 뜻을 지닌 그의 성(姓)에 어울리게도 우리들을 잘 비호(庇護)할 줄 알았기 때문에, 우리들은 다시금 기분이 좋아졌으며, 몇 사람씩 짝을 지어 재담을 늘어놓고 있었다. 벌써 약간 방만한 언동조차도 튀어나왔다. 이를테면 '비르켄 청년'이 자기는 이 회의가 끝날 무렵에 '훌륭한 다흐 선생'에게 '꽃다발'을 드리고 싶다는 뜻을 다음과 같이 표현하였다.

"이 '어린 자작나무'[50]가 그 '훌륭한 지붕' 위에 '푸른 가지'를 드리우고 싶습니다."

그때였다. 라우렘베르크가 큰 소리로 외쳤다.

"여주인께서는 어느 침대 기둥에 부딪치셨기에 한쪽 눈에 그렇게 퍼런 멍이 드셨소?"

라우렘베르크의 이 질문으로 어제의 그 참변이 다시 한번 파헤쳐지게 되었다.

너무나도 오랜 침묵 끝에 리부슈카가 말했다.

"침대 기둥이 아니에요. 겔른하우젠이 남아의 훌륭한 용기를 저에게 발휘한 덕분이랍니다. 그 거친 시골뜨기가 선생님들께 얼마나 무례한 대접을 했는지는 아마 아직도 모르실 거예요. 그 녀석의 주둥이에서 나오는 건 모두가 날조된 거짓말뿐입니다. 심지어는 '사수' 어른에게 했던 그의 고백조차도 거짓이에요. 겔른하우젠의 기병들과 소총병들이 스웨덴 군대를 추격하여 그들의 약탈품들을 다시 빼

50) '비르켄 청년'을 이런 뜻으로 해석할 수도 있음.

앗았다는 것도 사실이 아닙니다. 보나 마나 그 말재간에 능한 부랑아가 손수 한 짓이 틀림없어요. 그것도 아주 평소 실력대로 살인을 해가며 자기에 관한 자자한 악평을 다시 한번 실증해 보였겠지요. 조스트로부터 페히타에 이르기까지 모두들 초록색 조끼라면 벌벌 떠는 판이에요. 어떤 처녀도 그의 관용을 빌어 화를 면할 수가 없어요. 그의 범행 방식을 보면 벙어리조차도 말을 하게 될 지경이지요. 말이 났으니 말이지 그 교회용 은제 촛대들, 제단 보와 미사용 포도주 들은 모두 코스펠트에 있는 그 음란한 수녀원에서 도둑질해 온 것입니다. 헤센군의 점령지임에도 불구하고 겔른하우젠 같은 족제비는 도처에 통로를 갖고 있거든요. 그는 양 진영과 모두 내통하고 있습니다. 그가 충성을 맹세하는 대상은 오직 자기 자신의 깃발뿐이랍니다. 그리고 부녀자들을 위한 유희적 회화 교본인 하르스되르퍼 선생의 그 책자만 해도 그렇습니다. 저자의 헌사를 받기 위해 교황대사가 친히 그 책을 그 슈토펠이라는 녀석에게 건네주었다는 그 말을 만약 하르스되르퍼 선생이 아직도 여전히 믿으신다면, 제가 선생의 그 우쭐한 코를 납작하게 해놓지 않을 수 없군요. 교황대사관의 한 종자(從者)가 겔른하우젠에게 매수되어 추기경의 서재에서 그 책을 훔친 거예요. 아직 칼로 책장조차 베어내지 않은 책이었다는군요. 겔른하우젠은 거짓말의 피륙을 그렇게도 섬세하게 짤 수 있는 인간입니다. 수년 전부터 그 녀석은 아주 고귀한 양반들을 상대로 이렇게 그럴듯한 사기 행각을 벌이고 있답니다. 괴롭게도 전 알고 있어요. 어떤 악마도 그 녀석에게 필적할 수는 없다니까요!"

다흐는 애써 좌중 전체의 당혹감과 자기 자신의 당혹감을 약간 누그러지게 하였다. 하르스되르퍼는 축 늘어진 꼴을 하고 있었다. 여느 때에는 담담한 첼코의 얼굴 표정 역시 분노로 인하여 심각한 기색을 띠고 있었다.

"유유상종이라, 원래 악마와 숯쟁이는 한 통속인데, 그걸 가지고 왜 이 야단들이시오?"

로가우가 이렇게 좌중을 진정시키는 말을 하지 않았던들 또다시 장시간의 토론이 벌어질 뻔하였다. 다흐는 로가우의 이 말을 빌미로 하여 손뼉을 치며 말했다.

"자, 이제 그만들 해두십시다! 제가 이 사건의 자초지종을 한번 알아보도록 하겠습니다. 한번 시작해 놓은 거짓말에 뼈와 살을 붙이는 건 원래 쉬운 일이지요. 제 바람은 우리 각자가 이제 눈과 귀를 막고 새로운 소동에 조금도 관심을 보이지 말았으면 하는 것입니다. 이제부터는 단지 우리 자신의 본업에만 관심을 기울이기로 하십시다. 안 그러다간 우리는 예술을 잃게 될 것입니다."

하지만 그 때문에 다흐는, 친구 알베르트가 갑자기 그레플링어를 데리고 작은 객실 안으로 들어서자, 우선 화부터 내게 되었다. 그는 긴 머리를 한 그 청년에게 다짜고짜 비난을 퍼붓기 시작했다.

"무슨 생각을 하고 있는 거요? 지금까지 어디에 처박혀 있었소? 베케를린 선생의 돈주머니가 탐이 나 도둑이 된 것이 혹시 당신이오?"

이 말이 미처 끝나기도 전에 다흐는 좌중의 모든 사람들과 함께 그레플링어가 두 개의 나무통 안에 넣어 갖고 온 내용물을 보게 되었으니, 거기에는 잉어와 황어를 위시한 각종 물고기들이 담겨 있었다. 그 청년은 그가 어제 텔크테 시 어업조합에 소속되어 있던 어떤 어부의 과부한테서 빌렸다는 그물과 낚싯줄들을 아직도 어깨에 걸친 채 그들 한가운데에 장승처럼 서 있었다.

"저는 밤새도록 물고기를 잡았습니다. 도나우 강에도 이보다 더 좋은 잉어는 없어요. 파삭파삭하게 구우면 뼈가 많은 황어조차도 별미일 겁니다. 이걸 모두 점심상에 올릴 수 있을 것입니다. 그리고 이제 저를 두고 또다시 도둑 운운하는 사람이 있으면 그 작자한테는 제가 독일식으로 간단히 알아듣게 해주겠어요."

이 말이 떨어지고 나서는 아무도 그레플링어의 주먹을 도발하려 하지 않았다. 시인들은 '정직한' 물고기를 점심으로 들게 된 것이 기뻤으며 점심 식사가 기다려지기도 했다. 그들은 모두 다흐의 뒤를 따라 큰 홀 안으로 들어갔다. 거기에는 그들의 상징인 엉겅퀴 꽃이 주인 없는 걸상 옆에 꽂혀 있었다.

# 제19장

주저하는 사람은 아무도 없었다. 모두가, 이제는 게르하르트까지도, 불행한 사태에도 불구하고 그들의 문학적 토의를 속행하는 데 찬동하였다. 전쟁이 그들에게 불쾌한 사건들과 어울려 사는 법을 가르쳐놓은 것이었다. 비단 다흐뿐만이 아니었다. 아무도 냉정한 판단력을 잃으려 하지 않았다. 극단적인 독어 정화 주의자로서 그렇게도 서로 반목하던 체젠과 리스트도 냉정을 잃지 않았으며, 시민계급 출신과 귀족계급 출신의 문사들도 역시 냉정을 잃지 않았다. 더욱이 여기서는 다흐의 영도 아래 신분에 따른 서열이 저절로 그 경직성을 잃게 된 판이었기 때문에 시민계급과 귀족 신분을 가려서 운위할 것도 없었다. 아무도 그 회의를 무산시켜 버리고자 하지 않았다. 무명의 셰플러도 그러하였고, 이리저리 배회하다가 항상 온갖 혐의를 받곤 하는 그레플링어도 그러하였고, 초대를 받지 못한 석학 롬플러의 위임을 받고 뭔가 음모를 획책할 구실을 찾고 있던 슈노이버조차도 이 회의를 그냥 무산시켜 버리려 하지는 않았다. 그러니 일생 동안 오직 시문만을 중시해 온 부흐너와 베케를린 같은 연장자들이 이 회의를 속행하려 한 건 너무나도 당연한 노릇이었다. 그리고 모든 창작물이 완성되기도 전에 공허한 환영이라고 타기해 버리는 것이 상례인 그뤼피우스 역시 냉정을 잃지 않고 그들의 관심사를 계속 추구하고자 하였다. 현실이란 놈이 다시 한번 자기 주장을 내세워 예술에다 오물을 퍼부었다고 해서 중도에 포기하려는 사람은 아무도 없었다.

그리하여 모든 시인들은 각자 의자나 걸상 또는 술통 위에 조용히 앉은 채 반원형으로 둥그렇게 모여 있었다. 쳅코가 시 낭송을 하기 위해 엉겅퀴 꽃과 지몬 다흐 사이에 막 자리를 잡고 앉았을 때였다. 겔른하우젠이 열려진 창문을 통해 정원에서 큰 홀로 펄쩍 뛰어드는 것이었다. 붉은 여우 수염을 한 그는 창턱에 그냥 쪼그리고 앉았으며, 아무 일도 없었다는 듯 여름 하늘을 뒤로하여 앉아 있었다. 좌중에는 아무런 동요도 일어나지 않았다. 오히려 시인들의 표정은 단호한 결심에서 오는 일종의 경련 때문에 굳어졌다. 그 때문에 다흐는 쳅코에게 낭송을 시작하라는 손짓을 해도 좋을 것으로 믿었다. 슐레지엔 출신의 이 시인은 몇 편의 시를 낭송하려고 했다. 그는 이미 호흡을 가다듬고 있었다.

그때, 미처 첫 시구가 낭송되기도 전에 겔른하우젠이 말했다. 그의 목소리는 겸손하게 들렸지만 그 아래엔 비웃음이 깔려 있었다.

"아폴론의 비호하에, 현재인 동시에 영원이기도 한 이 시간에 이 자리에 모이신 고명하시고 저명하신 여러 선생님들! 쉬츠 선생이 엄하게 질책해 주시고 또 기독교적 용서를 베풀어주신 어제의 그 사기 극에도 불구하고 여러 선생님들께서 슈페사르트에서 도주한 무례한 촌뜨기에 지나지 않는 이 몸을 다시금 여러 선생님들과 한자리에 동석시켜 주신 데 대하여 저는 기쁘게 생각하는 바입니다. 덕분에 단순한 바보에 불과한 제가 이 자리에서 계속 교양을 쌓을 수 있게 되었으니까요. 그 어느 날엔가는 저 역시, 지금은 비록 섭렵한 모든 지식이 뒤죽박죽으로 쌓여 있는 꼴입니다만, 제 나름대로 하나의 질서 있는 세계를 구축할 수 있었으면 합니다. 이렇게 학식과 교양을 쌓은 다음 저는 방금 제가 창문을 통해 뛰어든 것처럼 옆길로 예술의 세계에 뛰어들고자 합니다. 그리하여 만약 시신(詩神)들의 호의가 주어질 경우에는 시인이 되고 싶습니다."

그제서야 비로소 참았던 분노가 터져 나왔다. 그가 말없이 앉아 있었더라면 그런대로 좋았을 것이다. 그가 조용히 옆 자리에 앉아 있음으로써 시인들에게 아량을 베풀 기회를 주었더라면 더욱더 좋았을 것이다. 그러나 외람되게도 감히 그들과 동등하게 되겠다는 그 주제넘은 태도는 '결실의 모임', '정직한 전나무의 모임', '페그니츠 강안의 목자들' 및 '독일적 사고 동지회' 등의 회원으로서 먼 길을 떠나온 그들 문사들에게는 너무 심한 것이었다. 그들은 "살인

자!" 또는 "거짓말쟁이!"라고 외침으로써 울분을 터뜨렸다.

"가톨릭 신부 놈들의 첩자 같으니라고!" 하고 리스트가 소리쳤다.

누군가(게르하르트였던가?) 흥분이 지나쳐 고함을 질렀다. "물러나라, 악마여!"

그들은 뛰쳐 일어나서는 주먹을 흔들어대었다. 그러고는 라우렘베르크를 선두로 하여 하마터면 주먹다짐을 벌이게 될 뻔하였다. 그러나 다흐가 재빨리 상황을 제대로 파악하고 하르스되르퍼의 발언 요청을 받아들였기 때문에 주먹다짐으로까지 번지지는 않게 되었다. 심각한 상황에서도 항상 "자, 여러분! 그린대로 이게 좋잖아? 너무 그렇게 진지하게만 생각하지들 말아요!" 하고 말하려는 듯 가볍게 슬슬 잡담 조로 이야기하는 예의 독특한 목소리로 다흐는 좌중을 조용히 하게 했다. 그리고 '유희자' 하르스되르퍼에게 발언권을 주었다.

하르스되르퍼는 겔른하우젠을 '벗'이라고 부르면서 오히려 나직한 음성으로 그에게, 여주인 리부슈카가 추가로 그의 소행이라고 덮어씌운 그 포악한 행위들이 정말로 그가 한 짓이냐고 물었다. 하르스되르퍼는 모든 혐의 사실들을 하나하나 꼽아나갔다. 그리고 마지막으로 특히 그의 마음을 상하게 한 속임수, 즉 교황대사의 서재에서 훔쳐낸 자신의 저서 『부녀자들을 위한 회화 교본』을 두고 꾸민 그 사기 극도 언급하였다.

이제는 자의식이 주조를 이룬 말투가 되면서 겔른하우젠이 말했다.

"저는 더 이상 저 자신의 입장을 변호하고 싶진 않습니다. 네, 그래요. 제가 그랬습니다. 저는 저의 기병들과 소총병들을 데리고 시류에 맞게 행동했습니다. 그것은 여기 모이신 선생님들께서 헌시들로 군주들을 칭송하면서 어쩔 수 없이 시류에 맞게 행동하시는 것과 마찬가지입니다. 그런데 그 군주라는 인간들이 어떤 작자들이지요? 그들은 살인, 방화를 성모마리아에게 드리는 기도 정도의 예삿일로밖에 생각하지 않습니다. 저의 음식물 절도보다 더 중한 그들의 강도질은 성직자들의 축복을 받습니다. 그들에게 있어서 불충이라는 것은 속옷 한번 갈아입는 행위와 다를 게 없고 그들의 참회는 주기도문 외우는 시간 동안만큼도 지속되지 않습니다. 그들에 비하면 여러 선생님들의 지탄을 받고 있는 무뢰한인 저로 말하자면 이미 오래전부터 후회하고 있습니다. 즉 실생활과는 이다지도 거리가 먼 양반들에게 숙소를 마련해 드리고, 저의 기병들과 소총병들을 동원하여 화적 무리들로부터 보호해 드렸으며, 거기다가 또 저 자신의 이름을 더럽혀가면서까지 여러 선생님들에게 세 종류의 꼬챙이 구이, 맛 좋은 포도주, 기다란 흰 빵, 조미료로 맛을 낸 단것들을 제공해 드렸습니다. 이것을 저는 앞으로도 오랜 시일을 두고 후회할 것이란 말씀입니다. 이 모든 것은 보시다시피 그 자체로서는 저에게 하등의 이득도 없는 행위들이지만, 아마도 여기서 제게 베풀어진 몇몇 강좌에 대한 감사의 뜻에서 나온 행동일 것입니다. 네, 그래요, 맞습니다. 뮌스터 대성당에 모인 군주들, 왕들, 황제의 대사들이 저마다 안부를 전하더라는 저의 거짓말은 박학고명하신 시인 여러분을 기쁘게 해드리려고 꾸민 것이었습니다. 지금까지 저에게 아주 친절히 대해 주시고 저 역시 마음의 벗으로 생각하며 깊이 사랑하는 하르스되르퍼 선생에게도 저는 이와 마찬가지로 조그만 상상력을 발휘하여 행복감을 안겨드리고 싶었습니다. 그리고 이와 같은 저의 시도는 사실 성공하기도 했지요. 왜냐하면 이 뉘른베르크 출신의 시인께서는 교황대사가 헌사를 원한다는 사실에 꾸밈없이 기뻐하셨으니까요. 차제에 키지 대사가 정말 헌사를 원했는지 원하지 않았는지는 알아서 뭐하자는 거지요? 그가 정말 그걸 원했을 가능성도 있지 않을까, 당연히 그걸 원했어야 마땅하지 않을까, 혹은 이 모든 것이 단지 여기서 탄핵을 받고 있는 이 슈토펠의 머리에서 나온 아름다운 공상에 불과한 것일까 운운하고 미주알고주알 캐어봤자 무슨 소용입니까? 권력이 없다는 죄로 이 나라에서 선생님들의 명망이 보잘것없는 것이라면—사실이 그렇습니다!—우리는 그 보잘것없는 명망을 그럴듯하게 추어올려야 할 것입니다. 도대체 언제부터 시인이란 양반들이 이렇게 몰취미하게 진부한 진실에만 열중하게 된 것입니까? 선생님들은 오른손으로는 각자의 알량한 진실들을 적합한 운에 맞추어서 믿을 수 없을 만큼 훌륭한 시를 지어내는 솜씨를 지니고 계시면서, 왼손은 왜 그렇게들 무감각하시지요? 무릇 시라는 거짓말은 출판업자가 그걸 책으로 찍어내고 난 다음에야 비로소 진실이란 귀족 칭호를 받게 되는 것입니까? 저의 이 질문을 달리 표현해 보자면, 뮌스터에서 이제 벌써 4년째 땅과 사람들을 놓고 행해지고 있는 저에누리 장사가 과연 풍부한 말과 음향과 비유 들을 교환하기 위해 여기 텔크테의 엠스 강의 성문 앞에서 열린 이 운각(韻脚) 장사판보다 더 사실에 가까울까, 혹은 한술 더 떠서 더 진실에 가까울까 하는 의문입니다."

좌중은 겔른하우젠의 이 말을 들으면서 처음에는 속마음을 내비치지 않다가 나중에는 여기저기서 터져 나오는 웃음을 참느라 킥킥거렸다. 사람에 따라서는 고개를 흔들거나 생각에 잠긴 표정을 짓기도 하였으며 냉정한 표정으로 경청하는가 하면 호프만스발다우처럼 즐기면서 듣고 있는 사람도 있었다. 요컨대 모두들 당혹한 표정들이었다. 다흐는 자기 주위에 앉아 있는 회의 참가자들이 아연실색하는 것을 보고 대단히 재미있어하는 표정을 띠었다. 그는 침묵하고 있는 좌중을 향하여 도발적인 시선을 던졌다.

"이 뻔뻔스러운 재담에 반박할 수 있는 분이 도대체 아무도 없단 말입니까?"

부흐너가 우선 라틴어로 인용을 해가며 헤로도토스와 플라우투스에 대해 장시간 상론을 했다. 그러고 나서는 그 슈토펠이란 친구의 말을 인용하여 "그런 법이지!" 하는 말로써 반론의 끝을 맺었다. 이어서 로가우가 이제 그 문제에 관해서는 그쯤 해두자고 제안했다.

"마침내 우리들이 우리들 자신의 모습을 알게 된 꼴이니까요. 그러나 사람 앞에다 그렇게 세밀한 거울을 들이댈 수 있는 건 바보들뿐일 것입니다."

로가우의 이 말에 그레플링어가 불만을 표시하고 나섰다.

"아니, 천만에! 바보가 아닙니다. 이 자리에 한몫 끼지 못한 단순한 백성의 목소리가 진실을 말한 것뿐입니다. 이 슈토펠이란 친구는 저의 경우와 비슷합니다. 저 역시 처음에는 떠돌아다니는 시골뜨기 소년으로 내동댕이쳐진 팔자로서, 나중에야 책 냄새를 맡을 수 있었습니다. 만약 누군가가 슈토펠을 퇴장시키려 한다면 저 역시 나가겠습니다."

마침내 하르스되르퍼가 입을 열었다.

"바보 같은 짓을 실컷 하고 난 후, 이제야 드디어 나는 허영에 대하여 무슨 글을 쓸 수 있을지 알게 되었소. 벗겔른하우젠 군은 부디 이 자리에 머물면서 우리들 모두에게 귀에 거슬리는 진실을 더 많이 가르쳐주기 바라오!"

하지만 그때 이미 그 슈토펠이란 친구는 마치 작별을 고하려는 듯 창틀 안에 서 있었다.

"아니, 아닙니다. 이제 저는 다시금 군신의 수레를 끌며 그에게 봉사하지 않으면 안 되겠습니다. 뮌스터 대교구에서 저에게 전령의 임무를 부여했기 때문에, 저는 이 명령을 쾰른의 선제후령과 그 외의 여러 곳에 전해야 하거든요. 제가 전달해야 할 내용은 중대한 기밀투성이입니다만 그중 한 가지만 말씀드리자면, 만약 평화 협상이 체결될 경우에는 뮌스터 대교구는 은전 90만 냥의 손해배상금을 지불해야 한다는 것입니다. 그래야만 헤센군이 코스펠트에서, 스웨덴군이 페히타에서, 오라녜군이 베베르게른에서 철수한다는 것이지요. 이 전쟁이 끝나려면 아직도 상당한 시간과 비용이 들 것으로 전망됩니다. 하지만 저는 여기서 비용이 전혀 들지 않는 전망을 한 가지 말씀드리고 물러갈까 하는데, 그것은 이 슈토펠이 다시 온다, 틀림없이 다시 온다는 약속입니다. 제가 지식을 정돈할 때까지 한두 해가 흘러갈지는 모르겠습니다. 제가 하르스되르퍼 선생의 지식의 샘에서 멱을 감고 모셰로슈 선생의 글재주를 익히고 몇몇 논문들에서 글 쓰는 규칙들을 훔쳐볼 수 있기까지는 어쩌면 또 한 해가 더 지나야 할지도 모르겠습니다. 그러나 그러고 난 뒤에 저는 다시 나타날 것입니다. 두툼하게 인쇄된 종이 속에 몸을 감춘 채 지극히 생생한 모습으로 이 자리에 나타날 것입니다. 하지만 아무도 저에게서 유희 조의 헛된 목가, 항용 있는 그런 만사(輓詞), 요상한 상형시(象形詩), 우아한 영혼 비가, 또는 교구민을 위한 건전한 종교시 나부랭이를 기대하지는 마시기 바랍니다. 차라리 저는 커다란 이야기보따리를 풀어서 그 안에 가두어두었던 악취 분분한 갖가지 이야기들을 늘어놓고 싶습니다. 저는 크로노스[51]의 추종자가 되어 이 긴 전쟁을 언어의 도살장에 집어넣고 새로이 재현시키겠습니다. 그리하여 무서운 홍소와도 같은 폭발적인 작품을 쓰겠으며, 언어에 자유를 부여함으로써 언어로 하여금 제 능력껏 달릴 수 있도록 하겠습니다. 즉 언어로 하여금 때로는 조야한 분위기, 때로는 아련한 분위기를 내게 하고, 때로는 성스러운 흐름을 지니다가도 때로는 상처를 입어 절뚝거리게 하며, 여기서는 외래문화의 영향을 풍기다가 또 저기서는 '말랑꼬리한'[52] 냄새

51) 우라노스(하늘)와 가이아(땅)의 아들이자 제우스의 아버지. 크로노스는 시간, 즉 세월이라는 뜻. 로마신화의 농경신 사투르누스와 동일시됨. 금강석 낫으로 아버지 우라노스의 남근을 절단했으며 자신의 자식이 태어날 때마다 삼켜버렸음.

를 풍기도록 하겠습니다. 그러나 저는 항상 인생에서 나온 언어, 그리고 이 인생의 술통들에서 따라낸 언어를 구사하고자 합니다. 네, 저는 글을 쓰고 싶습니다! 주피터와 메르쿠리우스, 그리고 아폴론에게 맹세하거니와 저는 글을 쓸 것입니다!"

이렇게 말하고 나서 겔른하우젠은 창문에서 사라져버렸다. 하지만 금방 정원까지 갔던 그는 다시 한번 되돌아와서 마지막 진실을 고지하였다. 그는 자기의 바지 주머니에서 조그만 돈주머니 하나를 꺼내었다. 그러고는 그것을 두 번 공중에 던졌다가는 다시 손으로 받곤 하면서 짤랑거리는 소리를 냄으로써 그 안에 은화가 들어 있음을 알리는 것이었다. 그는 짤막한 웃음을 터뜨렸다. 그런 다음에는 큰 홀 안의 그 엉겅퀴 꽃 바로 앞에 떨어지게끔 그 돈주머니를 창문을 통해 던져주면서 다음과 같은 말을 내뱉는 것이었다.

"참, 잊어버릴 뻔했는데, 조그만 습득물 하나를 맡겨두고 가야겠습니다. 선생님들 중 한 분께서 억척 어멈의 침대 속에다 돈주머니를 넣어두고는 잊어버리셨더군요. '다리의 집' 여주인과 함께 지내는 것이 아무리 즐겁더라도 그 짤막한 재미에 대해 너무 지나친 대가를 지불하는 건 금물이겠지요."

그제야 비로소 그는 그야말로 완전히 사라졌다. 겔른하우젠은 거기에 회동한 시인들로 하여금 자기들끼리 남아

52) '멜랑콜리' 라는 단어를 일부러 다르게 발음하고 있음.

있도록 한 것이었다. 벌써부터 우리들은 그의 존재가 아쉬워지기 시작하였다. 바깥에서는 이제 버새들의 히힝거리는 소리만이 들려오고 있었다. 가죽 주머니는 엉겅퀴 앞에 그 통통한 형체를 보이면서 내던져져 있었다. 베케를린 옹이 일어서더니 근엄하게 몇 발짝 앞으로 걸어 나가서 그 주머니를 집었다. 그러고는 태연하게 그의 의자로 되돌아가 앉았다. 아무도 웃지 않았다. 아직도 겔른하우젠의 연설이 모두의 귓속에서 굉굉히 울리고 있었으며, 아무도 이 소리를 쓸데없는 수작으로 치부해 버리려 하지 않았다. 마침내 다흐가 사이를 두지 않고 곧장 다음과 같이 말했다.

"자, 이제 모든 것이 해명되었고 잃어버렸던 물건도 찾았으니 다시금 부지런히 낭독에 들어가도록 하십시다. 어물어물하다간 그 슈토펠이라는 친구 때문에 오전이 다 가버리겠습니다."

# 제20장

크리스토펠 겔른하우젠이 그의 기병들 및 소총병들과 더불어 떠나가는 모습을 보니 내 마음 또한 아팠다. 그는 다시금 깃털 모자에다 초록색 조끼 차림을 하고 있었다. 그의 제복에는 금 단추 하나도 부족한 게 없었다. 그 모든 사건들이 일어났음에도 불구하고 그는 아무 데도 손상을 입지 않았다.

또한 바로 그 때문에 그와 여주인 리부슈카 사이에는 화해의 말 한마디 없는 이별이 가능하였다. 그녀는 여관 문으로부터 무표정하게 그의 작은 부대의 병사들이 말에 안장을 채우고, 외제데에서 징발한 포장마차들 중 하나에 말을 메워서는—소년의 키만 한 그 청동 아폴론 상을 싣고서—'다리의 집'을 떠나가는 모습을 무표정하게 바라보고 있었다. 겔른하우젠이 선두에 서서 부대를 인솔하고 있었다.

증오에 찬 나머지 멍한 표정을 하고서 여관 문께에 서 있던 리부슈카가 예상할 수 있었던 것보다 더 많은 사실을 나는 그 당시에 이미 알고 있었다. 그래서 나는 여기서 그 슈토펠이라는 친구의 편을 들어 말하고 싶다. 그가 '다리의 집' 여주인에게 말 없는 작별을 고한 지 거의 4반세기가 지난 후에 『바보에게 응답함. 혹은 비할 데 없는 사기녀이자 부랑녀인 억척 어멈의 자세하고도 진지한 인생 수기』[53]라는 긴 제목의 책이 나왔는데, 이 책은 필라르쿠스 그로수스 폰 트로멘하임이라는 가명하에 뉘른베르크에서 출간되었으며 출판업자 펠스에커에 의해 시장에 유통되었다. 그런데 이 책에 등장하는 여주인공 억척 어멈이야말로 그가 이전에 했던 복수의 맹세를 나중에 이행한 증거인 셈이 됐다. 이 책보다 2년 전에 출간된 『독일 바보의 모험』에서 이미 저자는 그의 등장인물 억척 어멈에게 스스로 이야기하고 자기의 인생을 결산할 수 있는 권능을 부여한 바 있었다. 그 때문에 이 책은 종이로 된 한 여자의 기념비가 되었으니, 거기에는 정조 없이 끈질기게 살아가는 한 여자, 자식은 없지만 창의성이 풍부하고, 연약하면서도 드세며, 치마를 입으면 색광이 되지만 바지를 입으면 남자와 진배없는 한 여자, 자신의 미모를 소모하며 살아가는 가련하고도 사랑스러운 한 여인상이 부각되어 있었다. 더욱이 자신을 이따금 한스 야코프 크리스토펠 폰 그리멜스하우젠이라고 칭하면서, 잇달아 나오는 모든 '바보 문학'[54]의 원

53) 『독일 바보의 모험』(1668)의 속편으로 1670년 출간되었음.

조가 된 그는 한때 그의 여주인공이었던 억척 어멈에게도 붓을 휘두르게 함으로써 '바보'인 그에 대해서도 호된 글을 쓰게끔 하였다.[55] 그도 그럴 것이 겔른하우젠과 리부슈카가 우유와 식초를 뒤섞듯이 휘저으며 요리했던 것은 너무나도 강인한 사랑, 즉 증오였기 때문이다.

그 연대 부관이 이끄는 황제군 부대가 이미 외엠스 강 위의 다리를 건너 바렌도르프 방향(계속해서 가면 쾰른 방향)으로 가서 여주인의 시야에서 벗어났을 때에야 비로소 그녀의 오른손은 잘 가라는 인사 비슷한 손짓을 시도하였다. 나 역시 그 친구에게 손을 흔들어 보이고 싶은 마음이었지만, 나에게는 엉겅퀴 꽃이 의미심장하게 꽂혀 있는 그 큰 홀에서 회의 중인 시인들의 마지막 낭독회에 동석하는 것이 더 중요한 일이었다. 나는 처음부터 거기에 있었기에 마지막 장면을 위해서도 역시 증인이 되고 싶었다. 모든 것을 놓치지 않고 다 보고 겪어두자는 것이 나의 태도였으니까 말이다.

거기서는 회의의 중단을 초래했던 모든 사태들이 이미 극복되어 있었다. 다니엘 폰 첸코는 슐레지엔 지방 출신의 법률가로서 브리크 공국의 고문관이었다. 슈트라스부르크에서 대학 생활을 보낸 이래로 그는 제화공 뵈메가 점화시

---

54) 『독일 바보의 모험』(1668)이 공전의 대성공을 거두자 이 작품의 작가 그리멜스하우젠은 1670년부터 1673년까지 도합 여섯 개의 속편을 썼으며, 이것을 모방하여 바보와 그의 모험을 소재로 한 수많은 작품들이 쏟아져 나왔음.

55) 이를테면 『바보에게 응답함』에서 그러하였음.

켜 놓은 저 뜨거운 불, 즉 하느님과 인간을 하나의 융합체로 녹이는 신비주의의 뜨거운 불김을 받고 있었다. 그러나 이 뜨거운 불김도 그의 차분한 성격에 뒤덮여 가물가물 타고 있는 것처럼 보일 따름이었다. 내가 기꺼이 친구로 삼고 싶은 과묵한, 거의 주목을 받지 못한 이 남자는 여러 편의 격언적 단시들을 낭송하고 있었는데, 그 형식(두 행씩 짝을 지은 알렉산더 시행)은 그뤼피우스나 로가우의 시와도 흡사하였다. 셰플러 청년——여러 가지 모순성을 끝까지 구명하는 경지에는 이르지 못하고 아직은 조야한 단계에 머물러 있었지만——역시 이와 비슷한 습작을 해본 적이 있는 터였다. 아닌 게 아니라 브레슬라우 출신의 이 의과 대학생은 곧이어 있었던 비평의 자리에서 (찬탄하는 어조에 불과하긴 했지만) "종말 속의 태초와 태초 속의 종말"이라는 쳅코의 시구를 이해하는 것처럼 보였다. 그리고 말이 났으니 말이지 어제 이 서투른 대학생이 낭독을 하는 둥 마는 둥 했던 그 혼잡통에도 (쉬츠를 제외하면)오직 쳅코만이 셰플러의 시가 지니고 있었던 포괄적 의미를 알아들었던 것이다. 이 두 사람 사이에 일종의 우정이 태동하기 시작한 것은 아마도 위에 말한 것과 같은 상호 이해 때문이었을 것이다. 나중에 셰플러가 가톨릭으로 개종하여 앙겔루스 질레지우스가 되고 그의 시집 『천사 같은 방랑인』을 출간하게 되었을 때에도 그 우정은 깨어지지 않고 지속될 수 있었다. 한편 쳅코의 대표작인 『격언적 단시 선집』은 출판업자를 찾지 못했다——혹은 저자가 그 원고를 내놓지 않았는지도 모르는 일이다.

그리고 후일 반향을 얻지 못했던 것처럼 거기에 모였던 시인 중에서도 단지 몇 사람만이 쳅코의 이행시에 관심을 보였다. 그처럼 잠잠한 사람의 말은 들어주는 사람이 적었다. 유일하게도 쳅코가 그냥 「단상(斷想)」이라고만 부른, 정치적 암시가 담겨 있는 시 한 편만이 비교적 폭넓은 찬동을 얻을 수 있었을 따름이었다.

"자유와 정의 있는 곳에 조국이 있도다.

그러나 지금은 조국과 우리들이 서로 모르는 사이……"

모셰로슈와 리스트가 한마디씩 거들고 난 연후에 또다시 일어선 사람은 역시 체구가 자그마한 석학 부흐너였다. 그는 그 몇 행 안 되는 쳅코의 시에서 황량한 가운데서도 조화를 갈구하는 하나의 시적 세계를 해석해 내려고 하였다. 그러는 중에도 그는 아우구스티누스와 에라스무스를 인용하였으며, 언제나 그러듯이 다시금 자신의 말을 인용하곤 하였다. 결국에 가서는, 부차적으로 약간 칭찬을 얻은 쳅코의 시보다 그 석학의 연설이 더 큰 찬동을 받게 되었다(이미 그 시의 작자가 엉겅퀴 꽃 옆의 걸상에서 물러나고 없는데도 부흐너는 여전히 장광설을 늘어놓고 있었다).

그다음 순서로 앞자리에 앉은 것은 빼빼 마른 데다 사지가 길어서 두 다리를 어디다 뻗어야 좋을지 당혹해하는 사람이었다. 좌중이 모두 놀란 것은 그때까지만 해도 아무런 작품도 출판하지 않고서 단순한 문학 애호가로만 통하고 있던 호프만 폰 호프만스발다우가 낭독을 하겠다고 나섰기 때문이었다. 단치히와 라이덴에서 함께 대학 시절을 보낸 이래로 이 돈 많은 귀족과 사귀어온 그뤼피우스조차도, 비교적 소극적이라 할 수 있는 이 문학 애호가에게 글을 써 보라고 권유해 온 터이긴 했지만, 막상 호프만스발다우가 발표를 하겠다고 설치는 것을 보자 의아하고 깜짝 놀란 것 같아 보였다.

호프만스발다우는 자신의 당혹감을 재치로 어물거리며 넘겼다. 그는 자기가 주제넘게도 감히 다흐 선생과 엉겅퀴꽃 사이에 앉아보려고 한 데 대하여 용서를 빌었다. 하지만 그는 이렇게 자신의 습작을 발표함으로써 강호 제현의 비판을 받고 싶어 견딜 수가 없다는 것이었다. 그러고 나서 그는 독일어로 발표되기는 처음인 하나의 새로운 형식의 작품을 낭독함으로써 좌중을 깜짝 놀라게 하였다. 그것은 오비디우스에서 연원하며 현재는 외국에서만 시도되고 있는 이른바 '영웅 연서(戀書)'[56]들이었는데, 그는 이 연서들을 읽기 전에 우선 「피에르 아벨라르와 엘로이즈의 사랑과 생애」라는 한 이야기를 낭독하였다.

그것은 명예욕에 불타는 한 젊은 학자의 이야기로, 그는 파리에서 대학교수들의 수많은 간계에 빠져 든 나머지 여러 번 시골로 도주하지 않으면 안 되었다. 다시금 파리로 돌아온 그는 저명한 유대인 율법학자인 안셀무스조차도 밀어내고 그 도시의 총아가 되었다. 그리하여 마침내 그는 폴베르라는 사람의 청에 따라 그 사람의 질녀에게 개인교수를 하게 되었다. 그러나 그는 라틴어를 가르치는 데 그

56) 오비디우스가 처음으로 개발한 사시격(史詩格)의 서간문학으로 영웅과 그 연인 간에 오가는 허구적 편지를 일컬음.

치지 않고 여제자에게 반하게 되었으며, 그녀 역시 선생님을 사랑하게 되었다.

"요컨대 그들은 딴 수업에 열중하느라 공부에 태만하게 된 것이었다."

그리하여 그 두 사람은 서로 '유식한 정을 통할' 수 있을 때까지 그들의 '수업'을 계속하였으며, 이것은 또한 그 열매를 거두게 되었다. 그래서 그 선생은 임신한 여제자를 데리고 자기 누이가 살고 있는 브르타뉴 지방으로 여행을 하게 되었고 그녀는 거기서 아들을 낳았다. 그 어린 어머니가 그와 결혼을 하지 않아도 좋다면서 자신은 그의 여자 친구가 그의 부인이 되는 쪽이 더 낫다고 생각한다고 간곡히 다짐했음에도 불구하고, 그 선생이 기어이 결혼을 해야 한다고 고집하는 바람에 아이는 누이한테 맡겨둔 채 파리에서 검소한 결혼식을 올리게 되었다. 그러나 폴베르 아저씨가 질녀의 결혼을 반대했기 때문에 남편은 아내를 파리 근처에 있는 한 수녀원에 은닉시켰다. 그러자 질녀의 도피 행각에 격분한 폴베르는 아벨라르의 하인을 돈으로 매수하여 "밤중에 주인의 침실 문을 열게 하였으며, 마찬가지로 돈을 주고 산 자객들을 시켜서 자고 있는 그를 덮친 다음 그의 남근을 잘라버리도록 하였는데……" 이 과업이 그만 돌이킬 수 없이 수행되고 만 것이었다.

그리하여 그다음에 잇달아 낭독된 두 연서들은 바로 이 정교(情交)의 연장을 잃어버린 데 대하여 주고받은 사연들이었다. 이 연서들은 오피츠풍의 정교한 수법에 따라 교차운을 지닌 알렉산더 시행으로 읊어졌으며 그 미증유의 소름 끼치는 사건을 멋들어진 운문으로 표현하고 있었다.

"뜨거운 정염과 깨끗한 순정 속에 행복한 웃음꽃을 피울 줄 알았더니!

이 내 인생 행로 위엔 아무런 가시밭도 없을 줄 알았더니!

살얼음판 위에서나마 사랑 노래 불러가며 살으리라 하였더니

모질도다, 그 칼날이 이다지도 따끔한 걸 이제서야 알겠구나!"

호프만스발다우는 이 연서들을 낭송하기 전에 양해를 구하기를, 형식을 중시했기 때문에 운을 맞추기 위해 아벨라르의 여제자 엘로이즈를 부득이 '헬리세'라고 부르게 되었다고 말한 바 있었다. 이제 그 '헬리세'가 아벨라르의 편지에 나타난 내용, 즉 그 '연장'의 상실이 별것 아니라고 위로하는 답서가 낭송되었다.

"달콤한 당신의 입술 이 내 육욕 불 질렀고

장미의 그 계곡에 음탕한 정자 한 채 지어놓았건만

그 어떤 정염도 이 내 이성 유혹하여 불태우진 못했으니,

입 맞출 그때마다 당신의 그 정신을 우러러본 것이어요……"

그 자리에 회동한 시인들은 방금 발표된 작품의 예술적 형식에 대해 당장은 비판할 만한 여지를 발견할 수 없었다. 부흐너 같은 사람도 "이건 오피츠를 훨씬 능가하는 기법인데! 그래, 플레밍도 내다 앉으라는 수법이군!" 하고 말할 정도였으니 말이다. 그러나 그 이야기의 도덕성은 몇몇 문사들의 비위를 달콤하면서도 씁쓸하게 건드렸다. 우

선 리스트가 "그래, 그 결과는? 그게 무슨 소용에 닿는다는 것입니까?" 하고 그가 항상 하는 질문을 하고 나섰다. 그다음에는 게르하르트가 노기를 띠고 말하기를 그 '공허한 말의 성찬'으로부터 자기가 들은 것이라고는 그럴듯하게 치장을 해놓은 죄악밖에 없다는 것이었다. "너무 인공적인 시구" 운운하며 라우렘베르크가 흠잡는 말을 하고 난 뒤에 비르켄 청년까지 나서서 그 소름 끼치는 사건들을 문학 작품에서 다루는 데 대해 반대 의견을 말하자, 그레플링어가 사이에 끼어들며 그에게 소리쳤다.

"그제 밤 지푸라기 잠자리에서 하녀들을 다루시던 방식은 아마 잊으신 게로군. 아니, 저로서는 남근 절단을 전후한 그 소재 자체가 못마땅한 게 아니라, 그 매끈한 작풍이 마음에 들지 않아요. 겔른하우젠이 이미 훨훨 날아가 버린 것이 유감입니다. 모르긴 몰라도 그 친구라면 그 야한 도살 장면은 물론 헬리세가 마지못해 체념하게 되는 장면을 적나라하면서도 크게 울부짖는 모습으로 그릴 것 같군요."

아벨라르의 생식기를 둘러싸고 흠잡는 말을 하기 위해 많은 사람들이 언권을 요청하고 나섰기 때문에(하지만 그뤼피우스는 가만히 있었다) 지몬 다흐가 말했다.

"자, 저로서는 이제 그 몹쓸, 그럼에도 불구하고 유용한 연장에 관한 말은 충분히 들었다고 생각합니다. 저로서는 이 이야기가 가슴에 뿌듯이 와 닿는 데가 있었습니다. 두 연인을 무덤 안에서야 비로소 결합시켜 주고 있는 감동적인 종결 부분은 정말이지 그 누구도 잊을 수 없을 것입니다. 무덤 속에서 그들의 사지가 서로 뒤엉키려 했다는 것

아녜요? 그것을 들으며 저는 눈물을 흘렸더랬습니다."

마치 모든 비판을 미리 예견하고 있었던 것처럼 호프만스발다우는 거기서 설왕설래되고 있는 말의 홍수를 미소를 머금은 채 듣고 있었다. 애초에 다흐가 권고한 바에 따라 발표자는 자신의 입장을 변호하기 위한 말은 하지 않는 것이 그동안에 이미 관례로 되어 있었다. 그 때문에 베케를린 역시 그의 송가 「입맞춤」을 낭송하고 난 후에, 재기가 지나치게 환발(煥發)하고 있는 데 대하여 좌중에 오가는 모든 비판을 묵묵히 감수하였다.

이 시는 베케를린 옹의 여타 작품들이 다 그러하듯이 근 30년 전, 그가 아직 청년일 적에 쓴 것이었다. 그 후 그는 고향인 슈투트가르트에서 별다른 매력을 느끼지 못했기 때문에 우선 선제후국인 볼궁 백작령의 외교 업무에 종사했다가 나중에는 볼궁 백작령에 도움이 되고자 영국의 관리가 되었다. 그 이래로 그는 특기할 만큼 새로운 작품을 내놓지는 못하고 다만 오피츠, 니클라시우스, 옥센셰르나 등에게 보내는 수백 통의 외교적 서한들을 남겼을 뿐인데, 이 서한들을 볼 것 같으면 정치는 뒷전에 머물러 있을 따름이었다. 하지만 오피츠의 시학 이론이 나오기 수년 전에 써진 베케를린의 유희적 시들은, 곳에 따라 서투른 곳도 없지 않았지만, 아직도 그 신선미를 잃지 않고 있었다. 더욱이 그 노인은 "내 귀여운 보배여! 내게 키스를 퍼부어 다오!"와 같은 경박한 시행과 진부한 각운을 낭송하면서도 슈바벤 지방의 방언을 멋들어지게 구사함으로써 혹시 실수라도 하지 않을까 하는 아슬아슬한 수준을 훨씬 상회할 수 있었던 것이다.

이보다 앞서 베케를린은 애초에 다음과 같이 말한 바 있었다.

“저의 젊은 날의 이 보잘것없는 시들은 대개는 프랑스 시들을 모방한 것들로서 까마득한 구시대, 즉 전전(戰前) 시대의 작품들입니다. 차관보라는 저의 직책상 공무 여행 시에 다소 여가가 나므로 이제 저는 이 시들에 부지런히 손을 대어 좀 더 나은 운율을 부여하고 싶습니다. 그리하여 그 새로운 원고를 책으로 출간하고자 합니다. 젊은 분들이 낭독하는 것을 듣고 있으니 저야말로 정말 화석 같은 노폐물에 불과한 것 같습니다. 고(故) ‘보버 강의 백조’와 업적이 다대한 아우구스트 부흐너 선생이 독일어로 시를 쓰는 사람들에게 계몽적인 도움을 준 것도 이 사람이 있고 난 다음의 일이었으니까 말입니다.”

비평석은 그를 찬양하였다. 그것은 그라는 사람이 아직도 살아 있어주었기 때문이다. 우리들 청년들은 그 노인이 벌써 죽은 것으로 생각해 왔었다. 우리들은 아직도 일천한 우리 예술의 선구자 중 한 명이 그렇게 정정한 것을 보고 깜짝 놀랐다. 여자를 상대로 부르는 부박한 송시들쯤은 아직도 얼마든지 부를 수 있음을 과시하려는 듯 그는 심지어 리부슈카의 잠자리 속에까지 기어들었으니 말이다.

리스트는 연애시들이라면 모두 못마땅하게 생각했지만, 오피츠의 추종자로서 이번에는 베케를린 편을 들었다. 부흐너는 아주 먼 곳에서부터 논리를 끄집어내어 상론을 벌이더니, 비텐베르크에서 그의 제자였던 체젠 및 게르하르트와 더불어 다른 모든 사람들에게 다시 한번 시학 강의를 하기 시작했다. 로가우는 앞에서도 그랬던 것처럼 잠자코 있었다.

그러고 나서는 지몬 다흐가 베케를린과 자리를 바꾸지 않으면 안 되었다. 다흐는 베케를린 옹에게, 벌써 조상 대대로 물려받은 기분이 드는 안락의자이니만큼 잘 지켜주시기 바란다고 농담을 했다. 다흐의 장시 「음악적 호박 넝쿨 초막 및 그 정원의 종말과 파괴에 대한 비가」는 친구 알베르트에게 위로의 뜻을 표하기 위해 지어진 것으로서, 프레겔 강의 롬제 섬에 있는 그 친구의 정원이 진흙과 건축 쓰레기로 뒤덮여 버린 데 대한 일종의 만사(輓詞)였다. 이 시는 여유작작한 알렉산더 시행을 사용하여 그 정원이 일구어지던 정경부터 묘사하고 있었다. 이를테면 삽을 들고 일하는 오르간 연주자 알베르트 곁에는 평소 그를 위해 오르간의 바람통을 밟아주는 녀석도 같이 거들고 있었는데, 이내 갈증을 못 이긴 그 친구가 맥주 한 모금만 마시고 하자고 사정하는 장면도 있었다. 그다음에는 알베르트가 친구들을 모아놓고 문학적, 음악적 잔치를 벌이는 광경과 그 친구들이 만끽하는 전원적 즐거움이 묘사되고 있었다. 멀리 떨어진 곳에서는 굶주림과 페스트와 방화(放火)를 수반한 전쟁이 진행되고 있었고, 가까운 곳에선 시민들의 반목과 싸움, 그리고 그칠 줄 모르는 설교단의 분쟁이 있었다. 마치 구약성서에서 요나가 죄악의 도시 니느웨 근교의 넝쿨 초막에 기거하며 하느님의 진노가 가까이 왔음을 예언하였듯이[57] 다흐는 세 개의 시(市)로 구성된 그의 도시 쾨니히스베르크에 경고하는 것이었다.[58] 이어서 그 비가는 마크데부르크 시(청년 다흐는 이곳에서 공부한 적이 있었다)의 파괴에 대해 개탄하던 중 자신을 난도질하고 있는 조국 독일에 대한 포괄적인 비탄으로 옮아가고 있었다. “전쟁의 사나운 칼날은 한번 뽑으면,/도로 칼집에 들어가기가 어렵거늘……” 하고 전쟁을 저주한 다음에는, 모두에게 유효하게 적용될 수 있는 평화 협정이 마련되었으면 하는 소망이 토로되었다.

“아, 이런 외세의 핍박과 훼손을 통해서나마 우리가 현명해질 수 있다면,

이로써 우리가 하느님의 은총을 입을 것은 확실해지련마는!”

이어서 다흐의 비가는 자신과 친구 알베르트에게 최선을 다할 것과 시대를 이용할 것을 촉구하고 있었다.

“시대가 아무리 미쳐 날뛰더라도 우리들은 시대의 속박을 다시 속박해 나가자꾸나!”

그리하여 다흐는 그들의 호박 넝쿨 초막보다 더 유구한 생명을 지니고 있는 문학이 마땅히 갖추어야 할 드높은 요청 사항을 설파하면서 그의 비가를 다음과 같이 끝맺고 있었다.

“정신과 생이 읊어내는 시구치고

57) 구약성서 요나 3~4장 참조.

58) 쾨니히스베르크는 원래 고도 쾨니히스베르크, 뢰베니히트, 크나이프호프라는 세 개의 독립된 도시로 분리되어 있다가 1724년에 비로소 하나의 도시로 합쳐졌음.

우리들을 영원과 신속히 합일시켜 주지 않는 시란 없나니!"

그것은 우리들의 귀에 솔깃한 말이었다. 그것은 거기에 모인 모든 사람들이 흉금에서 털어놓고 싶은 말이었다. 현재라는 시대가 오직 전쟁과 땅 뺏기, 강요된 신앙과 근시안적 이익 추구로 판을 치고 있었기 때문에, 현재 그들 시인들에게는 그 어떤 권력이나 명망도 돌아오지 않을지라도, 그들은 시문의 도움으로 미래의 권력을 장악하려 하였으며 영원 속에 그들의 명망을 확보해 두고 싶어 했던 것이다. 약간 우스꽝스럽기도 한 이 조그만 권세 덕분에 그들 시인들은 상당한 보수가 뒤따르는 주문을 받을 수도 있게 되는 것이었다. 즉 부유한 도시 시민들과 몇몇 군주들은 그들 자신이 이들 시인들보다 단명할 거라는 사실을 예감하고서 결혼 축시나 찬양의 헌시 또는 조시의 도움을 받아, 그러니까 대개는 적당히 휘갈겨 쓴 시구들의 배후에서 영원 속으로 함께 따라 들어가기를, 그것도 특전을 받아 영원의 대열 속에 동행하기를 희망하곤 하는 것이었다.

주문 시를 통해 부수입을 올리는 데 있어서는 지몬 다흐가 다른 시인들보다 단연 앞섰다. 동료들과 어울린 자리에서 사례금을 비교하게 될 때면 이내 그는 기다렸다는 듯이 다음과 같은 씁쓸한 농담을 내뱉곤 하는 것이었다.

"그만들 해두시지! 결혼이나 장례가 있을 적이면 사람들이 나를 무슨 일꾼처럼 대한다니까!"

다흐가 크나이프호프의 교수직을 얻게 된 것도 몇몇 헌시 덕분이었으니, 1630년대 말에 선제후가 이 도시에 입성

할 때 헌시들을 급히 내갈겨 쓴 바 있었던 것이다.

좌중에 모인 사람들이 그 호박 넝쿨 초막의 비가에 대해 다투어 많은 칭찬을 하고 난 연후, 그뤼피우스가 다음과 같은 이의적(二義的)인 시구를 좌중에다 대고 읊었다.

"내가 세 행도 채 쓰기 전에 그대는 300행의 시를 쓰는구나.

월계수는 천천히 자라지만 호박 넝쿨은 하룻밤 사이에 자라는도다!"

그뤼피우스의 이 시구는 위에 말한 다흐의 이력을 고려할 때 다흐의 부득이했던 다작 생활에 대한 심술궂은 암시로 이해되어야 할 것이었다. 그뤼피우스에 바로 이어 리스트가 일어서서는 우선 그 비가가 지닌 도덕성을 찬양하였다. 그리고 그는 계속해서 다흐가 불타 버린 마크데부르크를 테베, 코린트 및 카르타고와 비교하는 등 신화적인 고사(故事)들을 암시한 사실과 뮤즈 멜포메네[59]를 운위한 사실에 대하여 거부 반응을 나타내었다. 그러자 미처 체젠이 나서기도 전에 부흐너가 즉시 반론을 폈다.

"이 시를 가지고 외국풍이라고 비난할 건 없습니다. 모든 것이 독일적인 입에서 생동감 있게 콸콸 흘러나오고 있어요. 비할 데 없이 훌륭한 시적 구성이고, 중간에 고대사에서 유래하는 몇몇 인용이 보이지만 그것은 대비(對比)를 강조하는 데 필요 불가결한 것이었습니다."

59) 그리스신화에서 시, 음악, 학예를 주관하는 아홉 명의 뮤즈 중 하나로 특히 비극의 여신.

다호의 안락의자로부터 베케를린 옹이 말했다.

"우리의 모임을 다름 아닌 이 작품으로 끝낼 수 있게 된 것은 참 잘된 일입니다."

그러자 하르스되르퍼가 다음과 같이 외쳤다.

"아, 이 혹독한 시대를 사는 우리들에게 시원한 호박 넝쿨 초막이 한 채 있으면 얼마나 좋을까요! 우리들 모두가 들어앉을 수 있는 그런 널찍한 호박 넝쿨 초막 말입니다!"

더 이상의 말이 필요 없었다. 그뤼피우스의 모욕을 뒤덮고도 남을 만큼의 충분한 찬양이 있었다. 껄껄 웃으며(그리고 마치 짐을 벗은 듯한 홀가분한 기분으로) 지몬 다흐는 엉겅퀴 꽃 옆 걸상에서 일어났다. 그는 베케를린을 포옹하였다. 그러고는 그 노인을 의자가 있는 데까지 인도해 주었다. 그는 자기의 안락의자와 텅 빈 걸상, 그리고 항아리 안에 꽂혀 있는 엉겅퀴 꽃 앞을 여러 번 왔다 갔다 하였다. 이윽고 그는 말했다.

"이것으로 모든 것이 끝났습니다. 저는 이 회의가 그래도 이렇게나마 평화적으로 진행되어서 기쁩니다. 그래서 저는 여기 모이신 모든 분들을 대표하여 하늘에 계신 아버지께 감사의 말씀을 드리고 싶습니다, 아멘. 어쨌든 저에게는 이 모임이, 몇몇 불쾌한 일이 없지 않았음에도 불구하고 마음에 들었습니다. 점심 식사 때, 각자 제 갈 길로 흩어지기 전에, 제가 또 이것저것을 추가로 말씀드리기로 하겠습니다. 지금 이 순간 저로서는 더 이상 드릴 말씀이 없군요. 하지만 이제 저는 아마도, 리스트 선생과 모셰로슈 선생이 불안해하고 있는 것을 보니 생각이 납니다만,

정치 문제의 토의를 허용해야 할 것 같습니다. 그 성가신 선언문 건 말입니다."

이렇게 말하고 나서 다호는 다시금 자리에 앉았다. 그러고는 그 평화 호소문 기초자들을 앞으로 불러내었다. 그리고 로가우가 이의를 제기해서 장내가 어수선해지기 시작하자 미리부터 일침을 가해 두는 것이었다.

"그러나 싸우지들은 말아요, 제발!"

# 제21장

"안 돼요!" 하고 로가우는 여러 번 소리를 질렀다. 우리들이 다시금 그 큰 홀에 들어서기 전에도 "안 돼요!" 하는 소리가 들리더니, 모두가 다호와 엉겅퀴 꽃을 반원형으로 둘러싸고 앉았을 때에도 또 "안 돼요!" 하는 소리가 들렸다. 그리고 리스트와 모셰로슈가 선언문 초안들을 낭독하고 났을 때에도 로가우는 여전히 외치고 있었다.

"안 돼요! 처음에 읽은 것도 안 되겠고 나중에 읽은 것도 안 되겠어요. 원칙적으로 안 돼요!"

그는 모든 것을 한심스럽기 짝이 없는 것으로 규정하였다. 리스트의 쩌렁쩌렁 울리는 벽력 같은 말투도 그렇고, 슈트라스부르크 사람들의 옹색한 시민 근성이 그러하고, 모든 갈등을 진부한 미사여구로 돌려서 말하는 호프만스발다우의 필치가 그러하며, 자유시 뉘른베르크 출신인 하르스되르퍼의 술책이 그러할 뿐만 아니라, ‘독일적’ 또는 ‘독일’이란 단어가 한 문장에 두 번씩 허사(虛辭)로 등장하는 것도 그러하다는 것이었다.

“한심할 정도로 어리석은 거짓말들입니다!”라고 로가우는 소리쳤다. 그는 더 이상 간명한 발언에 그치려 하지 않았으며, 화가 잔뜩 나서는 군더더기 말이라곤 없이 짤막하게 비꼬곤 하던 평소의 태도를 버리고 말이 길어졌다. 그리고 선언문 초안들을 한 문장씩 예로 들어가면서 그 언어적 무가치성을 폭로하는 것이었다.

남자로서는 약간 수척한 편인 그는 뒤쪽에 서 있었는데, 외톨이인 것이 분명히 드러나 보였다. 그는 자리에 앉아 있는 회의 참석자들의 머리 위에다 대고 날카로운 말을 내뱉었다.

“소심하기 짝이 없는 사람들이 큰소리를 치면서 어느 쪽에나 다 달가운 말을 하고 있는 꼴입니다. 한편으로는 스웨덴군이 멀리 물러나기를 원하는가 하면, 다른 한편으로는 제발 계속 머물면서 도와달라고 간청하고 있어요. 한 문장에서는 별궁 백작령이 부활되어야 한다고 해놓고, 다음 문장에서는 그것이 성사되기 위해선 바이에른이 선제후국으로 격상되어야 한다는 주장을 하고 있습니다. 오른손으로는 고대의 신분제도를 지지하면서 왼손으로는 예부터 내려오는 불의를 척결해야 한다고 주장하는 격이지요. 혀가 두 갈래로 갈라지지 않고서야 어떻게 한 문장 안에서 각 교파에다 자유를 허용했다가 금방 또 모든 종파를 엄하게 축출해 버리겠다고 위협할 수가 있습니까? 마치 가톨릭 성직자들이 성처녀 마리아를 부르듯 독일이란 말이 자주 운위되고 있긴 합니다만, 그럼에도 여전히 전체의 일부분에 지나지 않는 작은 독일을 의미하고 있을 뿐입니다. 독일적 덕성으로는 보통 충실성, 근면성, 정직성이 꼽히고 있습니다. 하지만 정말 독일적인 사람, 다시 말해 야만적인 사람으로 간주되고 있는 방방곡곡의 농부들은 아무 데서도 발언권이 없습니다. 사람들은 평화에 대해 말하면서 다투고, 종교적 관용에 관해 말하면서 편협한 태도를 취하며, 하느님에 대해 말하면서 작은 이익에 발발 떱니다. 그리하여 사람들이 독일에 관한 미사여구를 실컷 늘어놓은 연후에 조국을 찬양하는 곳에서도 뉘른베르크의 이기심, 작센의 조심성, 슐레지엔의 불안감, 슈트라스부르크의 자만심 등이 조그만 이해관계 때문에 나쁜 냄새를 풍기고 있습니다. 읽기 한심한 문안이며, 사려 깊지 못했기 때문에 어리석은 문안이기도 합니다."

로가우의 이 연설은 장내에 소란보다는 중압감을 가져다주었다. 단지 문장에 양식상의 차이밖에 없는 그 두 선언문 초안들은 아무도 차근히 한번 읽어보려고도 하지 않는 가운데 이 사람 저 사람의 손을 거쳐 나돌고 있었다. 그들 시인들에게는 다시 한번 그들의 무력감과 정치적 역학 관계에 대한 그들의 무식함만이 가장 확실한 사실로 남아 있게 되었다. 이런 말을 하는 이유는 그때 (뜻밖에도)베케를린 옹이 발언하기 위해 일어섰기 때문이다.

이제 그들에게 말하는 이 사람이야말로 거기 모인 사람들 중 유일하게 정치에 식견을 쌓고 그 역학적 노름에 참여하여 권력을 맛보고 그 판에서 정치의 비중을 조금이나마 자기 뜻대로 옮겨보려고 애쓰느라 정력을 탕진한 인물이었다.

예컨대 그 노인은 설교 조가 아니라 명랑한 태도로 30년의 경험을 자조해 가며 혼잣말하듯 말했다. 그러면서 그는 마치 세월을 10년씩 발로 재어가며 만보(漫步)하듯 왔다 갔다 하는 것이었다. 그는 이쪽에서는 다흐를 향하여 이야기하는가 싶더니 저쪽에서는 오직 엉겅퀴 꽃만이 자신의 청중인 것처럼 중얼거렸다. 마치 말뚝에 매어놓은 두 마리의 버새가 그에게 귀를 기울이고 있는 것처럼 창밖을 향해 말하기도 했다. 그리고 어떤 때는 주제를 벗어나서 길게 끌기도 하고 또 어떤 때는 간결하게 끊어버리기도 하면서 긴 이야기보따리를 풀어놓는 것이었다. 그 보따리는 사실 텅 비어 있었다. 혹은 그것은 쓰레기로 가득 찬 보따리로서, 거기에는 부지런히 쌓아온 그의 헛된 수고와 누적된 실패들이 들어 있었다.

"고 오피츠 선생처럼 저는 이편저편 온갖 편을 위해 외교관 노릇을 했습니다. 저는 슈바벤 사람으로서 영국의 외교관이 되었고 영국을 위해 봉직하는 가운데 별궁 백작령의 첩자가 되었으며, 스웨덴인들이 끼지 않고 일어나는 일이라곤 없었기 때문에 이중 첩자로까지 승격했지요. 이렇게 여기저기와 내통하고 있었는데도 저는 항상 제가 이렇게 민활한 재주를 부려오던 궁극적 목적을 달성할 수는 없었으니, 그것은 영국이 신교 측을 위해 무력 개입을 하도록 만드는 것이었습니다."

치아가 거의 없는 노인의 웃음을 웃으며 베케를린은 영

국의 내란을 욕했고 향응에 영일이 없는 궁정 국가 별궁 백작령과 옥센셰르나의 냉혹성과 선제후국 작센의 배반을 저주하였으며, 독일인 전체, 그중에서도 특히 슈바벤 지방 사람들을 자꾸만 욕하였다. 그들은 인색하고 편협한 데다 지나친 청결 벽(癖)을 갖고 있으며 하느님을 빙자해서 거짓말을 잘한다는 것이었다. 모든 슈바벤적인 것에 대한 젊은 시절의 증오가 그 노인에게 아직도 생생하게 남아 있다는 것은 깜짝 놀랄 만한 일이었다. 또 경악할 만한 사실은 그가 슈바벤적 기질 속에 있는 독일적인 것을 대단히 혐오하고 있으며 자꾸만 더 독일적인 것을 추구하는 세태 속에 내재되어 있는 슈바벤적 열성을 매우 미워한다는 것이었다.

그는 비난의 말을 할 때 자기 자신도 예외로 하지 않았다. 이를테면 그는 자신을 포함한 모든 평화론자들을 가리켜 궤변을 농하는 바보들이라고 칭하였다.

"그들은 항상 최악의 사태만을 피하려 하다가 이 나라에 만연해 있는 이 재앙에 지속성을 확보해 준 꼴이 되었습니다. 제가 비록 헛된 노력이나마 영국군을 독일의 종교전쟁에 끌어들이고자 애써 온 것과 마찬가지로, 이편저편의 숭앙을 모두 받고 있는 오피츠 역시 페스트에 걸려 죽기 직전까지 가톨릭 교파인 폴란드를 독일의 살육장으로 끌고 들어오려고 시도했던 것입니다. 마치 그때까지 독일이라는 도살장에서 부지런히 칼질을 해대었던 이방의 백정들, 즉 스웨덴군, 프랑스군, 스페인군 그리고 왈론인[60] 군대 가지

60) 프랑스어 방언을 구사하고 벨기에 남부에 거주하는 라틴화된 켈트족.

고는 아직 성에 차지 않는다는 듯이 말입니다!"

여기서 베케를린은 언성을 높였다.

"이것이야말로 뿔을 고치려다 소를 죽인 꼴이지요."

이렇게 말하면서 결국 그 노인은 자리에 앉지 않으면 안 되었다. 그의 얼굴에서는 웃음이 사라지고 없었다. 이제 리스트와 모셰로슈를 필두로 다른 사람들이 나서서 모든 외국인과 라틴계 인종에 대한 그들의 증오를 독일적인 자기 증오로 급선회시켰을 때에도 그 노인은 탈진하여 더 이상 참견을 못하고 있었다. 각자가 자신들의 꽉 찬 한을 쏟아놓았다. 그들의 분노는 더 이상 제어할 수 없는 강력한 충동을 못 이기고 가슴으로부터 솟구쳐 나왔다. 저절로 자라난 흥분이 거기에 모인 사람들로 하여금 의자, 걸상, 술통 들을 박차고 일어나게 만들었다. 그들은 가슴을 쳤다. 거부의 손짓을 내저었다. 서로 간에 질문을 던졌다. 그렇게도 자주 입에 담곤 하는 조국이란 게 대체 어디에 있는가, 그 조국은 어디로 달아나 버렸는가, 그런 조국이란 게 도대체 있긴 있는 것이며, 있다면 도대체 어떤 형태로 존재하는 것인가?

이렇게 묻는 사람들에게 마치 위안의 말이라도 하려는 것처럼 게르하르트가 말했다.

"우리들 모두에게 지상의 조국은 없어요. 확실히 존재하는 건 오직 천상의 조국뿐입니다!"

게르하르트가 이 말을 하고 있는 동안 그뤼피우스는 그 소란스러운 무리들 곁을 벗어나 다른 곳으로 걸어가고 있었다. 그는 앞쪽의 빈 걸상 옆, 즉 이제는 해체된 그 반원

한가운데에 서 있었는데, 이미 두 손으로 엉겅퀴 꽃이 심어져 있는 화분을 잡은 채 그들 시대의 우의적 '상징'인 그 엉겅퀴 꽃이 천장 들보에 닿도록 쳐들고 있는 판이었다. 그렇게 위협적인 자세를 취하고 있는 그의 모습은 곧 난폭한 행위를 자행할 기세였다. 그것은 한 거인의 형상으로서 '숲 속의 야인'[61]을 방불케 하였으며, 아직 혀가 굳어 끙끙 앓고 있던 모세와도 같은 꼴이었다. 그 모세가 마침내 혀가 풀려서 말을 하기 시작했다.

"열매도 못 맺는 것이 가시만 있고 바람에 날려서 퍼지는 것, 당나귀의 먹이, 농부가 제일 싫어하는 잡초, 하느님께서 인간을 벌하시려고 만드신 분노의 풀, 아무리 뽑아도 자꾸만 우거지는 재앙의 풀, 여기 있는 이 엉겅퀴가 우리 모두의 꽃이며 조국이야!"

이렇게 내뱉고 나서 그뤼피우스는 엉겅퀴가 무성한 화분, 그 '독일'을 마룻바닥에 내동댕이쳐서는 우리들 사이에서 박살을 냈다.

아무도 그 이상 그럴듯하게 해낼 수는 없었을 것이다. 그것은 우리들의 기분에 딱 맞았다. 우리들에게 조국이 이처럼 명백해진 적은 일찍이 없었다. 그 광경은 마치 우리들이 이제 드디어 만족하게 된 듯한 꼴이었으며, 우리들의 참담한 상황이 강력한 비유적 표현을 얻게 된 데 대하여 독일식으로 기뻐하는 것 같았다. 더욱이 그 박살 난 화분 파편들과 흩어진 흙 한가운데에서 그 엉겅퀴 꽃은 아무 데

61) 알프스 지방의 전설에 나오는 곤봉을 든 털북숭이 인간.

도 상한 데 없이 그대로였던 것이다.

“보라!” 하고 체젠이 외쳤다. “조국은 그처럼 심한 추락을 하등의 상처도 입지 않고 견뎌내었도다!”

모두들 그 기적을 바라보았다. 그리하여 그 다치지 않은 엉겅퀴 꽃에 대해 모두들 어린애처럼 기뻐하게 되었고, 비르켄 청년은 그 앙상하게 드러난 뿌리 주위에 흙을 끌어모았으며, 라우렘베르크는 물을 가지러 달려갔다. 이런 소동이 있고 난 연후에 장내 분위기가 다시금 온건하게 되었음을 보고서야 비로소, 즉 사람들이 미처 일상적인 대화로 접어들기에 한발 앞서서, 지몬 다흐가 발언을 시작했다. 그의 옆에는 이미 다니엘 쳅코가 나란히 서 있었다. 이 두 사람은 앞서 다른 사람들이 잃어버린 조국 또는 더 이상 그 형체를 알 수 없는 조국 또는 완연히 잡초로 화해 버린 조국을 찾느라 모두들 법석을 떨며 격한 행동에까지 이르는 동안에도 이 문구 저 문구를 삭제, 보충해 가면서 종이 한 장을 가지고 일을 하고 있었던 것이다. 그 종이를 지금 다흐는 선언문의 최종 안으로서 낭독하고 있었으며, 그동안 쳅코가 그것을 청서하고 있었다.

그 새로운 문안에는 리스트의 벽력 같은 말투가 전혀 없었다. 최후의 진실 선언은 유보되었다. 거기에서 낭독된 것은 다만 평화를 추구하는 모든 당사자들에게 보내는, 이 회의 참가 시인들의 소박한 청원으로서, 그것은 비록 권력은 없지만 불후성이 약속되어 있는 시인들의 걱정을 모든 당사자들이 결코 과소평가하지 않을 것을 요구하고 있었다. 그 선언문은 스웨덴인과 프랑스인을 강도로 몰지 않고 바이에른의 땅장사를 비난하지 않으며, 서로 갈라져 싸우는 교파들 중 단 한 교파의 이름도 거론함이 없이, 미래를 두고 멀리 바라볼 때 생각할 수 있는 갖가지 위험 요소 및 평화 저해 요소들만을 지적하고 있었다. 이를테면 그렇게도 열망되고 있는 평화 조약 안 자체 내에 장래의 전쟁들의 불씨가 숨어 들어갈 수 있는 가능성이 지적되었고, 서로 관용하는 정신이 없을 때에는 그다지도 열망되고 있는 종교적 평화라는 것이 단지 또 다른 신앙의 분쟁을 계속 초래하게 될 것이라는 전망이 언급되었으며, 구질서가 축복을 받는 것이 바람직하긴 하지만 그 구질서를 다시 회복시킬 때 제발 그 예부터 내려오는 불의까지도 함께 회복시키지는 말았으면 좋겠다는 소망도 피력되었다. 그리고 마지막으로 이 회의에 모인 시인들의 애국자로서의 걱정이 언급되었는데, 독일 제국이 너무나도 난도질을 당했기 때문에 아무도 이 독일 제국에서 한때 독일이라고 불리던 자신의 조국을 더 이상 알아볼 수 없게 될 지경이라는 것이었다.

최종 안으로 나온 이 평화 호소문은 하느님의 축복을 기원하는 문구로 끝을 맺고 있었으며, 청서가 끝나자마자 더 이상의 토의 없이 맨 먼저 다흐와 첩코가, 그다음에는 다른 시인들이, 그리고 마지막으로 로가우까지도 거기에 서명했다. 서명이 끝나자 시인들은 마치 그들의 청원이 벌써 받아들여지기라도 한 것처럼 여기저기서 기쁨과 감동에 넘쳐 서로 포옹을 했다. 드디어 우리가 뭔가를 해냈다는 확신을 지닐 수 있었다. 그 호소문에는 호방한 제스처라곤 없었기 때문에 그것을 보충하려는 것이었는지 리스트가 자기 의견을 말했는데 그는 이 호소문이 채택된 장소와 날짜와 시간이야말로 의미심장한 것이라고 지적하였다.

이제 종을 울릴 시간이었다. 하지만 큰 홀로 들어오는 문간에서 울리기 시작한 그 조그만 흔들이 종의 소리는 그 의의가 반감되었으니, 이번에는 여주인이 점심 식사를 하라고 부른 것이 아니었기 때문이다. 어젯밤의 고기잡이에서 잡힌 물고기들이 그레플링어의 감독하에 구워졌던 것이다. 그래서 그레플링어는 그 선언문에 마지막으로 서명을 하게 되었다.

회의를 마친 시인들이 큰 홀에서 작은 객실로 몰려갈 때에는 아무도 더 이상 화분의 파편들 사이에 건재한 채로 남아 있는 엉겅퀴에 주의를 기울이지 않았다. 지금은 모두가 오직 물고기 생각뿐이었다. 물고기 냄새가 우리들을 유혹하고 있었으며, 우리들은 그 냄새가 이끄는 대로 따라갔다.

그 의미심장한 종이를 휴대하고 있는 지몬 다흐는 고별에 즈음한 그의 폐회사를 물고기 요리 순서 다음으로 미루지 않을 수 없었다.

# 제22장

그처럼 평화롭게 식사를 한 건 처음이었다. 긴 식탁을 둘러싸고 오순도순 온화한 말을 주고 받기에는 물고기 요리가 적합한 것이었다. 각자가 각자에게, 그리고 각자가 각자에 대하여, 절도를 지키는 나직한 목소리로 이야기를 하였다. 그들은 서로의 말에 귀를 기울이기도 하였으며 서로의 말을 가로막지도 않았다.

다호가 마지막으로 친구 알베르트에게 부탁한 예의 식사 기도에서 이미, 그 크나이프호프의 교회 오르간 연주자는 어업과 관련된 성경 구절들을 암시하면서 이와 같은 온화한 분위기를 만들어내는 데 주도적 역할을 한 바 있었다. 일단 분위기가 이렇게 기울어지고 난 다음에는 파삭파삭하게 구워진 껍질 아래에서 등뼈로부터 부드럽게 떨어지는 하얀 잉어의 속살을 칭찬하는 것은 쉬운 노릇이었다. 하지만 잉어만 못한 잔뼈가 많은 황어들에 대해서도 투정을 하는 사람은 없었다. 그제야 사람들은 얼마나 많은 잉어와 황어 들이—그 밖에도 참잉어, 가시고기, 게다가 민물 상어 새끼 한 마리까지 있었다—간밤에 그레플링어의 그물과 낚시에 걸려들었는가를 알 수 있었다. 여주인이 등을 돌린 채 창가에 서 있는 동안, 하녀들은 아직도 연방 넓적한 접시에다 물고기들을 더 날라 오고 있었다.

그것은 마치 그레플링어의 물고기들이 어떤 기적을 통해 자꾸만 불어나는 것만 같았다. 뉘른베르크 사람들은 비르켄을 선두로 하여 벌써 목가적인 시구를 흥얼거리고 있었다. 모두들 지금 당장은 아니더라도 언제 적당한 때가 오면 물고기를 찬양하는 시를 써보고 싶어 하였다.

"그리고 컵에 들어 있는 물도 찬양해야지!" 하고 라우렘베르크가 외쳤다. 그는 다른 모든 사람들과 마찬가지로 갈색 맥주라면 이제 말도 하기 싫어했다.

"두 번 다시 맥주는 안 마실 거야!" 하고 모셰로슈가 맹세를 했다.

그들의 머리에는 마법에 걸린, 혹은 행복을 가져다주는 물고기들에 관한 갖가지 전설들, 그리고 유모가 들려주던 동화들이 떠올랐다. 어느 탐욕스러운 어부 아낙을 위해 그 어떤 소원도 다 들어주다가 맨 마지막 소원만은 거절했다는 말할 줄 아는 넙치에 관한 동화도 그 자리에서 이야기되었다. 그리하여 그들 문사들은 점점 더 다정하게 서로에게 끌리게 되었다. 리스트가 그의 적수인 체젠에게 곧 한 번 베델로 왕림하여 그의 손님이 되어달라고 기꺼이 청한 것은 참으로 아름다운 일이었다(나는 불참한 쇼텔의 부지런한 어휘 수집을 부흐너가 칭찬하는 것을 들을 수 있었다). 상인 슐레겔은 조그만 사발에다 하녀들에게 감사의 뜻을 표하기 위한 동전과 은전들을 모으고 있었는데, 모두들, 심지어는 경건한 게르하르트조차도 거기에 돈을 보태었다. 이제 베케를린 옹이 모든 일에도 불구하고, 그리고 모든 일이 지나간 연후이니 만큼 여주인에게 경의를 표하기 위하여 궁중에서 쓰는 사교적인 표현을 동원하여 창가에 있는 그녀를 식탁께로 건너오시라고 청했다. 그러자 사람들은 그 리부슈카가 마치 여름 날씨에 오한이라도 드는 양 말안장 덮개로 몸을 휘감고 거기 서 있는 것을 보게 되었다. 그녀는 아무 말도 듣지 못하고 있었다. 정신을 딴 곳에 판 채 그녀는 어깨를 오그리고 거기 서 있었다.

"아마도 사념에 젖은 채 그 슈토펠이란 친구를 급히 뒤쫓아 가고 있는 모양이군!" 하고 누군가가 추측의 말을 했다.

이제는 화제가 슈토펠과 그 친구의 초록색 조끼에 대한 이야기로 넘어가게 되었다. 비유해서 말하기를 즐기는 그들인지라, 홀로 잡힌 민물 상어 새끼를 처음에는 겔른하우젠과 비교하더니, 이윽고 그 한 마리뿐인 물고기는 그 친구의 후견인인 하르스되르퍼의 차지가 되어야 한다는 것이었다. 몇몇 사람들은 서로 자기들의 계획을 털어놓았다. 뮐벤과 엔터를 위시한 출판업자들만이 다가오는 평화조약으로부터 몇 권의 책을 우려내려 하고 있었던 것이 아니라 시인들도 이미 평화 축시 또는 평화 경축극을 쓰고 있거나 혹은 머릿속에서 즐거운 구상을 하고 있는 중이었다. 비르켄은 뉘른베르크를 위해 여러 부분으로 된 우의적 작품을 하나 구상하고 있었다. 리스트는 그의 희곡 「평화를 희원하는 독일」에 이어 축제극 「평화에 환호하는 독일」을 쓰겠다고 말했다. 하르스되르퍼는 볼펜뷔텔 궁정에서 앞으로 발레나 가극을 위한 대본들을 우대할 것이라고 확언하였다(그는 쉬츠가 혹시 대작을 써서 거기에 기여할 생각은 없을까 하고 자문해 보는 것이었다).

여주인은 여전히 말안장 덮개를 덮은 모습으로 곱사등이처럼 움츠린 좁다란 등을 보이며 서 있었다. 하지만 그 리부슈카인지 억척 어멈인지, 보헤미아의 투른 백작이 외도를 해서 낳은 딸인지, 혹은 그녀가 그 밖의 누구든 간에, 그녀를 시인들이 앉아 있는 긴 식탁께로 청해서 오게 할 수는 없었다. 부흐너에 이어 다흐가 시도해 보았지만 역시 허사였다. 단지 하녀들 중의 하나가(엘자베던가?) 마지막 남은 물고기들을 상 위에 갖다 놓으면서 "클라텐베르크 산 위에 한 떼의 집시들이 진을 쳤어요. 사람들은 엠스의 성문을 닫았고요"라고 지껄였을 때, 나는 리부슈카가 흠칫 놀란 동작을 하며 그 말에 주의를 기울이는 것을 보았다. 하지만 지몬 다흐가 모두를 향하여 고별사를 하면서 여주인에게도 감사의 뜻을 표했을 때에는 그녀는 벌써 다시금 정신을 딴 데에 판 채로 거기 서 있었다. 다흐는 일어서서 미소를 머금고는 긴 식탁을 죽 훑어보았다. 그러고는 머리와 꼬리 사이가 하얗게 드러난 물고기 뼈가 수북이 쌓여 있는 식탁을 내려다보았다. 그는 그동안에 봉인한 선언문 두루마리를 왼손에 들고 있었으며, 말을 시작하기에 앞서 감개무량함을 완전히 감추지는 못하고 있었다. 하지만 그들이 이제 서로 헤어져야 한다는 사실, 회자정리의 이치에 순응해야 한다는 사실, 그리고 그들의 영원한 우정의 결속 등에 대한 애상적인 말을 목이 메어서 겨우 한 다음, 이윽고 그는 짐을 벗은 홀가분한 마음이 되어 마치 그들의 이 만남의 의미를 깎아내리려는 양, 한결 가벼운 태도를 취하면서 이 만남이 지니고 있는 중요성에 관해서는 이제 제쳐둔 채 아주 엉뚱한 화제로 말을 바꾸는 것이었다.

"저는 그레플링어 군이 잡아 온 물고기가 우리 모두를 다시금 정직하게 만들어주어서 기쁩니다. 이런 회의를 적당한 때를 택하여 또 해야 할 것인지에 관해서는 잘 모르겠습니다. 아니, 아직은 모르겠다고 말씀드려야 되겠습니다. 다음번에 만날 장소와 날짜를 정해 달라는 재촉도 많았습니다만, 우리들이 이 회의를 열기까지 여러 가지 방해 공작도 없지 않았습니다. 저는 여기서 그런 불쾌한 일들을 하나하나 열거하고 싶지는 않습니다. 하지만 보시다시피 결국 이러한 노력은 그래도 보람이 있는 것 같군요. 우리들도 각자 앞으로는 자신이 보다 덜 외로운 존재라는 인식을 가질 수 있을 것입니다. 그리고 자기 고장에서 답답함을 느끼거나 새로이 비참한 상황에 직면하거나 거짓된 영광에 속거나 조국을 더 이상 눈앞에 그려볼 수 없게 되는 사람이 있다면, 그는 텔크테의 엠스 성문 앞 '다리의 집'에서 아무 데도 다치지 않고 끝까지 건재하던 엉겅퀴 꽃을 상기하면 좋을 것입니다. 바로 여기서 언어는 우리들에게 폭넓은 여유를 주겠다고 약속했고, 우리들에게 영광을 부여했으며, 우리들을 위해 조국을 대신했을 뿐만 아니라, 우리들에게 이 세상의 모든 고통을 다 가르쳐줬습니다. 그 어떤 군주도 우리들과 동렬에 설 수는 없는 것입니다. 사람들이 설사 우리들을 돌로 치고 증오로써 파묻어 버린다 해도, 그래도 펜을 든 손이 돌 더미를 헤치고 불쑥 올라올 것입니다. 독일적이라고 부를 만한 것은 오직 우리들에게서만 영원성을 지니게 될 것입니다. 왜냐하면, 친애하는 동료 여러분, 우리들이 여기 이 지상에 머무를 수 있는 시간은 비록 찰나에 불과하지만, 모든 시는 그것이 생의 법칙에 따라 써진 우리들의 정신의 산물인 한에 있어서는 영겁의 일부로 동화되는 것이기 때문입니다…….”

다호의 연설은 이제 최고조에 달하여 거기 모인 시인들을 불후성과 동화시키고 있었으며, 이제 막 그는 시의 영원성에 관한 말을 하면서 평화 호소문이 적혀 있는 그 두루마리를 높이 쳐들고는 그것에도 초시대적 영속성을 부여하려 하였다. 바로 그때였다. 미처 끝나지도 않은 다호의 문장 속에다 대고 여주인이 창문께로부터 낮긴 했지만 날카로운 비명을 질렀다.

“불이야!”

그러고 난 다음에야 비로소 하녀들이 비명을 지르며 달려왔다. 그리고 그제야 비로소 우리 모두는—지몬 다흐가 마치 그럼에도 불구하고 자기의 연설을 끝까지 하려는 양 아직도 여전히 거기 서 있는 가운데—무엇인가 타는 냄새를 맡을 수 있었다.

# 제23장

뒤쪽 합각머리 지붕의 낡아 해진 갈대들이 큰 홀의 창문들 위에까지 치렁치렁 드리워져 있었는데, 불은 바로 이 뒤쪽 합각머리로부터 연기를 많이 내며 일어나서는 바람이 잘 통하는 다락방 안으로 번지고 있었다. 그 다락방 안에서 불길은 마음껏 공기를 들이마신 다음 짚단들이며 잠자리로 깔아놓은 지푸라기며 마른 나뭇가지 단이며 내팽개쳐진 잡동사니들을 공략하기 시작하였으며, 활활 타오르는 불꽃이 되어 버팀목으로 대놓은 각종 목재로 급속히 번지는 것이었다. 그래서 그 불꽃은 이제는 갈대로 덮여 있는 지붕의 두 사면(斜面)을 안으로부터 꿰뚫고 있었으며, 밑에 있는 마룻바닥도 잠식하기 시작하여 훨훨 타는 각재와 판자 들이 큰 홀로 떨어지고 있었다. 순식간에 앞쪽 합각머리에도 불길이 번졌고, 연이어 다락방으로 올라가는 사닥

다리도 위쪽에서부터 아래쪽으로 타 내려오고 있었다. 불길은 복도들을 따라오면서, 화급하게 짐을 내어 오느라고 문이 열려 있었던 모든 방들을 다 점령하는 것이었다. 그리하여 잠시 동안에 모든 방의 창문들로부터 기다란 불꽃 기둥들이 바깥 하늘로 뻗쳐 나오게 되었으며, 그것들은 화염에 이글이글 타고 있는 앙상한 지붕의 골격과 더불어 하늘 높이 치솟음으로써 화신(火神)의 정염(情炎)에 마지막 아름다움을 부여해 주고 있었다.

이 광경을 나는 보았고, 감격한 체젠도, 악마 같은 그뤼프도 보았다. 각자 자기 짐을 챙겨 가까스로 마당으로 나와 목숨을 보전하였으며 이전에 이미 글로가우, 비텐베르크 혹은 마크데부르크가 불타는 것을 본 적이 있는 그들 모두는 각자 다른 심경으로 이 광경을 바라보고 있었다. 그 어떤 빗장도 남아나지 않았다. 현관으로부터 작은 객실, 부엌, 여주인의 칸막이 방, 나머지 아래층 여관방들이 모두 탁 트이게 되었다. 손님이라곤 오직 화신뿐인 '다리의 집'이 거기 서 있었다. 풍우를 피하기 위해 '다리의 집'의 서북쪽에 심어져 있던 보리수들이 횃불이 되어 서 있었다. 바람이 자고 있었음에도 불구하고 불티가 날고 있었다. 그레플링어가 라우렘베르크와 모셰로슈의 도움을 받아 간신히 말들을 마당 이쪽으로 몰아오고 나머지 포장마차들을 출구로 밀어낸 다음, 놀란 말들을 마차에 메우는 데 성공하자마자 마구간이 불타오르기 시작했다. 라우렘베르크는 한 흑마의 발에 밟혔다. 그 때문에 그는 계속 오른발을 절뚝거리게 되었다. 아무도 그가 아파하는 소리를 귀담아

듣지 않았다. 모두가 자기 걱정에 여념이 없었다. 오직 나만이 그 세 하녀들이 버새들 중 한 마리에다 단봇짐들과 취사용 냄비들을 싣고 있는 것을 볼 수 있었다. 또 한 마리의 버새 위에는 리부슈카가 불타는 '다리의 집'을 등진 채 앉아 있었다. 그녀는 여전히 그녀의 그 말안장 덮개로 몸을 감싼 채 마치 아무 일도 없었던 것처럼 조용히 앉아 있었고, 그녀의 발치에서는 마당 개들이 킹킹거리며 울고 있었다.

비르켄은 부지런히 적어온 그의 일기장이 청년들의 짐과 함께 다락방에서 그냥 타버렸기 때문에 끙끙 앓는 소리를 했다. 출판업자 엔터는 브라운슈바이크에서 팔려고 했던 한 짐의 책들이 타버려서 애석해하고 있었다.

"선언문!" 하고 리스트가 외쳤다. "선언문은 어디 있지? 누가 갖고 있지?"

다흐는 빈손으로 서 있었다. 그 긴 식탁 위에 쌓인 물고기 구이의 뼈 사이에 독일 시인들의 그 평화 호소문은 잊힌 채 놓여 있을 것이었다. 로가우가 사리 분별력을 잃은 채 그 작은 객실로 다시 뛰어들어 가려고 했다.

"그 문건을 구해야 해!"

첼코가 그를 붙잡아 말리지 않으면 안 되었다. 그리하여 어차피 먹혀들지도 않았을 그 호소문은 호소해 보지도 못한 채 사라지게 되었다.

'다리의 집'의 지붕 골격이 폭삭 주저앉고 나무 기둥들이 벌겋게 이글거리는 갈대 지붕을 인 채 불티를 날리며 마당 안으로 나둥그러지자 회의에 참석했던 시인들과 출판업자들은 황급히 그들의 짐을 챙겨서는 포장마차 안으로 도망쳤다. 라우렘베르크는 슈노이버가 돌봐 주었다. 하르스되르퍼는 베케를린 옹을 도와주었다. 사람들은 아직도 멍청하게 불을 바라보고 서 있던 그뤼피우스와 체젠을 소리쳐 부르고 재촉해야 했으며, 기도하는 파울 게르하르트 역시 그 열렬한 무아경에서 그만 깨어나게 하지 않으면 안 되었다.

그 옆에는 마르테, 엘자베 및 마리에가 짐 실은 버새와 리부슈카가 타고 있는 버새를 몰아가고 있었다. 하녀 마리에는 대학생 셰플러에게 그들은 지금 클라텐베르크 산으로 가고 있는 중이라고 말했다. 보아하니 후일 질레지우스로 개명한 그 청년은 그들과 함께 집시 무리들에게로 가고 싶은 기색이기도 했다. 그가 마차에서 훌쩍 뛰어내리자마자 마리에는 그에게 조그만 가톨릭 십자가 하나를 건네줌으로써 보상하였다. 그 십자가에는 은 상감세공을 한 텔크테의 그 성모상이 매달려 있었다. 인사도 없고 뒤돌아보는 법도 없이 리부슈카는 버새를 탄 채 하녀들과 함께 외엠스 강 방향으로 떠나갔다. 마당 개들이—이제 보니 그것들은 모두 네 마리였다—그들 뒤를 따라가고 있었다.

그렇지만 시인들은 집시 생활이 아닌 가정생활을 원했다. 그들은 세 대의 포장마차에 나누어 탄 채 무사히 오스나브뤼크에 도착하였으며 거기서 서로 헤어졌다. 그들은 올 때와 마찬가지로 혼자서 또는 무리별로 귀로에 올랐다. 라우렘베르크는 리스트의 목사관에서 말에 밟힌 상처를 완치하였다. 게르하르트는 베를린까지 다흐 및 알베르트와 동행하였다. 슐레지엔 지방 사람들은 별다른 위험을 겪지 않고 고향에 도착하였다. 뉘른베르크 사람들은 돌아가는 길을 마다하지 않고서 볼펜뷔텔의 쇼텔에게 들러 소식을 전했다. 쾨텐에 있는 안할트 공국의 루트비히 왕에게는 돌아가는 길에 부흐너가 알현하여 상세한 보고를 했다. 베케를린은 다시금 브레멘에서 런던행 배를 탔다. 그레플링어는 정착하기 위해 함부르크로 갔다. 그리고 모셰로슈는? 체젠은?

아무도 우리들의 대열에서 행방불명된 사람은 없었다. 우리들은 모두 자신의 목적지에 무사히 도착했다. 하지만 그 17세기에 또 누군가가 우리들을 텔크테나 어떤 다른 장소에 소집한 일은 두 번 다시 없었던가? 그 만남이 계속되지 않아서 우리들이 매우 아쉬워해 온 것을 나는 알고 있다. 그 당시에 내가 누구였는지 나는 알고 있다. 그 이상의 사실도 나는 알고 있다. 단지 그 '다리의 집'에 누가 불을 질렀는지는 모른다, 나는 모른다…….

작품 해설

# 돌로 쳐라! 그래도 시인들은 살아남으리라!

— 귄터 그라스의 소설 『텔크테에서의 만남』,
혹은 '이야기로 읽는 문학사'

귄터 그라스(Günter Grass)는 1927년 자유시 단치히에서 태어났다. 그는 제3제국의 만행을 책임져야 할 세대는 아니었지만, 히틀러 치하의 온갖 고통을 겪기에는 충분했던 세대였다. 즉 그는 14세에 히틀러 소년단원이 되었고 16세에 학업을 중단한 채 전선에 끌려갔고, 17세에 부상을 당하고 전쟁 포로가 되었으며, 1945년에는 18세의 석방 포로로서 막일꾼으로 전전하였다. 20세에 석공 생활을 했고, 그 후 수년간 뒤셀도르프와 베를린에서 조각 수업을 한 후 조각 및 판화 소품들을 통해 생계를 이어가던 그는 틈틈이 반어와 기지, 환상적인 말장난과 기괴한 은유로 점철된 서정시들을 발표함으로써 한스 베르너 리히터(Hans Werner Richter)의 주목을 받아 1955년에 47그룹에 초대되었다.

그러나 그의 문명(文名)을 본격적으로 굳힌 작품은 파리의 헛간 방에서 집필한 장편 처녀작 「양철북*Die Blechtrommel*」(1959)이었다. 아직 미완성이던 이 작품의 초고 일부가 1958년 47그룹에서 낭독되자 그라스는 그해 47그룹 문학상을 수상하게 되었다. 전후 독일 문학사에서 「양철북」만큼 큰 반향과 물의를 동시에 일으킨 작품도 드물다. 독자를 사로잡는 기괴한 이미지들과 언어의 유희, 기성도덕을 해체시키는 가차 없는 솔직성, 그리고 이 소설 도처에 깔려 있는 사회 비판이 훌륭하다는 극찬이 쏟아졌는가 하면, 겸허한 인간성을 잃어버린 한 오만한 인간의 소아병적 환상이라는 혹평도 동시에 퍼부어졌다. 1959년 브레멘 시 당국이 심사 위원회에 의해 브레멘 시 문학상 수상 후보로 추천된 귄터 그라스에게 문학상 수여를 거부하고 나온 것을 보면, 이 작품에 대한 당시 사회의 부정적 반응의 일단을 짐작할 수 있다.

그러나 반세기 가깝게 지난 오늘의 관점에서 보자면, 「양철북」은 독일 교양소설의 전통 속에서 피어난 한 송이 이색적인 꽃이며, 작가 그라스를 전후 독일 문학이라는 밤하늘에 이채롭게 빛나는 하나의 큰 별로서 주목받게 만들었다고 할 수 있다.

「양철북」 이후에 나온 「고양이와 생쥐」, 「개들의 세월」, 「국부마취」, 「달팽이의 일기」 등 여러 작품에서도 역시 그라스는 독특하게 일그러진 시각으로 독일과 독일인을 관찰하고 있으며, 외설과 독신(瀆神)을 서슴지 않고 조국과 시대를 날카롭게 비판하고 있다. 그러나 독일 문학계에서 그의 새 작품들에 보여준 반응은 비교적 냉담했다. 이것은 물론 그의 신작들이 「양철북」의 신선한 충격을 뛰어넘지 못한 데에도 기인하겠지만, 1960년대 이래 그가 빌리 브란트 및 사회민주당에 협력하여 선거 유세 등 정치 활동에 적극 참여해 온 것과도 무관하지 않다. 즉 비교적 보수적이기 마련인 세론에 의하면 그라스가 정치에 참여하기 시작한 이래로 그의 문학적 재능이 죽었다는 것이다. 그러나 여기에는 그라스와 같은 독설적, 외설적, 독신적 좌파 인사를 본격적인 시인으로 받아들이지 않으려는 유럽 교양시민 계층의 끈질긴 저항이 깔려 있다고 볼 수도 있다. 비교적 온건한 하인리히 뵐이 일찌감치 노벨상을 수상한 데 비해 동년배인 귄터 그라스가 노벨상을 받기까지는 아직도 4반세기의 세월이 더 필요했던 것이다.

1977년에 나온 장편 「넙치」는 「양철북」에 버금가는 성공을 거둔 작품으로서, 열한 명의 여자 요리사와 그들의 요리에 관한 이야기이며 넙치 동화에 투영시킨 남성 지배사 내지는 인류 문화사다. 이 장편에 나타나는 무수한 여성들과 시공을 초월하여 언제 어디서든 편재하는 남자 주인공 '나'를 만나게 되는 독자들은 현대 소설의 위기와 새로운 가능성을 동시에 접하게 된다.

> 나, 나는 언제나 존재한다. 그리고 일제빌도 태초부터 있었다. 회상하건대 신석기시대 말에 있었던 우리들의 첫 부부 싸움은……

소설 「넙치」는 이런 식으로 서술되고 있다. 1999년에 나온 그라스의 소설 「나의 세기」(1900년부터 1999년까지 매년 한 개씩의 이야기, 즉 도합 100개의 이야기로 구성되어 있는 일종의 연작소설)의 첫 이야기도 다음과 같이 시작된다.

실제의 내가 자꾸만 모습을 바꾸어 나타나는 서술자인 나는 해마다 현장에 있었다.

이 문장에서 작가 귄터 그라스의 말을 일단 그대로 받아들인다면, 이 소설은 일종의 일인칭소설(Ich-Roman)이되, 매 연도마다 서술자가 달라질 수는 있으나 그 일인칭 서술자들 또한 실은 작가 귄터 그라스의 분신에 다름 아니라는 말로 이해될 수 있다. 소설의 일인칭 서술자와 작가 자신이 정말 동일 인물인가 하는 문제는 언제나 미해결로 남기 마련이지만, 어쨌든 「넙치」 이래의 그라스의 소설들에서는 '편재하는 나'의 존재가 하나의 큰 특징이라 할 수 있다.

'나'라는 인물이 그라스의 소설들 속에서 왜 편재하는가. 이 문제에 대한 해답은 그 자체로서 하나의 논문이 됨직하지만, 우선 확실한 것은 이것이 작가 그라스의 역사의식의 소산이라는 점이다.

여기에 번역한 『텔크테에서의 만남 *Das Treffen in Telgte*』(1979) 역시 '편재하는 나'를 가끔 등장시키고 있으며, 그때마다 작가 그라스의 역사의식이 엿보이고 있다.

어제는 내일 있었던 바의 반복이 될 것이다.

『텔크테에서의 만남』 역시 이렇게 이상한 문장으로 시작되고 있다. 사건의 시공이 오락가락하고 화자인 '나'가 시대와 공간을 초월하여 편재한다는 점만 보더라도 이 작품은 「넙치」를 전제로 하지 않고는 나오기 어려웠다 하겠으며, 「넙치」가 소설로 쓴 인류 문화사라고 한다면, 『텔크테에서의 만남』은 이야기로 쓴 문학사이다.

이야기로 쓴 문학사? 이 작품의 첫머리를 다시 한번 읽어보기로 하자.

> 어제는 내일 있었던 바의 반복이 될 것이다. 오늘 우리들의 이야기라고 해서 반드시 최근에 일어난 이야기일 필요는 없는 것이다. 이 이야기는 300여 년 전에 이미 시작되었다. 다른 이야기들도 그렇다. 독일에 관한 모든 이야기는 다 이와 같이 오랜 역사를 지니고 있다. 텔크테에서 시작되었던 이야기를 내가 여기에 적는 이유는 우리 세기의 47년도에 동업자들을 자기 주위에 불러 모았던 한 친구가 이제 일흔 번째 생일을 맞이하려 하고 있기 때문이다. 하지만 그는 일흔 살이 아니라 더 늙은, 훨씬 더 오래된 사람이다. 그리고 현재 그의 친구인 사람들도 역시 그 당시의 그와 마찬가지로 아주 옛 사람들이다.

정말이지 소설의 첫머리가 이렇게 어려워서야 누가 소설을 읽겠는가 싶기도 하지만, 그라스가 뭐 그렇게 난해한 작가가 아닌 이상 찬찬히 읽다 보면 어딘가 열쇠가 숨겨져 있을 것임에 틀림없다. 여기서 중요한 키워드는 아마도

"우리 세기의 47년도에 동업자들을 자기 주위에 불러 모았던 한 친구"일 것인데, 여기서 우리는 일단 1947년도에 시인과 작가 들을 초대했던 47그룹의 주역 한스 베르너 리히터를 연상하지 않을 수 없다. 이런 일이 300년 전에도 있었다면, 그것은 1647년이 되며, 이 시점은 독일의 온 국토를 초토화했던 저 30년전쟁(1618~1648)이 끝나기 1년 전이 된다. 1947년이 제2차세계대전이 끝나고 2년 뒤인 반면, 1647년은 30년전쟁이 끝나기 1년 전이다. 여기서 중요한 것은 전전이냐 전후냐가 아니라, 47년도와 전쟁이 공통인수라는 사실임은 금방 알 수 있을 것이다. 그렇다면 "어제는 내일 있었던 바의 반복이 될 것이다"라는 이상한 문장도 어느 정도는 해석이 가능해진다. 어제, 즉 1647년의 일은 내일, 즉 1947년에 있게 될 일을 이미 선취하고 있으며, 결국 이러한 반복이 바로 우리네 역사, 또는 독일 문학사에 다름 아니라는 의미가 아니겠는가!

독일 전후 문학사가 어떻게 바로크 시대 독일 문학의 반복일 수 있을까? 바로크 시대, 그것은 30년전쟁으로 얼룩진 시대다. 아우크스부르크의 종교 화의(1555년)에도 불구하고 신·구교의 종교적 분쟁은 그칠 줄 모르고 지속되다가 17세기에 들어서자 온 유럽이 양 진영으로 갈라서고 게다가 또 정치적 이해관계까지 복잡하게 서로 얽히고설켜서 결과적으로 하필이면 독일 땅에서 처참한 대전쟁이 일어나기에 이르렀다. 독일 전역을 초토화시키고 민생을 기아와 페스트에 허덕이게 만든 이 30년전쟁이 끝나기 바로 1년 전, 그러니까 1647년 여름이었다. 당대의 문학가 지몬 다흐의 초대를 받은 그뤼피우스, 하르스되르퍼, 호프만스발다우, 질레지우스 등등 독일 각지의 시인들이 엠스 강안의 작은 도시 텔크테에서 만난다는 내용이 바로 이 이야기인데, 여기서 그들은 각자 지참해 온 원고를 친히 낭독하고 거기에 대한 평을 나누었으며 부차적이긴 했지만 조국이 처한 시대적 상황에 대한 정치적 논의도 곁들였다.

1947년의, 아니 1647년의 시인들은 한스 베르너 리히터의, 아니 지몬 다흐의 지휘 아래 작품을 낭독하고, 또 낭독된 작품에 대해 비평을 가했다. 그러나 텔크테에 모인 옛 시인들은 초라한 식사를 해야 했다. 전쟁 통에 미처 식량 조달이 되지 않아 식사가 변변치 않았던 것이다. 그런데 마침 그들 시인들을 안내해 왔던 젊은 군인 겔른하우젠(후일 「독일 바보의 모험」(1668)이란 소설을 써서 불후의 작가가 된 그리멜스하우젠의 다른 이름)과 그의 휘하에 있던 병사들이 고기와 포도주, 그리고 갖가지 은 그릇들을 구해 갖고 왔다. 이에 시인들은 잔치를 벌이고 포식하며 즐겼는데, 그것이 실은 농가와 수녀원에서 약탈한 물건들이었음이 나중에야 밝혀지게 되었다.

시대의 죄악의 피할 수 없는 공범자가 된 그들 시인들의 경악과 분노는 컸다. 그런데도 그들은 논란 끝에 모임을 속행하기로 결정하고, 시대의 참상과 혼란에 대하여 그 종언을 요청하는 평화 호소문까지도 채택하려고 했다. 그러나 막판에 숙소 겸 회의장으로 쓰던 여관에 누군가가 불을 질러 시인들은 다시금 뿔뿔이 흩어져 간다.

텔크테에서 만난 시인들의 이름과 그들의 연령 및 그들

이 낭독하는 작품들은 대개 문학사적 사실과 부합되지만, 전체적인 구성으로 보아 이 이야기는 역시 허구로 보인다. 그러나 이 가공적 에피소드가 자못 실화적 흥미를 끌 수 있는 것은 이것이 전후 독일 문학사에 있어서 47그룹의 흥망성쇠를 끊임없이 연상시키기 때문이다. 이 책의 첫 페이지에 "한스 베르너 리히터에게 바침"이라는 헌사가 있는 것도 이런 점에서 결코 우연이 아니다.

> 나는 이 모든 것을 어디서 알게 된 것일까? 나는 그들 사이에 앉아 있었으며 거기에 동석하고 있었다. 그래서 나는 여주인 리부슈카가 오늘 밤을 위해 몇몇 처녀들을 모집하려고 하녀들 중 하나를 시내로 보낸 사실까지도 알고 있었다. 내가 그중 누구였느냐고? 로가우도 아니었고 겔른하우젠도 아니었다.(중략)
>
> 내가 누구의 탈을 쓰고 있었든 간에 나는 그 여러 통의 포도주가 미사 집전용 포도주라는 것을 알고 있었다.

여기서 이 소설의 화자인 '나'가 실제의 귄터 그라스인지는 분명치 않지만, 이 이야기가 47그룹의 실제 진행 과정과 비슷하다는 점만은 틀림없다. 1647년의 이 모임에도 시인, 작가 들 이외에 좋은 작품을 발굴하기 위하여 출판업자들이 참석하고 있다는 사실도 이런 유사점을 방증하고 있다 하겠다.

> 그 어떤 군주도 우리들과 동렬에 설 수는 없는 것입니다. 사람들이 설사 우리들을 돌로 치고 증오로써 파묻어 버

린다 해도, 그래도 펜을 든 손이 돌 더미를 헤치고 불쑥 올라올 것입니다. 독일적이라고 부를 만한 것은 오직 우리들에게서만 영원성을 지니게 될 것입니다. 왜냐하면, 친애하는 동료 여러분, 우리들이 여기 이 지상에 머무를 수 있는 시간은 비록 찰나에 불과하지만, 모든 시는 그것이 생의 법칙에 따라 써진 우리들의 정신의 산물인 한에 있어서는 영겁의 일부로 동화되는 것이기 때문입니다…….

지몬 다흐의 이 연설은 47그룹의 창시자인 리히터의 말일 수도 있고, 그라스 자신의 말일 수도 있다.

나 역시 그 친구에게 손을 흔들어 보이고 싶은 마음이었지만, 나에게는 엉겅퀴 꽃이 의미심장하게 꽂혀 있는 그 큰 홀에서 회의 중인 시인들의 마지막 낭독회에 동석하는 것이 더 중요한 일이었다. 나는 처음부터 거기에 있었기에 마지막 장면을 위해서도 역시 증인이 되고 싶었다. 모든 것을 놓치지 않고 다 보고 겪어두자는 것이 나의 태도였으니까 말이다.

그리하여 이 '나'의 이야기는 비단 1647년에 있었던 시인들의 '텔크테에서의 만남'일 뿐만 아니라 1947년에 있었던 47그룹의 만남이며, '어제에도 있을' 그리고 '내일에도 있었던' 한 폭의 문학사이기도 한 것이다.

2005년 3월

안삼환

## 작가 연보

| | |
|---|---|
| 1927년 | 10월 16일 자유시 단치히(현재 폴란드의 그단스크) 교외 랑푸르에서 태어남. 아버지 빌리 그라스 Willy Grass(1899~1954)는 식료품 가게를 운영하는 독일인이었고, 어머니 헬레네 그라스 Helene Grass(1898~1954)는 가톨릭계 카슈바이인이었음. |
| 1930년 | 여동생 발트라우트 Waltraut가 태어남. |
| 1933~1944년 | 단치히에서 초등학교, 김나지움을 다님. 처음으로 글쓰기를 시도함. 자신의 의사와 상관없이 1937년에는 나치 소년단 단원, 1941년에는 히틀러 청년단 단원이 됨. |
| 1944~1945년 | 제2차세계대전에 공군 보조 요원으로 군 복무. 그 후 전차병으로 참전. 코트부스에서 |

부상을 당하여 바이에른의 미군 포로수용소에 수용됨.

1946년 포로 생활에서 석방됨. 괴팅엔으로 이주. 고등학교 졸업 시험 포기. 힐데스하임 근처의 석회 광산에서 광부 생활. 12월 단치히에서 탈출한 부모와 상봉.

1947년 뒤셀도르프에서 석각 견습공 생활. 1951년까지 뒤셀도르프의 카리타스 합숙소에서 생활.

1948~1952년 뒤셀도르프 예술 아카데미에서 그래픽 작가인 제프 마게스 Sepp Mages와 조각가 오토 판코크 Otto Pankok에게 가르침을 받음. 호르스트 겔트마허 Horst Geldmacher와 재즈 그룹을 만들어 활동.

1951년 이탈리아 여행.

1952년 프랑스로 무전여행.

1953년 베를린 조형예술 대학의 카를 하르퉁 Karl Hartung 교수 밑에서 조각 수업을 계속하기 위해 베를린으로 이주.

1954년 스위스 출신의 무용가 안나 마르가레타 슈바르츠 Anna Margareta Schwarz와 결혼.

1955년 남독일 방송국 주최 서정시 경연 대회에서 「잠의 백합들 *Lilien aus Schlaf*」로 3등에 입상. 47그룹에서 처음으로 작품을 낭독. 문예지 《악첸테 *Akzente*》에 첫 산문 작품 「내 푸른 풀밭 *Meine grune Wiese*」을 발표. 스페인 여행.

1956년 첫 시집 『바람 닭의 장점들 *Die Vorzüge der Windhühner*』 출간. 아내 안나의 발레 공부를 위해 프랑스 파리로 이주.

1957년 쌍둥이 아들 프란츠 Franz와 라울 Raoul이 태어남. 프랑크푸르트의 노이뷔네에서 드라마 「홍수 *Hochwasser*」 초연. 베를린에서 조각 및 동판화 전시회를 엶.

1958년 스위스 알고이에서 열린 47그룹 모임에서 「양철북 *Die Blechtrommel*」의 초고 낭독으로 47그룹 상 수상. 쾰른에서 드라마 「숙부님, 숙부님 *Onkel, Onkel*」 공연. 잡지 《악첸테》에 희곡 「버팔로까지는 아직 10분 남았다 *Noch zehn Minuten bis Buffalo*」, 「말 타고 왕복하다. 극장에서의 서막 *Beritten hin und zurück: Ein Vorspiel auf dem Theater*」 발표.

1959년 첫 장편 『양철북』 출간.

1960년 파리에서 베를린으로 이주. 시집 『삼각선(三角線) 철길 *Gleisdreieck*』 발표. 독일 비평가협회 문학상 수상.

1961년 노벨레 『고양이와 생쥐 *Katz und Maus*』 출간. 희곡 「나쁜 요리사들 *Die bösen Köche*」 베를린에서 초연. 빌리 브란트 Willy Brandt의 사민당을 후원, 정치에 참여. 딸 라우라 Laura 태어남.

1962년 「양철북」으로 프랑스로부터 최우수 외국 문학상 수상. 스칸디나비아 반도와 영국 여행.

1963년 장편 『개들의 세월 *Die Hundejahre*』 출간. 베를린 예술원 회원이 됨.

1964년 미국 여행.

1965년 미국 케넌 대학에서 명예박사 학위를 받음. 연방 하원 선거에서 사민당을 위해 52회에 걸쳐 선거 유세. 뷔히너 Büchner 문학상 수상. 아들 브루노 Bruno 태어남.

1966년 희곡 「천민들 반란을 시험하다 *Die Plebejer proben den Aufstand*」가 베를린에서 초연. 프린스턴에서 개최된 47그룹 모임에 참가하기 위해 미국 여행. 체코와 헝가리 여행.

1967년 시집 『질문 공세 *Ausgefragt*』 발표. 연설문 「나의 스승 되블린에 대하여 *Über meinen Lehrer Döblin*」 발표.

1968년 정치 에세이집 『자명한 것에 관하여 *Über das Selbstverständliche*』 발표. 테오도르 폰타네 Theodor Fontane 상 수상.

1969년 희곡 「그 전에 *Davor*」 베를린에서 초연. 장편 『국부마취 *Örtlich betaubt*』 출간. 테오도르 호이스 Theodor Heuss 상 수상. 연방 하원 선거에서 또다시 사민당을 위해 연초부터 가을까지 190회에 걸쳐 선거 유세를 함. 연설문집 『문학과 혁명 *Literatur und*

*Revolution*』 발표.

1970년 독일 · 폴란드 조약에 서명하기 위해 바르샤바로 떠나는 수상 빌리 브란트를 수행.

1971년 이스라엘과 탄자니아 여행.

1972년 장편 『달팽이의 일기 *Aus dem Tagebuch einer Schnecke*』 출간. 사민당을 위해 129회에 걸쳐 연방 의회 선거 유세를 함. 그리스 방문.

1972~1977년 시와 스케치, 짧은 에피소드 등으로 「넙치」 작업 시작.

1973년 시집 『마리아를 기리며 *Mariazuehren*』 발표. 빌리 브란트와 함께 이스라엘 여행.

1974년 정치 연설집 『시민과 그의 목소리 *Der Bürger und seine Stimme*』 발표. 가톨릭교에서 탈퇴. 딸 헬레네 Helene 태어남.

1975년 인도 여행. 뉴델리에서 연설. 코펜하겐 방문.

1976년 시집 『조피와 버섯을 따러 가다 *Mit Sophie in die Pilze gegangen*』 출간. 하인리히 뵐 Heinrich Böll과 함께 문학잡지 《L'76》(나중에 《L'80》으로 지속됨)의 공동 창간인 겸 편집인으로 활동. 미국 하버드 대학에서 명예박사 학위를 받음.

1977년 장편 『넙치 *Der Butt*』 출간. 미국, 캐나다 등지에서 작품 낭독회.

1978년 에세이집 『메모지 *Denkzettel*』 발간. 알프레트 되블린 Alfred Döblin 상 제정. 「양철북」

영화화에 참여. 아시아(일본, 인도, 홍콩, 태국)와 아프리카 케냐 여행. 부인 안나와 이혼.

| | |
|---|---|
| 1979년 | 소설 『텔크테에서의 만남 *Das Treffen in Telgte*』 출간. 폴커 슐뢴도르프 Volker Schlöndorff가 감독한 영화 「양철북」이 칸 영화제에서 황금 종려 상 수상. 베를린 태생의 오르간 연주자 우테 그루네르트 Ute Grunert와 재혼. 알래스카 여행. 중국, 싱가포르, 자카르타, 마닐라, 카이로 여행. |
| 1980년 | 영화 「양철북」이 미국 아카데미 영화제에서 최우수 외국 영화 상 수상. 장편 『두뇌의 산물 혹은 독일인의 멸망 *Kopfgeburten oder die Deutschen sterben aus*』 출간. 글쓰기를 중단하고 그림 그리기와 조각 일을 다시 시작. |
| 1982년 | 석판화가 가미된 글 모음 『아버지의 날 *Vatertag*』 출간. |
| 1983년 | 베를린 예술원 원장 선거에 출마하여 당선. |
| 1986년 | 베를린 예술원 원장 임기 마침. 장편 『암쥐 *Die Rättin*』 출간. |
| 1986~1987년 | 1986년 9월부터 1987년 1월까지 인도 캘커타에 체류. |
| 1988년 | 인도 체류 경험을 글과 그림으로 묶은 『혀를 내보이다 *Zunge zeigen*』 출간. |
| 1989년 | 살만 루슈디 Salman Rushdi에 대한 무조건적 지지를 유보한 베를린 예술원에서 탈퇴. |

1992년 장편『무당개구리 울음 *Unkenrufe*』출간. 망명자 협정을 거부한 데 실망하여 사민당에서 탈퇴.

1995년 독일 통일 문제를 다룬 장편『또 하나의 다른 주제 *Ein weites Feld*』를 출간하여 커다란 논쟁을 불러일으킴.

1996년 토마스 만 Thomas Mann 상 수상.

1998년 작가들의 박해에 항의하는 집회를 계기로 베를린 예술원에 재입회.

1999년 장편『나의 세기 *Mein Jahrhundert*』출간. 「양철북」으로 노벨 문학상 수상.

2002년 한국 방문, 5월 29일 중앙대에서 '지속적인 과제로서의 통일 Wiedervereinigung als andauernde Aufgabe'이라는 주제로 강연. 단편소설「게걸음으로 *Im Krebsgang*」출간.

2003년 슈타이들 Steidl 출판사에서 18권으로 된 선집 간행. 시화집『라스트 댄스』출간.

2004년 그라스가 삽화를 그린 안데르센 동화집『그림자』출간.

세계문학전집 119

# 텔크테에서의 만남

1판 1쇄 펴냄 2005년 3월 25일
1판 18쇄 펴냄 2022년 3월 11일

지은이 귄터 그라스
옮긴이 안삼환
발행인 박근섭, 박상준
펴낸곳 (주)민음사

출판등록 1966. 5. 19. (제 16-490호)
서울특별시 강남구 도산대로1길 62(신사동) 강남출판문화센터 5층 (우편번호 06027)
대표전화 02-515-2000 팩시밀리 02-515-2007
www.minumsa.com



ISBN 978-89-374-6119-4 04800
ISBN 978-89-374-6000-5 (세트)

민음사 세계문학전집

## 세계문학전집 목록

44 **데미안** 헤세 · 전영애 옮김 노벨 문학상 수상 작가

45 **젊은 예술가의 초상** 조이스 · 이상옥 옮김 서울대 권장도서 100선

46 **카탈로니아 찬가** 오웰 · 정영목 옮김

47 **호밀밭의 파수꾼** 샐린저 · 공경희 옮김 《타임》 선정 현대 100대 영문소설 | 미국대학위원회 선정 SAT 추천도서 | 《뉴스위크》 선정 100대 명저 | BBC 선정 꼭 읽어야 할 책

48·49 **파르마의 수도원** 스탕달 · 원윤수, 임미경 옮김

50 **수레바퀴 아래서** 헤세 · 김이섭 옮김 노벨 문학상 수상 작가 | 국립중앙도서관 선정 청소년 권장도서

51·52 **내 이름은 빨강** 파묵 · 이난아 옮김 노벨 문학상 수상 작가

53 **오셀로** 셰익스피어 · 최종철 옮김 서울대 권장도서 100선

54 **조서** 르 클레지오 · 김윤진 옮김 노벨 문학상 수상 작가

55 **모래의 여자** 아베 코보 · 김난주 옮김

56·57 **부덴브로크 가의 사람들** 토마스 만 · 홍성광 옮김 노벨 문학상 수상 작가

58 **싯다르타** 헤세 · 박병덕 옮김 노벨 문학상 수상 작가

59·60 **아들과 연인** 로렌스 · 정상준 옮김 《뉴스위크》 선정 100대 명저

61 **설국** 가와바타 야스나리 · 유숙자 옮김 노벨 문학상 수상 작가 | 서울대 권장도서 100선

62 **벨킨 이야기 · 스페이드 여왕** 푸슈킨 · 최선 옮김

63·64 **넙치** 그라스 · 김재혁 옮김 노벨 문학상 수상 작가

65 **소망 없는 불행** 한트케 · 윤용호 옮김 노벨 문학상 수상 작가

66 **나르치스와 골드문트** 헤세 · 임홍배 옮김 노벨 문학상 수상 작가

67 **황야의 이리** 헤세 · 김누리 옮김 노벨 문학상 수상 작가

68 **뻬쩨르부르그 이야기** 고골 · 조주관 옮김

69 **밤으로의 긴 여로** 오닐 · 민승남 옮김 노벨 문학상 수상 작가 | 미국대학위원회 선정 SAT 추천도서

70 **체호프 단편선** 체호프 · 박현섭 옮김

71 **버스 정류장** 가오싱젠 · 오수경 옮김 노벨 문학상 수상 작가

72 **구운몽** 김만중 · 송성욱 옮김 서울대 권장도서 100선 | 국립중앙도서관 선정 청소년 권장도서

73 **대머리 여가수** 이오네스코 · 오세곤 옮김

74 **이솝 우화집** 이솝 · 유종호 옮김 논술 및 수능에 출제된 책(1998~2005)

75 **위대한 개츠비** 피츠제럴드 · 김욱동 옮김 《타임》 선정 현대 100대 영문소설

76 **푸른 꽃** 노발리스 · 김재혁 옮김

77 **1984** 오웰 · 정회성 옮김 《타임》 선정 현대 100대 영문소설 | 《뉴스위크》 선정 100대 명저

78·79 **영혼의 집** 아옌데 · 권미선 옮김

80 **첫사랑** 투르게네프 · 이항재 옮김

81 **내가 죽어 누워 있을 때** 포크너 · 김명주 옮김 노벨 문학상 수상 작가

82 **런던 스케치** 레싱 · 서숙 옮김 노벨 문학상 수상 작가

83 **팡세** 파스칼 · 이환 옮김

84 **질투** 로브그리예 · 박이문, 박희원 옮김

85·86 **채털리 부인의 연인** 로렌스 · 이인규 옮김

87 **그 후** 나쓰메 소세키 · 윤상인 옮김

88 **오만과 편견** 오스틴 · 윤지관, 전승희 옮김 미국대학위원회 선정 SAT 추천도서

89·90 **부활** 톨스토이 · 연진희 옮김 논술 및 수능에 출제된 책(1998~2005)

91 **방드르디, 태평양의 끝** 투르니에 · 김화영 옮김

92 **미겔 스트리트** 나이폴 · 이상옥 옮김 노벨 문학상 수상 작가

**93 뻬드로 빠라모** 룰포 · 정창 옮김

**94 차라투스트라는 이렇게 말했다** 니체 · 장희창 옮김 국립중앙도서관 선정 청소년 권장도서

**95·96 적과 흑** 스탕달 · 이동렬 옮김 국립중앙도서관 선정 청소년 권장도서

**97·98 콜레라 시대의 사랑** 마르케스 · 송병선 옮김 노벨 문학상 수상 작가 | BBC 선정 꼭 읽어야 할 책

**99 맥베스** 셰익스피어 · 최종철 옮김 서울대 권장도서 100선 | 미국대학위원회 선정 SAT 추천도서

**100 춘향전** 작자 미상 · 송성욱 풀어 옮김 서울대 권장도서 100선

**101 페르디두르케** 곰브로비치 · 윤진 옮김

**102 포르노그라피아** 곰브로비치 · 임미경 옮김

**103 인간 실격** 다자이 오사무 · 김춘미 옮김

**104 네루다의 우편배달부** 스카르메타 · 우석균 옮김

**105·106 이탈리아 기행** 괴테 · 박찬기 외 옮김

**107 나무 위의 남작** 칼비노 · 이현경 옮김

**108 달콤 쌉싸름한 초콜릿** 에스키벨 · 권미선 옮김

**109·110 제인 에어** C. 브론테 · 유종호 옮김 미국대학위원회 선정 SAT 추천도서 | BBC 선정 꼭 읽어야 할 책

**111 크눌프** 헤세 · 이노은 옮김 노벨 문학상 수상 작가

**112 시계태엽 오렌지** 버지스 · 박시영 옮김 《타임》 선정 현대 100대 영문소설 | 《뉴스위크》 선정 100대 명저

**113·114 파리의 노트르담** 위고 · 정기수 옮김 미국대학위원회 선정 SAT 추천도서

**115 새로운 인생** 단테 · 박우수 옮김

**116·117 로드 짐** 콘래드 · 이상옥 옮김 《뉴스위크》 선정 100대 명저

**118 폭풍의 언덕** E. 브론테 · 김종길 옮김 미국대학위원회 선정 SAT 추천도서

**119 텔크테에서의 만남** 그라스 · 안삼환 옮김 노벨 문학상 수상 작가

**120 검찰관** 고골 · 조주관 옮김

**121 안개** 우나무노 · 조민현 옮김

**122 나사의 회전** 제임스 · 최경도 옮김 미국대학위원회 선정 SAT 추천도서

**123 피츠제럴드 단편선 1** 피츠제럴드 · 김욱동 옮김

**124 목화밭의 고독 속에서** 콜테스 · 임수현 옮김

**125 돼지꿈** 황석영

**126 라셀라스** 존슨 · 이인규 옮김

**127 리어 왕** 셰익스피어 · 최종철 옮김 서울대 권장도서 100선 | 논술 및 수능에 출제된 책(1998~2005) | 《뉴스위크》 선정 100대 명저

**128·129 쿠오 바디스** 시엔키에비치 · 최성은 옮김 노벨 문학상 수상 작가

**130 자기만의 방** 울프 · 이미애 옮김

**131 시르트의 바닷가** 그라크 · 송진석 옮김

**132 이성과 감성** 오스틴 · 윤지관 옮김

**133 바덴바덴에서의 여름** 치프킨 · 이장욱 옮김

**134 새로운 인생** 파묵 · 이난아 옮김 노벨 문학상 수상 작가

**135·136 무지개** 로렌스 · 김정매 옮김

**137 인생의 베일** 서머싯 몸 · 황소연 옮김

**138 보이지 않는 도시들** 칼비노 · 이현경 옮김

**139·140·141 연초 도매상** 바스 · 이운경 옮김 《타임》 선정 현대 100대 영문소설

**142·143 플로스 강의 물방앗간** 엘리엇 · 한애경, 이봉지 옮김 미국대학위원회 선정 SAT 추천도서

**144 연인** 뒤라스 · 김인환 옮김

**145·146 이름 없는 주드** 하디 · 정종화 옮김

**147 제49호 품목의 경매** 핀천 · 김성곤 옮김 《타임》 선정 현대 100대 영문소설 | 미국대학위원회 선정 SAT 추천도서

**148 성역** 포크너 · 이진준 옮김 노벨 문학상 수상 작가 | 퓰리처상 수상 작가

**149 무진기행** 김승옥

**150·151·152 신곡(지옥편 · 연옥편 · 천국편)** 단테 · 박상진 옮김 서울대 권장도서 100선 | 미국대학위원회 선정 SAT 추천도서 | 국립중앙도서관 선정 청소년 권장도서 | 《뉴스위크》 선정 100대 명저

**153 구덩이** 플라토노프 · 정보라 옮김

**154·155·156 카라마조프가의 형제들** 도스토옙스키 · 김연경 옮김 서울대 권장도서 100선 | 국립중앙도서관 선정 청소년 권장도서

**157 지상의 양식** 지드 · 김화영 옮김 노벨 문학상 수상 작가

**158 밤의 군대들** 메일러 · 권택영 옮김 퓰리처상 수상 작가

**159 주홍 글자** 호손 · 김욱동 옮김 서울대 권장도서 100선 | 미국대학위원회 선정 SAT 추천도서

**160 깊은 강** 엔도 슈사쿠 · 유숙자 옮김

**161 욕망이라는 이름의 전차** 윌리엄스 · 김소임 옮김

**162 마사 퀘스트** 레싱 · 나영균 옮김 노벨 문학상 수상 작가

**163·164 운명의 딸** 아옌데 · 권미선 옮김

**165 모렐의 발명** 비오이 카사레스 · 송병선 옮김

**166 삼국유사** 일연 · 김원중 옮김 서울대 권장도서 100선

**167 풀잎은 노래한다** 레싱 · 이태동 옮김 노벨 문학상 수상 작가

**168 파리의 우울** 보들레르 · 윤영애 옮김

**169 포스트맨은 벨을 두 번 울린다** 케인 · 이만식 옮김

**170 썩은 잎** 마르케스 · 송병선 옮김 노벨 문학상 수상 작가

**171 모든 것이 산산이 부서지다** 아체베 · 조규형 옮김 《타임》 선정 현대 100대 영문소설 | 《뉴스위크》 선정 100대 명저

**172 한여름 밤의 꿈** 셰익스피어 · 최종철 옮김 미국대학위원회 선정 SAT 추천도서

**173 로미오와 줄리엣** 셰익스피어 · 최종철 옮김 미국대학위원회 선정 SAT 추천도서

**174·175 분노의 포도** 스타인벡 · 김승욱 옮김 노벨 문학상 수상 작가 | 《타임》 선정 현대 100대 영문소설

**176·177 괴테와의 대화** 에커만 · 장희창 옮김

**178 그물을 헤치고** 머독 · 유종호 옮김 《타임》 선정 현대 100대 영문소설

**179 브람스를 좋아하세요...** 사강 · 김남주 옮김

**180 카타리나 블룸의 잃어버린 명예** 하인리히 뵐 · 김연수 옮김 노벨 문학상 수상 작가

**181·182 에덴의 동쪽** 스타인벡 · 정회성 옮김 노벨 문학상 수상 작가

**183 순수의 시대** 워튼 · 송은주 옮김 《뉴스위크》 선정 100대 명저 | 퓰리처상 수상작

**184 도둑 일기** 주네 · 박형섭 옮김

**185 나자** 브르통 · 오생근 옮김

**186·187 캐치-22** 헬러 · 안정효 옮김 《타임》 선정 현대 100대 영문소설 | 《뉴스위크》 선정 100대 명저 | BBC 선정 꼭 읽어야 할 책

**188 숄로호프 단편선** 숄로호프 · 이항재 옮김 노벨 문학상 수상 작가

**189 말** 사르트르 · 정명환 옮김

**190·191 보이지 않는 인간** 엘리슨 · 조영환 옮김 《타임》 선정 현대 100대 영문소설 | 미국대학위원

회 선정 SAT 추천도서 | 《뉴스위크》 선정 100대 명저

**192 왑샷 가문 연대기** 치버 · 김승욱 옮김 퓰리처상 수상 작가

**193 왑샷 가문 몰락기** 치버 · 김승욱 옮김 퓰리처상 수상 작가

**194 필립과 다른 사람들** 노터봄 · 지명숙 옮김

**195·196 하드리아누스 황제의 회상록** 유르스나르 · 곽광수 옮김

**197·198 소피의 선택** 스타이런 · 한정아 옮김 퓰리처상 수상 작가

**199 피츠제럴드 단편선 2** 피츠제럴드 · 한은경 옮김

**200 홍길동전** 허균 · 김탁환 옮김

**201 요술 부지깽이** 쿠버 · 양윤희 옮김

**202 북호텔** 다비 · 원윤수 옮김

**203 톰 소여의 모험** 트웨인 · 김욱동 옮김

**204 금오신화** 김시습 · 이지하 옮김

**205·206 테스** 하디 · 정종화 옮김 미국대학위원회 선정 SAT 추천도서 | BBC 선정 꼭 읽어야 할 책

**207 브루스터플레이스의 여자들** 네일러 · 이소영 옮김

**208 더 이상 평안은 없다** 아체베 · 이소영 옮김

**209 그레인지 코플랜드의 세 번째 인생** 워커 · 김시현 옮김 퓰리처상 수상 작가

**210 어느 시골 신부의 일기** 베르나노스 · 정영란 옮김

**211 타라스 불바** 고골 · 조주관 옮김

**212·213 위대한 유산** 디킨스 · 이인규 옮김 서울대 권장도서 100선 | BBC 선정 꼭 읽어야 할 책

**214 면도날** 서머싯 몸 · 안진환 옮김

**215·216 성채** 크로닌 · 이은정 옮김

**217 오이디푸스 왕** 소포클레스 · 강대진 옮김 서울대 권장도서 100선 | 미국대학위원회 선정 SAT 추천도서

**218 세일즈맨의 죽음** 밀러 · 강유나 옮김

**219·220·221 안나 카레니나** 톨스토이 · 연진희 옮김 서울대 권장도서 100선

**222 오스카 와일드 작품선** 와일드 · 정영목 옮김

**223 벨아미** 모파상 · 송덕호 옮김

**224 파스쿠알 두아르테 가족** 호세 셀라 · 정동섭 옮김 노벨 문학상 수상 작가

**225 시칠리아에서의 대화** 비토리니 · 김운찬 옮김

**226·227 길 위에서** 케루악 · 이만식 옮김 《타임》 선정 현대 100대 영문소설 | 《뉴스위크》 선정 100대 명저

**228 우리 시대의 영웅** 레르몬토프 · 오정미 옮김

**229 아우라** 푸엔테스 · 송상기 옮김

**230 클링조어의 마지막 여름** 헤세 · 황승환 옮김 노벨 문학상 수상 작가

**231 리스본의 겨울** 무뇨스 몰리나 · 나송주 옮김

**232 뻐꾸기 둥지 위로 날아간 새** 키지 · 정회성 옮김 《타임》 선정 현대 100대 영문소설 | 《뉴스위크》 선정 100대 명저

**233 페널티킥 앞에 선 골키퍼의 불안** 한트케 · 윤용호 옮김 노벨 문학상 수상 작가

**234 참을 수 없는 존재의 가벼움** 쿤데라 · 이재룡 옮김

**235·236 바다여, 바다여** 머독 · 최옥영 옮김

**237 한 줌의 먼지** 에벌린 워 · 안진환 옮김 《타임》 선정 현대 100대 영문소설

**238 뜨거운 양철 지붕 위의 고양이 · 유리 동물원** 윌리엄스 · 김소임 옮김 퓰리처상 수상작

**239 지하로부터의 수기** 도스토옙스키 · 김연경 옮김

크》 선정 100대 명저

290 구르브 연락 없다 멘도사 · 정창 옮김

291·292·293 데카메론 보카치오 · 박상진 옮김

294 나누어진 하늘 볼프 · 전영애 옮김

295·296 제브데트 씨와 아들들 파묵 · 이난아 옮김 노벨 문학상 수상 작가

297·298 여인의 초상 제임스 · 최경도 옮김 미국대학위원회 선정 SAT 추천도서

299 압살롬, 압살롬! 포크너 · 이태동 옮김 노벨 문학상 수상 작가

300 이상 소설 전집 이상 · 권영민 책임 편집

301·302·303·304·305 레 미제라블 위고 · 정기수 옮김

306 관객모독 한트케 · 윤용호 옮김 노벨 문학상 수상 작가

307 더블린 사람들 조이스 · 이종일 옮김

308 에드거 앨런 포 단편선 앨런 포 · 전승희 옮김 미국대학위원회 선정 SAT 추천도서

309 보이체크 · 당통의 죽음 뷔히너 · 홍성광 옮김

310 노르웨이의 숲 무라카미 하루키 · 양억관 옮김

311 운명론자 자크와 그의 주인 디드로 · 김희영 옮김

312·313 헤밍웨이 단편선 헤밍웨이 · 김욱동 옮김 노벨 문학상 수상 작가

314 피라미드 골딩 · 안지현 옮김 노벨 문학상 수상 작가

315 닫힌 방 · 악마와 선한 신 사르트르 · 지영래 옮김

316 등대로 울프 · 이미애 옮김 《타임》 선정 현대 100대 영문소설 | 《뉴스위크》 선정 100대 명저

317·318 한국 희곡선 송영 외 · 양승국 엮음

319 여자의 일생 모파상 · 이동렬 옮김

320 의식 노터봄 · 김영중 옮김

321 육체의 악마 라디게 · 원윤수 옮김

322·323 감정 교육 플로베르 · 지영화 옮김

324 불타는 평원 룰포 · 정창 옮김

325 위대한 몬느 알랭푸르니에 · 박영근 옮김

326 라쇼몬 아쿠타가와 류노스케 · 서은혜 옮김

327 반바지 당나귀 보스코 · 정영란 옮김

328 정복자들 말로 · 최윤주 옮김

329·330 우리 동네 아이들 마흐푸즈 · 배혜경 옮김 노벨 문학상 수상 작가

331·332 개선문 레마르크 · 장희창 옮김

333 사바나의 개미 언덕 아체베 · 이소영 옮김

334 게걸음으로 그라스 · 장희창 옮김 노벨 문학상 수상 작가

335 코스모스 곰브로비치 · 최성은 옮김

336 좁은 문 · 전원교향곡 · 배덕자 지드 · 동성식 옮김 노벨 문학상 수상 작가

337·338 암 병동 솔제니친 · 이영의 옮김 노벨 문학상 수상 작가

339 피의 꽃잎들 응구기 와 시옹오 · 왕은철 옮김

340 운명 케르테스 · 유진일 옮김 노벨 문학상 수상 작가

341·342 벌거벗은 자와 죽은 자 메일러 · 이운경 옮김 퓰리처상 수상 작가

343 시지프 신화 카뮈 · 김화영 옮김 노벨 문학상 수상 작가

344 뇌우 차오위 · 오수경 옮김

345 모옌 중단편선 모옌 · 심규호, 유소영 옮김 노벨 문학상 수상 작가

346 **일야서** 한사오궁 · 심규호, 유소영 옮김
347 **상속자들** 골딩 · 안지현 옮김 노벨 문학상 수상 작가
348 **설득** 오스틴 · 전승희 옮김
349 **히로시마 내 사랑** 뒤라스 · 방미경 옮김
350 **오 헨리 단편선** 오 헨리 · 김희용 옮김
351·352 **올리버 트위스트** 디킨스 · 이인규 옮김
353·354·355·356 **전쟁과 평화** 톨스토이 · 연진희 옮김
357 **다시 찾은 브라이즈헤드** 에벌린 워 · 백지민 옮김
358 **아무도 대령에게 편지하지 않다** 마르케스 · 송병선 옮김
359 **사양** 다자이 오사무 · 유숙자 옮김
360 **좌절** 케르테스 · 한경민 옮김 노벨 문학상 수상 작가
361·362 **닥터 지바고** 파스테르나크 · 김연경 옮김 노벨 문학상 수상 작가
363 **노생거 사원** 오스틴 · 윤지관 옮김
364 **개구리** 모옌 · 심규호, 유소영 옮김 노벨 문학상 수상 작가
365 **마왕** 투르니에 · 이원복 옮김 공쿠르상 수상 작가
366 **맨스필드 파크** 오스틴 · 김영희 옮김
367 **이선 프롬** 이디스 워튼 · 김욱동 옮김 퓰리처상 수상 작가
368 **여름** 이디스 워튼 · 김욱동 옮김 퓰리처상 수상 작가
369·370·371 **나는 고백한다** 자우메 카브레 · 권가람 옮김
372·373·374 **태엽 감는 새 연대기** 무라카미 하루키 · 김연경 옮김
375·376 **대사들** 제임스 · 정소영 옮김
377 **족장의 가을** 마르케스 · 송병선 옮김 노벨 문학상 수상 작가
378 **핏빛 자오선** 매카시 · 김시현 옮김
379 **모두 다 예쁜 말들** 매카시 · 김시현 옮김
380 **국경을 넘어** 매카시 · 김시현 옮김
381 **평원의 도시들** 매카시 · 김시현 옮김
382 **만년** 다자이 오사무 · 유숙자 옮김
383 **반항하는 인간** 카뮈 · 김화영 옮김 노벨 문학상 수상 작가
384·385·386 **악령** 도스토옙스키 · 김연경 옮김
387 **태평양을 막는 제방** 뒤라스 · 윤진 옮김
388 **남아 있는 나날** 가즈오 이시구로 · 송은경 옮김
389 **앙리 브륄라르의 생애** 스탕달 · 원윤수 옮김
390 **찻집** 라오서 · 오수경 옮김
391 **태어나지 않은 아이를 위한 기도** 케르테스 · 이상동 옮김 노벨 문학상 수상 작가
392 **서머싯 몸 단편선 1** 서머싯 몸 · 황소연 옮김
393 **서머싯 몸 단편선 2** 서머싯 몸 · 황소연 옮김
394 **케이크와 맥주** 서머싯 몸 · 황소연 옮김
395 **월든** 소로 · 정회성 옮김
396 **모래 사나이** E. T. A. 호프만 · 신동화 옮김
397·398 **검은 책** 오르한 파묵 · 이난아 옮김 노벨 문학상 수상 작가
399 **방랑자들** 올가 토카르추크 · 최성은 옮김 노벨 문학상 수상 작가
400 **시여, 침을 뱉어라** 김수영 · 이영준 엮음

세계문학전집은 계속 간행됩니다.